VOYAGE DE MARC EN GALILÉE

ROLAND BUGNON

Bon voyage avec Marc
mon bien cher Emmanuel
Affectueusement

VOYAGE DE MARC EN GALILÉE

Lopse

Récit imaginaire et romancé
de la naissance d'un livre

© Éditions Saint-Augustin 2012
Case postale 51 CH – 1890 Saint-Maurice
www.staugustin.ch

ISBN 978–2–940461–74–5

*Je dédie ce livre à toutes les personnes
qui ont cheminé avec moi et soutenu mes pas,
durant ces dix dernières années.
Je pense tout particulièrement à mes amies
du petit groupe «Lève-toi et marche»
qui s'est retrouvé fidèlement et régulièrement
pour continuer la lecture biblique
et la célébrer dans la prière.
Je pense à toutes les personnes rencontrées
dans le Centre Sainte-Ursule à Fribourg
et dans les paroisses où j'ai travaillé.
Un merci spécial à Loyse Perrenoud,
pour son écoute attentive et ses conseils judicieux;
à Marcel Collomb, Nicole et François Legrain,
qui ont pris le temps de lire et de corriger le texte.
Et puis il y a les confrères et amis, nombreux,
qui m'ont encouragé par leur sympathie et soutenu
dans ce travail d'écriture.
J'espère que le résultat satisfera les attentes
des uns et des autres.*

Avant-propos

Avant de les entraîner dans une passionnante histoire, je ne cacherai pas à ma lectrice ou à mon lecteur que je possède une longue pratique de la lecture de la Bible en général et des Évangiles en particulier, du fait de mon engagement dans la vie religieuse et presbytérale. Sans être moi-même un bibliste de profession, j'ai appris, durant de longues années, à lire les textes évangéliques pour les faire comprendre et goûter par celles et ceux que j'ai rencontrés. Après un premier livre paru en 2000 (*Lève-toi et marche*, diffusé par les Éditions Saint-Augustin) et dans lequel j'ai proposé une lecture méditée de certains récits évangéliques, j'ai voulu tenter une nouvelle aventure. Depuis de nombreuses années, je me rends compte de la difficulté qu'éprouvent certaines personnes à comprendre des textes qui auront bientôt

2000 ans d'âge. Le lecteur passe souvent à côté de ces récits qui lui semblent connus, sans pouvoir pénétrer ses nombreuses et profondes significations.

L'idée m'est venue de changer de genre et de laisser parler mon imaginaire pour donner la parole à ces femmes et à ces hommes qui ont croisé un jour les pas de Jésus de Nazareth. Certains ont vu leur vie entièrement transformée à la suite de ce qu'ils ont vécu. Ils en ont parlé autour d'eux et les premières communautés chrétiennes sont nées de ces différents témoignages. À un certain moment, le besoin s'est fait sentir de mettre par écrit les récits et enseignements qui se rapportaient à Jésus, proclamé Christ et Seigneur. Des hommes, appelés évangélistes, comme Marc, Matthieu, Luc ou Jean, vont effectuer ce travail. Ils s'efforcent de regrouper les témoignages existants, selon un certain ordre, après avoir fait leur enquête, comme le dit Luc lui-même à son ami Théophile, et en suivant les règles propres à ce genre littéraire particulier. Les introductions au Nouveau Testament parlent de tout cela et chacun peut s'y référer pour plus d'explications.

J'ai voulu me faire plaisir en écrivant ce livre, laisser parler mon imaginaire pour rejoindre quelques-unes de ces personnes que l'on rencontre dans les récits évangéliques et leur donner la parole pour faire entendre leur point de vue sur ce qu'elles ont vécu à l'époque. Pour ce faire, j'ai pris l'option d'écrire une sorte de «roman évangélique» ou de «voyage philosophique» qui cherche à recréer les dialogues qui ont eu lieu, d'une manière ou d'une autre, durant les premières années de la naissance du christianisme. L'enseignement et le comportement de Jésus de Nazareth ont été suffisamment forts pour provoquer des ruptures et susciter de grandes discussions. Je me suis efforcé de rester dans le vraisemblable. Le résultat est entre les mains du lecteur qui remarquera que les questions de l'époque gardent souvent une grande actualité. Je tiens toutefois à souligner que, même si mon personnage central est Marc l'évangéliste, mon récit ne se cantonne pas au contenu de ce seul évangile. Il ouvre sur des personnages que l'on trouve par ailleurs dans le Nouveau Testament.

Ce livre est destiné à tous. Je voulais l'offrir à celles et ceux qui m'ont fait confiance au fil des années de mon ministère actif. Je dirai plutôt que j'en fais cadeau aux croyants, à celles et ceux qui doutent ou qui ont pris des chemins de traverse et à celles et ceux qui cherchent. Cet homme, Jésus de Nazareth, est le point de départ d'une parole qui reste source de vie pour qui l'accueille en vérité. Si ce récit parle à l'esprit de ma lectrice et de mon lecteur, il aura atteint son but.

Roland Bugnon cssp

N.B. Les personnes qui désirent suivre sur une carte le voyage effectué par Marc, peuvent se référer aux cartes géographiques proposées généralement dans les dernières pages d'une Bible.

Embarquement
pour Césarée maritime

Les matelots s'activent sur le pont du bateau. Les amarres sont larguées et tous sont rassemblés à la poupe pour faire monter, le long du mât, la pesante poutre qui porte la grand-voile. Un vent favorable s'est levé qui vient la gonfler; l'imposante embarcation quitte lentement les pontons du port d'Ostie. Avec le retour du printemps et un temps plus clément, la navigation reprend sur la Méditerranée. La grande ville de Rome a besoin de son ravitaillement habituel. Tant que le peuple a du pain à manger, il se tient tranquille. L'administration impériale le sait et exerce une forte pression sur les marchands, pour que toutes les denrées nécessaires soient disponibles et la pénurie évitée. Avec sa population grandissante, le nombre de ses fonctionnaires et le budget des armées sans cesse en augmentation, Rome est la grande consommatrice de l'Empire. D'avril au début septembre, le port connaît une activité incessante, un va-et-vient permanent entre les villes les plus importantes de la Méditerranée. Les marchands en profitent pour remplir leurs magasins et dépôts de denrées qu'ils écouleront durant l'année. Assis sur le pont avant, Marc suit attentivement les manœuvres des marins. Le bateau quitte en ce moment l'abri protecteur du port et s'engage dans la haute mer. Le mouvement régulier de la houle se fait sentir.

Sans trop s'éloigner de la côte, le navire prend la direction du sud. La première étape prévue est le port d'Élée; d'autres suivront. Après Syracuse en Sicile, le cap sera mis sur la Crète, Chypre et enfin Césarée maritime, la porte d'entrée en Palestine pour les bateaux venus de Rome. Si les vents restent cléments, le voyage prendra une semaine à dix jours, d'autant que le navire est peu chargé. Les amphores rassemblées soigneusement dans la soute sont vides. Au retour, le marchand espère bien les voir remplies des produits qu'il aura achetés en Orient: blé, huile d'olive, parfums, épices... Pour satisfaire aux besoins d'une métropole d'un million d'habitants, il faut un ballet continu de chariots ou de bateaux au départ ou en direction de Rome, dans toutes les directions terrestres et maritimes. Les populations des pays conquis par les armées romaines paient un lourd tribut, en argent ou en denrées alimentaires. Et comme la guerre de conquête ou de maintien de l'ordre est permanente, l'empereur est surtout soucieux de trouver les moyens de financer ses nombreuses campagnes militaires. Autour du mât, au centre du navire, se sont regroupés les quelques voyageurs qui ont pu négocier leur passage vers l'Orient. Le capitaine les a acceptés à condition qu'ils aient apporté avec eux l'équipement et la nourriture dont ils auront besoin durant un voyage qui peut durer plus longtemps que prévu. Chaque passager a pris également de quoi se protéger du froid ou de la pluie. Les différentes étapes du voyage permettront éventuellement de trouver ce qui manquerait après plusieurs jours. Marc est assis parmi les personnes qui voyagent comme lui. La discussion s'engage entre eux. Chacun parle de sa destination, Marc est le seul à partir pour Césarée. Les autres s'arrêteront soit à Syracuse, soit en Crète, soit encore à Chypre. Face aux imprévus de la mer, une certaine angoisse l'étreint. L'évolution du temps est imprévisible et l'on est vite à la merci de la première tempête venue. Les vents peuvent tourner et rendre difficile toute progression. Parfois, il faut s'arrêter dans un port, attendre que la mer se calme avant de pouvoir continuer. Au moment de quitter Rome, il a demandé à la communauté des frères et sœurs de prier pour lui et de placer son voyage sous la protection de Dieu. L'embarquement s'est fait sans problème; tout se passe au mieux. La grand-voile est entièrement gonflée par les vents qui entraînent l'imposante embarcation vers l'avant. La côte défile régulièrement sur le côté et, au fil des heures, les paysages se succèdent les uns après les autres. Marc se laisse bercer par le clapotis des vagues qui frappent régulièrement les flans du navire. De temps à autre une mouette vient se poser sur le mât, guettant toute apparence de nourriture que marins ou passagers pourraient jeter par-dessus bord.

Ce voyage est une aventure, se dit Marc. Tous les événements se sont précipités, les uns chassant les autres. Le coup de folie de Néron a pris l'ensemble des chrétiens de Rome par surprise. Hommes, femmes et enfants arrêtés par une soldatesque ivre de sang et de fureur... Les cris de la foule qui se repaît de la mort d'innocents donnés en spectacle pour la distraire des causes réelles de ce gigantesque incendie qui a brûlé tout un quartier de la ville. Pour faire taire la rumeur qui le montrait du doigt avec insistance, l'empereur a accusé les chrétiens, un groupe très minoritaire, pour lequel beaucoup n'avaient qu'un grand mépris. Le souvenir de ce qui s'est passé remonte en lui. Il a échappé à l'arrestation, comme par miracle, a passé des journées entières à se cacher dans une cave, entendant les cris de haine qui retentissaient contre les pauvres gens que l'on tuait de manière atroce. Alors qu'il était lui-même sur le point d'être arrêté, Pierre avait fortement insisté pour qu'il se cache:

– *Marc, tu es ma mémoire vivante et tu as une mission à remplir! Ne recherche toi-même en aucun cas la mort. Quitte Rome et, quand le calme sera revenu, mets par écrit le témoignage que je n'ai cessé de rendre à notre Seigneur Jésus Christ. Tu en es le témoin direct. Quant à moi, j'ai fait mon temps, je vais certainement être arrêté et mourir. Ma vie ne m'appartient plus.*

L'horreur des massacres et des jeux du cirque avait duré quelques semaines, puis le calme était revenu et la communauté des croyants avait recommencé à se réunir discrètement. Même si elle était privée de Pierre et de ses personnes les plus influentes, elle reprenait vie et sa foi était profonde. Marc avait recommencé son métier de scribe et, avec le nouveau groupe des *anciens* ou responsables de l'Église, il avait parlé de la mission que Pierre lui avait confiée. Tous avaient applaudi ce projet et l'avaient assuré de leur soutien. L'un d'eux, Linus, avait ajouté :

– *Si tu estimes que c'est nécessaire, tu dois faire le voyage en Palestine et tenter de retrouver quelques témoins directs qui ont pu rencontrer le Seigneur. Il n'en reste probablement pas beaucoup, mais c'est maintenant ou jamais que tu peux les écouter. Et puis, pour toi, c'est important de revoir le pays parcouru par Jésus. Tu l'as connu durant ta jeunesse et tu as la chance de parler araméen. Cela te facilitera la tâche. Nous ferons une collecte pour te soutenir durant ce voyage. Décide-toi vite! Avec le retour du printemps, les commerçants vont faire repartir leurs bateaux. J'ai un cousin qui fait du commerce avec l'Orient. Je peux te recommander à lui. Il ne fera aucune difficulté pour t'accepter à bord.*

Par la suite, les événements se sont enchaînés. Marc n'a pas hésité longtemps, malgré une certaine angoisse devant la perspective d'un voyage périlleux qui l'emmenait dans un pays qu'il ne connaissait plus. C'est un risque qu'il prend, il le sait. Pourtant, au fond de lui-même, il est sûr que tout ira bien. Il n'a qu'à se laisser guider par l'Esprit du Seigneur, entre les mains duquel il a tout remis.

Tandis que le bateau poursuit sa route le long de la côte, un des marins s'approche des voyageurs pour leur montrer, dans le lointain, le sommet d'une montagne qui s'élève au-dessus de la région de Naples, de Pompéi et d'Herculanum. Marc découvre le Vésuve, un volcan dont il a simplement entendu parler. Un panache de fumée s'échappe de son sommet. Le marin ajoute qu'ils feront escale, pour la nuit, à Élée et que, si le temps leur reste favorable, ils atteindront demain soir Syracuse.

Après avoir remercié l'homme pour les précisions apportées, les voyageurs les commentent entre eux. Marc échange quelques paroles avec l'un ou l'autre, mais évite de trop en dire sur lui-même et sa mission. Il est content de voir que le voyage se passe bien et que le bateau avance à bonne allure. Le soir tombe alors qu'il s'oriente vers la côte. Dans le lointain apparaît le feu d'un phare qui les guide jusqu'au port d'Élée. C'est là qu'il passe sa première nuit en mer.

Le lendemain, dès que le jour se lève, le bateau reprend la mer. Il poursuit sa route plus au sud en direction de la Sicile. Il passe par le détroit de Messine. Syracuse, la ville bâtie par des colons grecs, se trouve à l'extrémité orientale de l'île. Pour cette nouvelle journée, la navigation se fait sans problèmes. Il suffit, pour se diriger, de suivre le tracé de la côte. Marc est curieux de tout se qui se passe sur le bateau. De temps à autre, il se poste sur la proue où il reçoit quelques paquets d'embruns pris par le vent à la crête des vagues qui frappent l'étrave du navire. Pour l'heure la chaleur est au rendez-vous; l'humidité disparaît vite de ses vêtements mouillés.

En fin de journée, le navire entre dans l'immense rade de Syracuse, ville célèbre quelques siècles plus tôt pour avoir été le théâtre d'une grande bataille navale qui vit la défaite complète de la flotte athénienne. Marc en a entendu parler. Il regarde, intéressé par tout ce qu'il voit. Le matelot de la veille vient les avertir qu'à partir du lendemain ils seront en haute mer, sans escale, pour deux ou trois jours. C'est le moment de faire le plein des provisions de route dont ils auront besoin durant ce temps-là. Marc profite de l'escale pour se détendre les jambes dans la ville et faire quelques achats de pain, de fruits et de poisson séché. Le marin s'est montré rassurant. Le temps reste au beau et la navigation se poursuivra dans les meilleures conditions.

Dès l'aube, le bateau met le cap sur l'Orient. La côte disparaît lentement de leur champ de vision. Les marins observent désormais le soleil et se dirigent d'après sa position. Durant la nuit, ils regarderont les constellations du ciel. Tant que ce dernier restera dégagé, ils ne connaîtront pas de problèmes. Marc reste anxieux. Même s'il a beaucoup marché avec Pierre, il n'a pas fait de longs voyages en mer sans escale. Il s'en remet à celui qui accompagne ses pas désormais et implore sa protection, pour lui et toutes les personnes qui vivent sur le bateau. Même s'il doit affronter une houle soutenue, ce dernier garde une bonne vitesse de croisière. La grand-voile fait son office, sous l'action d'un vent régulier, et nulle tempête ne s'annonce à l'horizon.

Les yeux fixés vers le large, Marc médite sur sa situation. Pour ce voyage, il doit faire confiance aux hommes qui s'occupent du bateau et le dirigent.

En y prenant place, il a fait un acte de foi et s'en est remis à eux. La foi, c'est d'abord un acte humain très banal. Dans de nombreuses situations, il est nécessaire de s'en remettre à un autre, de lui accorder sa confiance. L'acte de foi en Jésus, Christ et Seigneur, ne comporte-t-il pas quelque chose de similaire? Il nous conduit vers Dieu son Père et ses paroles sont source de vie. Pour se réaliser pleinement, pour accéder à ce salut dont il parle si souvent, il faut croire en lui, adhérer au chemin qu'il propose, lui accorder une entière confiance.

Les jours se succèdent lentement. Après une première escale en Crète, le bateau repart en direction de l'île de Chypre. Le soir venu, il trouve à Paphos la protection pour la nuit et la possibilité d'un nouveau ravitaillement en eau et en vivres. Marc reste désormais le seul passager venu de Rome. La dernière étape est pour le lendemain. Avant de s'installer une fois encore pour la nuit sur le pont, il prend conscience que la première partie de son voyage est sur le point de s'achever. Il s'entend dire à mi-voix: *Demain, j'arrive en Palestine!*

À la nuit tombée, le matelot qui l'a introduit sur le bateau vient le voir. Il est resté très discret avec lui durant le voyage, ne voulant pas soulever de questions dans l'esprit d'un équipage facilement superstitieux. Assis près de lui, il parle:

– Je te connais, tu es Marc, le secrétaire de Pierre. Je n'ai pas voulu te déranger, ni susciter de questions dans l'esprit des membres de l'équipage. Dans ce milieu et par les temps qui courent, il faut savoir rester prudent si l'on veut tout simplement durer et ne pas être accusé d'être

responsable d'une avarie ou d'une tempête. Demain, à la nuit tombée, je te conduirai auprès des frères de Césarée. Je les connais bien puisque je suis, moi-même, originaire de la région. Je suis sûr que l'un d'eux pourra te conduire jusqu'à Capharnaüm. En ce qui me concerne, je devrai m'occuper des achats de marchandises. Dès que nous aurons fait le plein du bateau, nous reprendrons la direction de Rome. Que le Seigneur te protège et bénisse ton travail!

Marc veut lui parler, le remercier et tout au moins lui demander son nom, mais l'homme a déjà disparu dans la nuit. Il se rend compte que ce matelot a veillé sur lui tout au long du voyage, mais regrette en même temps qu'il ait cru devoir rester si discret. Il s'endort paisiblement. Le calme est revenu dans le port. Le lendemain, à l'aube, le bateau quitte son abri et reprend la direction de l'Orient en longeant la côte de Chypre. Peu avant midi, celle-ci disparaît; le bateau est à nouveau en pleine mer et continue sa route vers le soleil levant. Par bonheur, les vents sont toujours favorables et la mer, peu agitée. Avant le soir, ils passeront au large de Tyr et Sidon et prendront alors la direction de Césarée maritime.

Vers trois heures de l'après-midi, quelques mouettes font leur apparition et viennent planer à proximité du bateau. Leur présence est rassurante: elle annonce la proximité du rivage. Peu de temps après, la ligne d'horizon change d'aspect. Le bateau arrive en vue de la côte orientale de la Méditerranée. Les matelots savent désormais à quel endroit ils se trouvent. Ils peuvent s'orienter directement vers Césarée maritime, la ville construite par Hérode le Grand en l'honneur de César et devenue par la suite la capitale impériale de cette région, avec le lieu de résidence du gouverneur romain et celui d'une importante garnison. Pour Marc, c'est la porte ouverte vers la Palestine. Une étape s'achève, une autre va commencer, la plus importante. Devant cette perspective, son cœur bat plus vite, il est heureux de pouvoir reprendre une vie «normale» et surtout de découvrir, adulte, le pays du rabbi Jésus de Nazareth dont la parole a pris tant d'importance pour lui et les frères et sœurs de Rome. Il est temps de réapprendre à marcher. Pour se rendre en Galilée, il n'aura aucun autre moyen de transport. Il devra faire comme tout le monde, marcher des heures durant.

Le bateau entre dans le port de Césarée. Des navires marchands sont amarrés aux pontons, mais également des trirèmes impériales. La présence du gouverneur romain exige une forte garnison et la possibilité de déplacements de troupes plus rapides. Une partie du port leur est réservée. Les marins du bateau de Marc font leurs dernières manœuvres d'approche. La grand-voile est descendue de son mât et les cordes d'arrimage sont solidement fixées aux grosses poutres qui soutiennent le ponton. Marc observe leur travail et admire leur dextérité. Il a repéré le matelot qui est venu lui parler dans la nuit. Un signe de sa part lui indique qu'il ne l'a pas oublié. Avant de le retrouver, il rassemble les affaires qu'il a emportées avec lui. Il devra trouver un endroit où les déposer en vue du retour. Puis, il salue le capitaine du bateau et les matelots qui passent près de lui. Au moment de descendre, l'homme, qui lui a proposé son aide, l'invite à l'attendre près de l'entrepôt d'huile d'olive situé en face du bateau. Marc pose enfin les pieds sur cette terre qui est pour lui la Terre sainte par excellence. Tout s'est bien passé; il peut rendre grâces à Dieu. Alors qu'il s'est assis à l'endroit indiqué, il découvre, curieux, les différentes activités que génère le port. Partout des va-et-vient incessants. Ici, des bateaux qui partent ou arrivent; plus loin se font les chargements ou déchargements. Le port est comme une ruche en pleine activité. Soudain, il ressort de sa rêverie. L'homme du bateau est là, fidèle au rendez-vous donné. Sans crainte d'être vu par ses compagnons, il parle librement:

– *Mon nom est Paulus Sextus. Je n'ai pas parlé avec toi sur le bateau à cause des autres marins. Dès qu'ils affrontent une dure tempête ou connaissent une avarie grave, ils sont tout de suite prêts à accuser quelqu'un d'apporter le malheur. Avec ce qui s'est passé à Rome, il vaut mieux être prudent. Ici on ne risque plus rien. Les matelots sont libres jusqu'à demain matin. Le commandant doit d'abord aller discuter des prix avec les marchands et voir ce qu'il veut acheter. Je vais te conduire chez Barthélemy, un ami juif qui appartient à notre petite communauté. Je pense qu'il pourra t'aider. Le cousin de Linus a insisté pour que je veille sur toi durant le voyage et il m'a expliqué ta mission. Viens!*

Quittant le bord de la mer, les deux hommes traversent la ville romaine, où de nombreux fonctionnaires se sont installés. Après être passés devant de luxueuses villas, ils pénètrent dans un quartier plus populaire avec ses petites ruelles qui vont dans tous les sens. Ils arrivent devant une maison dissimulée derrière une barrière de verdure. Paulus frappe dans ses mains pour signaler sa présence et entre dans la cour. Un homme est assis sous un palmier, un rouleau ouvert entre ses mains. Manifestement, il lit et médite les Écritures. Levant les yeux en direction des deux visiteurs, il les regarde attentivement et s'exclame avec un large sourire sur les lèvres:

– *Quelle surprise! Voilà que notre Paulus est de retour de voyage! Que nous vaut l'honneur de ta visite? Et qui donc est ton compagnon? Entrez, prenez place!*

– *Barthélemy,* répond Paulus, *je te présente Marc, un frère de Rome qui a entrepris le voyage de la Palestine sur notre bateau. Il est scribe, a été longtemps le secrétaire de Pierre et cherche à rencontrer les dernières personnes qui ont connu Jésus directement. Il veut entendre leur témoignage et le mettre par écrit, avec tout ce qu'il sait déjà. Avant son arrestation et sa mort, Pierre avait lui-même insisté pour qu'il fasse ce travail. J'ai pensé que tu pourrais lui trouver un guide qui le conduise jusqu'en Galilée, à Capharnaüm, là où tout a commencé.*

Barthélemy a laissé son ami parler, tout en observant plus attentivement ce frère venu de Rome, qui l'accompagne. Il ne répond rien immédiatement, comme s'il voulait d'abord le jauger. Se décidant enfin à sortir de son silence, il se tourne vers ce dernier et lui demande un peu abruptement:

– *Parles-tu araméen?*

Marc comprend le défi qui se pose à lui. Sans plus attendre et utilisant l'araméen de son enfance, la langue parlée dans les milieux juifs de Palestine, il explique à Barthélemy sa naissance et les premières années vécues dans ce pays, suivies d'une adolescence studieuse dans la communauté juive d'Alexandrie. Tout en l'écoutant, Barthélemy montre sa satisfaction. Il a devant lui un homme qui n'est pas étranger aux us et coutumes juifs. Il l'interrompt et ajoute à l'intention de Paulus :

— *Toi le matelot, tu as fait ton travail. Je vais m'occuper de Marc et l'aider. Si tu désires te reposer avant de retrouver ton bateau ou passer dans ta famille, tu peux le faire tranquillement. Je connais au moins une personne qui sera particulièrement heureuse de te retrouver.*

Tout à la joie de cette liberté qui lui est donnée, Paulus salue les deux hommes. Sur une proposition de son hôte, Marc prend le temps d'aller faire ses ablutions. Après des jours de navigation en mer, il retrouve la merveilleuse sensation de pouvoir se laver à l'eau douce et de nettoyer ses vêtements. Revenu auprès de son hôte, celui-ci lui dit :

— *Tu n'as plus besoin de ce qui t'a permis de camper sur le bateau. Tu le retrouveras ici dans la maison, lorsque sera venu le moment de repartir. Pour l'heure, viens t'installer près de moi et mange quelques fruits, du pain et du poisson grillé. Sophronie, mon épouse, a préparé le repas du soir, nous allons pouvoir le partager. Je ne te parlerai qu'en araméen. Avant de partir, tu dois te réaccoutumer à la langue que Jésus a parlée et que l'on utilise toujours dans les villages de Galilée. Rendons grâces à Dieu qui t'a conduit jusqu'ici sans difficulté. Demain, mon fils Élias, que voici, te conduira jusqu'à Capharnaüm. Vous devrez marcher d'un bon pas, durant toute la journée.*

Marc découvre, en retrait, un homme jeune qui lui sourit et lui souhaite la bienvenue. Il lui rend son salut et le remercie d'avance, s'excusant de le déranger ainsi de ses occupations habituelles. Élias lui répond:

— *Ne t'excuse pas, Marc! Je vous ai écouté parler de la mission que Pierre t'a confiée. Je suis heureux de pouvoir y participer en t'y aidant. Nous prendrons la route de la mer, en direction du nord, jusque dans les environs de Ptolémaïs, puis nous suivrons une longue vallée qui nous conduira en direction de Capharnaüm. Cette route est la plus facile; elle nous évite les montagnes de Samarie. Nous passerons ainsi au pied du mont Carmel.*

— *Pour l'itinéraire, je te fais entièrement confiance, Élias!* ajoute Marc. *Tu as une connaissance du pays que je n'ai jamais eue durant ma petite enfance. Je suis prêt à te suivre là où tu iras. Avec le nom du prophète Élie, que tu portes, tu dois te sentir dans ton élément, prêt à emporter le combat contre les prêtres ou autres gardes du dieu Baal.*

Tous trois éclatent de rire. L'atmosphère est détendue. Le voyage en Galilée s'annonce sous les meilleurs auspices. Les échanges se poursuivent longuement entre eux. Barthélemy et Élias veulent savoir ce qui s'est passé à Rome. Marc raconte ces jours de folie meurtrière à laquelle il a échappé, comme par miracle. Mais par bonheur, ajoute-t-il, le phénomène est resté circonscrit à la ville impériale. Dans les localités de moindre importance, aucun membre de la communauté n'a été inquiété pour sa foi en Jésus. Barthélemy confirme le fait; à Césarée, ils n'ont pas eu à pâtir de la décision de l'empereur. Tout en mangeant, ils échangent des nouvelles à propos de connaissances communes. Élias parle également de la communauté qui est née à la suite de la conversion de Corneille, le centurion romain...

Entre-temps, la nuit est tombée; Sophronie invite son fils à conduire leur hôte jusque dans la chambre où il pourra se reposer pour la nuit. Elle ajoute, à l'intention du visiteur:

– *Tu as besoin de repos! Demain la route sera longue. Profite de cette nuit pour refaire tes forces!*

Marc ne se fait pas prier. Il salue ses hôtes, les remercie pour leur hospitalité et suit Élias qui lui montre l'endroit où il pourra dormir. Il ressent tout à coup la fatigue de son long voyage et se réjouit de cette première nuit en Palestine, à l'abri des vents et des embruns. Il s'endort rapidement.

Dès les premières lueurs de l'aube, les trompettes de la garnison romaine le tirent de son lit. Il sait qu'il ne doit pas traîner. Il prend ses affaires et quitte sa chambre. Dehors, l'horizon laisse apparaître les premiers rayons du soleil. Élias est prêt à partir. Marc a juste le temps de manger quelques fruits. Il salue Barthélemy qui s'est levé, lui aussi, et prend avec son guide la route de la côte. L'atmosphère de ce temps de printemps est encore fraîche et le vent qui souffle de la mer ne fait qu'accentuer cette sensation. Les deux hommes longent le rivage, vers le nord, en direction de Ptolémaïs, Tyr, Sidon et plus loin encore, Antioche de Syrie. Élias marche d'un pas rapide, parle peu avec son compagnon, se contente de lui donner quelques précisions sur les lieux qu'ils traversent.

Il est midi lorsqu'ils contournent le massif montagneux dominé par le mont Carmel. Ptolémaïs n'est plus très loin. Un temps de repos est le bienvenu ainsi que le moment de goûter les provisions de route préparées par Sophronie. Les deux hommes reprennent leur marche, passent une première rivière et parviennent en vue de la ville vers laquelle ils marchent. Élias explique:

– *Nous n'allons pas jusqu'à Ptolémaïs. Peut-être distingues-tu la rivière qui nous en sépare. Lorsque nous y arrivons, une bifurcation s'ouvre vers la droite. Nous suivrons le lit de la rivière jusqu'à sa source et ensuite nous commencerons une longue descente jusqu'au lac de Génésareth ou la mer de Galilée. À son extrémité nord, proche de l'embouchure du Jourdain, se trouve Capharnaüm. Nous y serons en fin d'après-midi.*

Après ces explications, Élias se remet en route. Marc peine un peu à le suivre, mais ne dit rien. Il comprend que son compagnon soit pressé d'arriver. Il constate que la route qu'ils suivent est fréquentée par de nombreuses caravanes de marchands et d'autres voyageurs. Il prend également conscience qu'il se trouve sur l'itinéraire principal qui relie l'Égypte à la Mésopotamie. Par là sont passées, dans un sens comme dans l'autre, les différentes armées des empires qui ont dominé cette partie du monde au fil des siècles.

Les deux hommes sont entrés dans la vallée que la rivière proche de Ptolémaïs a creusée. Ils la remontent désormais en direction de l'Orient. Après quelques heures de marche, ils parviennent à sa source. Ils sont arrivés dans les collines de Galilée et brusquement, au bord d'un plateau rocheux et herbeux, s'ouvre une grande faille qui semble descendre vers les entrailles de la terre. Marc regarde et Élias lui montre du doigt une étendue d'eau importante qui scintille au soleil. Il ajoute simplement: *La mer de Galilée!* Une longue descente commence qui leur permettra d'atteindre le but du voyage. Fixant son regard sur le fleuve qui vient alimenter en eau le lac, il devine où se situe l'agglomération dans laquelle s'achèvera la marche de son premier jour en Galilée.

Le pas d'Élias est toujours aussi rapide. Marc ressent désormais un changement d'atmosphère. Ce n'est plus le bord de mer battu par les vents, mais une immense cuvette dans laquelle la chaleur devient progressivement plus forte. Le soleil amorce sa descente à l'horizon, lorsque le fils de Barthélemy frappe à la porte de Jonas. Le jeune homme explique alors à Marc:

— *Jonas est de notre famille et il est une des rares personnes qui ont eu la chance de rencontrer Jésus sur leur route. Il a été guéri par lui de sa lèpre. Mon père m'a dit de te laisser chez lui. Il s'occupera de toi; moi, je retourne demain à Césarée.*

Introduit dans la cour intérieure de la maison par une jeune femme qu'il semble bien connaître, Élias installe Marc sur une natte placée sous un figuier de la cour et entre dans la demeure. Pendant quelques instants, il parle avec un autre homme. Il lui explique, probablement, les raisons de sa venue. Entre-temps, la jeune femme est revenue avec une cruche d'eau qu'elle dépose, sous la véranda, dans l'ombre de la maison. Élias ressort, prend congé de son compagnon de route et ajoute simplement:

— Je te laisse! Jonas va venir dans un moment. À ton retour, je te reverrai peut-être à Césarée. Il faudra bien que tu passes à la maison puisque tu y as laissé ton équipement de voyage. Prends ton temps! Tu es en de bonnes mains et je suis sûr que tous seront heureux de pouvoir t'aider. Tu peux leur faire confiance. Que le Seigneur t'accompagne et te protège!

Tandis que Marc regarde Élias s'en aller, il ne fait pas attention au vieil homme qui l'a rejoint dans le jardin et s'est installé en face de lui. Sa voix le ramène alors à la réalité du moment.

Un certain regard...

— Ainsi, tu es venu de Rome pour me demander, à moi ou à d'autres, de te raconter ce que nous avons vécu avec Jésus de Nazareth... Élias t'a dit qui je suis et quelle était ma maladie? Je vais te dire ce qui s'est passé et comment Jésus m'a guéri; mais, auparavant, prends le temps de boire et de manger quelques fruits. Ensuite, si tu n'es pas trop fatigué par la marche, je te ferai le récit de cette guérison qui a bouleversé ma vie.

Marc suit les conseils de son hôte. Il boit et mange quelques fruits savoureux venus du jardin. Pendant ce temps, Jonas le regarde attentivement, comme s'il voulait d'abord sonder ses intentions et comprendre le sens de sa démarche... Apparemment satisfait de ce qu'il voit sur son visage, il se lève, prend une coupe et puise de l'eau dans la cruche. Il en propose encore à son visiteur, boit à son tour et revient s'asseoir. Marc a fini de manger. Pour Jonas, le temps est venu de parler. Son regard se tourne vers le ciel, sans fixer aucun objet précis. Il a besoin d'un peu de temps pour rassembler ses souvenirs et mettre de l'ordre dans le flot d'images qui remontent à la surface. Enfin, il se décide à parler; sa voix est chargée d'une grande émotion.

– Peux-tu comprendre ou imaginer ce que signifie le fait d'être déclaré lépreux par un chef de synagogue?

Marc lève les bras en signe d'embarras. Celui qui n'a pas fait une expérience similaire ne peut rien en savoir, sinon de manière théorique... Tout au plus, peut-il s'en faire une opinion au hasard d'une rencontre, en écoutant le témoignage d'une personne ou dans l'angoisse qui saisit telle autre qui voit apparaître, sur sa peau, des taches suspectes.

– Je connais la Loi mosaïque et ses préceptes rigoureux vis-à-vis de tout ce qui menace la pureté de la communauté. J'imagine que l'exclusion qui s'ensuit, hors du groupe familial et du village, est particulièrement éprouvante pour qui est frappé par la maladie. Être puni pour une faute que l'on a commise, cela peut se comprendre; mais être puni à cause d'une maladie qui vous tombe dessus par hasard, sans aucune responsabilité personnelle, c'est plutôt révoltant. Je crois que les gens cèdent surtout à un réflexe de peur, tant les effets de la lèpre sont terrifiants. Ils cherchent, par tous les moyens, à s'en protéger, sans aucune considération pour le malade qui en souffre et se voit, en plus, exclu de toute vie sociale.

Marc s'interrompt et ajoute, un peu confus:

– Je parle, alors que je suis venu pour t'écouter! Élias t'a certainement déjà expliqué les raisons du voyage qui me conduit jusqu'ici. Avant de mettre par écrit quoi que ce soit sur notre Rabbi bien-aimé, je veux entendre le témoignage direct de personnes qui l'ont rencontré, ont écouté sa parole ou été guéries par lui. Les communautés de croyants qui le célèbrent comme leur Seigneur veulent conserver précieusement le souvenir de tout ce qu'il a fait, dit ou vécu. À Antioche, Rome, Alexandrie, Corinthe et ailleurs, elles demandent que soit mis par écrit le témoignage des premiers disciples. Ainsi, au cours des assemblées dominicales, seront proclamées, non seulement les Écritures, mais également les paroles de Jésus. Cette mission, Pierre me l'a confiée et je suis venu parmi vous pour trouver le complément d'information dont j'ai besoin. Mon guide m'a conduit jusqu'à toi. J'ai une grande envie d'entendre maintenant de ta bouche le récit de la rencontre qui a bouleversé ta vie.

L'ancien lépreux, Jonas, ne quitte pas des yeux son interlocuteur. Au fur et à mesure que parle Marc, son regard s'éclaire et de légers mouvements de la tête montrent qu'il est en parfait accord avec lui. Un moment de silence s'installe entre les deux hommes. On entend au loin les cris des enfants qui jouent et, dans le figuier, le chant d'un oiseau. La journée est belle à Capharnaüm et en Galilée. Sans plus attendre, Jonas commence à parler.

– Son regard… son regard… Quand je pense à ce moment-là, ce sont toujours les yeux de Jésus, posés sur moi, qui reviennent dans mon souvenir. Jamais je n'avais

fait une telle expérience… Tu as parlé de la condition du lépreux dans notre monde. Il subit l'exclusion, c'est vrai, mais, pire que cela, il connaît le mépris qui s'exprime à travers les injures, les railleries et surtout le regard des personnes qui croisent sa route. À chaque rencontre faite au hasard de la vie, je voyais des yeux le plus souvent remplis de dureté à mon égard. Même les membres de ma famille n'osaient pas s'approcher. Lorsque ma femme venait m'apporter un panier de nourriture, elle restait à distance pour me parler, la peur dans les yeux, alors que j'aurais tellement voulu y découvrir un peu de tendresse. Je ne lui en veux pas. Bien au contraire, je lui suis reconnaissant de m'avoir toujours aidé durant ces années de détresse…

Se sentir exclu de partout est une expérience terrible, de même que d'être mis, par les religieux, au rang des pécheurs. J'essayais de comprendre, de me souvenir de la faute ou du péché que j'avais bien pu commettre pour mériter cela. Je ne voyais pas. J'étais dans l'état d'esprit de Job qui rejette les accusations de ses anciens amis qui l'incitent à reconnaître son péché devant Dieu. Il va même jusqu'à mettre ce dernier en accusation pour ce qui lui arrive… Dans le malheur extrême, on dispose de temps pour réfléchir et méditer. Une question lancinante revient sans cesse: «De quoi suis-je donc coupable?» ou «Qu'est-ce que j'ai fait à Dieu pour mériter un tel sort?» Comme si Dieu était responsable de toutes les difficultés que l'on peut rencontrer dans la vie…

À nouveau le silence… Le souvenir des souffrances passées n'a pas disparu du cœur de Jonas. L'émotion le gagne à l'évocation de ce qui l'a blessé profondément. N'être plus rien pour personne…

être rejeté de partout comme un criminel... recevoir une pluie de cailloux lorsqu'on ne part pas assez vite... Aux yeux de Marc, le lépreux devient le symbole par excellence de l'homme souffrant, torturé, le bouc émissaire que l'on charge de toutes ses propres fautes et que l'on sacrifie pour se donner bonne conscience et pouvoir dormir tranquille sans faire de cauchemars. Un mécanisme d'autodéfense qui fonctionne si bien dans les sociétés humaines... De grosses larmes coulent des yeux de Jonas et brusquement son visage s'éclaire à nouveau. Marc comprend que la joie a effacé ce malheur extrême. Après la grande tristesse est venu le temps d'un bonheur presque indicible. Tournant vers son visiteur un visage inondé de lumière, Jonas reprend la parole.

— J'avais trouvé, au bord de la route du nord, qui entre à Capharnaüm, un muret de pierre derrière lequel j'avais assez de place pour me dissimuler. Malgré ma maladie, je restais curieux et, à cet endroit, je pouvais entendre les potins de la ville dans la bouche des passants, découvrir ce qui s'y passait. Depuis quelque temps, tout le monde ne parlait que de Jésus de Nazareth, de son extrême bonté pour les malades, les infirmes et les pécheurs. Certains en étaient scandalisés alors que d'autres disaient: «Enfin un Rabbi qui parle de l'amour de Dieu et ne condamne personne a priori!» Peu à peu une idée a germé dans mon cœur. Je me suis dit que j'aimerais bien le connaître, ce nouveau Rabbi, et pouvoir lui parler de mon malheur.

Un jour, il est passé par là. Je ne l'avais jamais entendu, mais, au son de sa voix, j'ai su que c'était lui. Et, comme s'il avait deviné ma présence ou mon appel, il s'est arrêté près de l'endroit où j'étais caché. Il parlait de la tendresse de Dieu pour les pauvres et les petits. Un espoir fou m'a submergé, un peu comme une vague de la mer qui emporte tout sur son passage. Je n'avais plus peur, mes hésitations s'étaient envolées; je me suis levé et je suis sorti de mon trou. Ce fut la stupéfaction générale. Je me suis approché; tous ceux qui l'entouraient se sont écartés. Lui, par contre, n'a pas bougé; on aurait dit qu'il m'attendait. Il me regardait avancer vers lui, il souriait, heureux de voir que j'avais osé dominer ma peur et entreprendre cette démarche. J'ai croisé son regard et je m'y suis accroché, comme un homme tombé à l'eau saisit entre ses mains le moindre objet flottant qui lui permet de tenir la tête hors de l'eau. Ses yeux posés sur moi… je ne les oublierai jamais! Son visage rayonnait d'une douceur et d'une tendresse que je n'avais jamais rencontrées de ma vie. J'ai compris que je pouvais tout lui demander. Je me suis jeté à ses pieds et lui ai simplement dit: «Si tu le veux, tu peux me purifier.»

Jonas n'a rien oublié de cette rencontre. Le voilà à nouveau submergé par l'émotion. Peut-il en être autrement? La rencontre avec Jésus de Nazareth a été pour lui une forme de résurrection qui l'a tiré comme hors de son tombeau et lui a redonné le goût de la vie. Marc le considère attentivement et décrypte, dans les mouvements de son visage, la puissance vivifiante de cette rencontre. Il ne dit rien, attend que son interlocuteur ait retrouvé sa sérénité. Il comprend mieux ce qui a pu se passer dans l'esprit de celles et ceux qui ont rencontré le Rabbi de Nazareth ou entendu une parole qui les a remis en route. Depuis qu'il a commencé cette activité, il est frappé de voir comment les faits et gestes de Jésus, son attitude concrète envers les exclus ou les malades ont marqué les esprits des uns et des autres, et continuent, près de trente ans après, à le faire tout aussi fortement. Un geste, une parole, un regard suffisent pour déclencher la même émotion. Cet aspect apparaît de plus en plus nettement à ses yeux. *Voilà, se dit-il, un élément que je ne dois pas oublier. Dieu s'est fait connaître aux hommes et leur a parlé dans le comportement le plus humain de Jésus.*

Jonas a retrouvé son calme et s'est relevé pour boire un peu d'eau. Il est prêt à continuer son récit. Marc ne dit rien et lui fait comprendre qu'il l'écoute attentivement.

– *La suite reste à jamais gravée dans mon cœur. J'étais prostré à terre, devant lui, et je lui répétais ma demande. Je craignais que le bruit et les commentaires de la foule ne couvrent ma voix. Tout à coup, je l'ai vu se pencher vers moi et j'ai senti sa main se poser sur mon épaule, une main douce et forte à la fois qui m'invitait à me relever. Quelle sensation! Marc, tu entends bien ce que je te dis? Il a posé sa main sur moi, le lépreux; il n'a pas eu peur de devenir lui-même impur et il m'a relevé en me tenant le bras. Alors que toutes les personnes s'écartaient soigneusement de mon chemin, depuis des années… Il m'accueillait avec cette infinie tendresse qui ne peut venir que de Dieu. Je n'étais plus un déchet humain que l'on jette sur le tas d'ordures… Je redevenais à ses yeux digne d'être aimé, malgré ma maladie et mes infirmités! Je revivais, moi, l'objet de dérision, rejeté de tous, projeté dans son trou de misère… Je retrouvais la lumière d'un visage humain qui me redonnait toute ma dignité. J'ai su à cet instant même que Dieu ne m'avait jamais condamné et qu'il m'aimait de cette infinie tendresse que je découvrais sur son visage. Certains m'ont dit, par après, que j'étais un peu fou de parler ainsi... qu'un homme est un homme et que Dieu est le Tout-Autre.*

Que veux-tu que je te dise? Une telle expérience est difficilement compréhensible pour qui ne l'a pas vécue. Je sais qu'elle a transformé ma vie à jamais, et la même émotion m'étreint, la même joie me submerge, chaque fois que je l'évoque. Les mots que j'utilise pour en parler sont faibles; ils décrivent un vécu personnel que je cherche à faire comprendre. On me croit ou on ne me croit pas, cela n'est plus mon affaire.

Jonas s'interrompt; il a besoin de respirer. Marc le laisse libre de reprendre son récit, quand il le voudra. Il note simplement intérieurement ces deux éléments: le regard rempli de compassion et la main de Jésus posée sur lui. Il remarque que ces deux gestes pleins d'humanité ont été déterminants pour Jonas le lépreux. Ils lui ont permis de découvrir en Jésus le visage de Dieu. Poussant un peu plus loin sa réflexion intérieure, Marc voit bien ce que le comportement du Rabbi a pu avoir de choquant pour ses contemporains qui vénéraient plus que tout la soumission respectueuse aux lois mosaïques, particulièrement aux lois de pureté légale, à tous ces interdits frappant aussi bien les malades que les aliments ou les contacts avec l'étranger. Pour certains, cela tournait à l'obsession. Ils y trouvaient leur identité, leur point de ralliement qui garantissait la solidité d'une communauté aux prises avec les difficultés de son statut de minorité parmi tous les peuples de la terre.

Marc se souvient de l'enseignement reçu à la synagogue. Il connaît par cœur la Torah, les cinq livres qui sont à la base de la Loi mosaïque. La première partie de sa jeunesse en a été marquée. Ce souvenir fait remonter en lui une certaine nostalgie... Il revoit les rabbis qui ont contribué à sa première éducation, d'abord dans la région de Césarée, puis à Alexandrie, où son père s'était installé. Il pense aux difficultés de sa rencontre avec l'étranger, ces incirconcis ou païens avec lesquels ses premiers maîtres interdisaient tout contact. Mais comment vivre dans une grande métropole étrangère sans les fréquenter et parler avec eux? Il se souvient des questions anxieuses qui se posaient à lui. Il avait entendu parler de Jésus, avait pensé trouver auprès de Barnabé et de Paul des réponses à ses propres interrogations, mais l'attitude de Paul n'avait fait qu'accentuer ses angoisses. Il était revenu à Alexandrie et Pierre était passé par là. Il a pu le rencontrer à la synagogue un jour de sabbat. Le chef de la communauté lui a proposé, comme le veut la coutume, de lire la Parole et de la commenter. Il a entendu, pour la première fois, parler de Jésus en des termes qui l'ont bouleversé. Pour lui aussi, cette rencontre a marqué sa vie... Il a décidé de suivre le chemin pris par Pierre, de se mettre à son service et de l'accompagner partout...

Jonas regarde maintenant son visiteur, devinant en partie ce qui se passe en lui. Une grande complicité s'installe entre eux; il ne le bouscule pas, sachant que la parole doit faire son chemin dans le cœur d'un homme ou d'une femme. Au bout d'un moment, il reprend:

– Je vois que mes paroles te font réfléchir… Ce qui m'est arrivé et l'attitude du Rabbi de Nazareth offrent à qui veut bien s'y arrêter des abîmes de réflexion… Si tu le désires, on peut reprendre plus tard, lorsque tu auras assimilé une partie de ce que je t'ai dit!

– Non! dit Marc. *Allons jusqu'au bout de ton récit. On aura peut-être le temps d'en discuter. J'ai eu l'occasion d'entendre Pierre et quelques-uns des autres Apôtres de Jésus. Leurs paroles offrent des caractéristiques similaires que je retrouve dans ce que tu dis. Je suis prêt à entendre la suite de ton témoignage!*

Jonas ne se fait pas prier. Trop heureux de trouver devant lui un auditeur attentif, il reprend:

– Jésus n'a fait aucune mise en scène particulière comme certains thaumaturges et autres guérisseurs qui passent de village en village en proposant le produit miracle sensé guérir toutes les maladies. Lui, il m'a simplement regardé dans les yeux, comme pour m'inviter à mettre en lui toute ma confiance. Et il a prononcé des mots qui restent gravés en moi: «Je le veux, sois purifié.» Un regard et une simple parole qui m'invitaient à avoir foi en lui… Sur le moment, je suis resté interdit, me disant qu'il allait certainement faire quelque chose de particulier; puis j'ai senti monter en moi une vague de chaleur et une grande paix. J'ai regardé mes mains, mes bras et mes pieds; il ne restait rien des signes de la lèpre, j'étais guéri! J'ai arraché quelques-uns des chiffons qui m'entouraient le corps et j'ai crié et dansé de joie. Je me suis jeté à ses pieds en répétant: «Merci, Seigneur! Merci, Seigneur!» Avec Jésus, Dieu est entré dans ma vie et m'a

révélé à jamais son visage de tendresse et d'amour. *Après toutes ces années où je n'étais plus, à mes propres yeux, qu'un mort vivant, voilà que tout basculait. Je retrouvais la vie.* «*Je le veux, sois purifié*»... *Je restais saisi par ces mots. Par la seule puissance de sa parole, le Rabbi de Nazareth me sauvait de la mort.*

Ce moment fut pour moi une nouvelle naissance. Le calme revenu, Jésus a insisté pour que je reste discret sur ce qui m'était arrivé, que j'aille me montrer au prêtre, selon les préceptes de la Loi, et que j'offre le sacrifice d'action de grâces pour ma guérison. Mais comment voulais-tu que je me taise devant tous ceux qui me connaissaient? Je ne le pouvais pas. J'allais et venais en chantant ma joie et en racontant ce qui m'était arrivé. Cela a suscité un grand déplacement de foule. Les gens venaient de partout demander à Jésus de les guérir de leurs maladies. J'ai compris plus tard, après sa mort, le sens de sa demande. Il ne voulait pas d'une propagande trop facile qui supprimerait la démarche de foi de celles et ceux qui s'adressaient à lui. Et, plus encore, il fuyait soigneusement ceux qui auraient voulu faire de lui un messie chef d'armée. Cette image de l'envoyé de Dieu est dans tous les esprits. Judas en a été victime. Il a probablement été déçu par Jésus, après avoir cru en lui... Je chercherais dans cette direction les raisons qui l'ont conduit à trahir son Maître. Il est vrai qu'un messie crucifié, cela fait désordre... J'ai mis du temps à comprendre; mais lorsque j'ai entendu le témoignage des disciples qui proclamaient sa Résurrection d'entre les morts, j'ai compris que l'envoyé de Dieu n'était pas venu pour braver, par les armes, la puissance de César, mais vaincre ce dernier par la seule force de l'amour qui va jusqu'au bout de lui-même. Son but était de faire renaître l'espoir dans le cœur des désespérés et de les aider à sortir des tombeaux dans lesquels ils sont enfermés. Sa parole a réalisé cette chose merveilleuse en moi. Elle m'a tout simplement fait renaître.

Marc écoute attentivement, intériorise au maximum ce que Jonas lui raconte. Il connaît en partie ce récit que Pierre a déjà fait devant lui de manière plus succincte. Le témoignage des personnes qui ont elles-mêmes bénéficié de l'action de Jésus peut seul donner chair à ces paroles et aider les auditeurs à s'en nourrir pour donner sens à leur propre vie.

Encore une fois, Marc prend conscience de l'urgence de sa tâche. Il doit répondre au plus vite à la demande des frères de Rome ou d'Alexandrie, en particulier, qui réclament avec insistance la mise par écrit de ce qu'ils entendent au cours des réunions hebdomadaires. Les premières lettres de Paul circulent entre les communautés et sont lues à l'égal des Écritures. Mais sur Jésus lui-même, ils n'ont que le témoignage oral de différents témoins.

Marc pense à ce que disait Pierre: *Les paroles de Jésus sont une source de vie éternelle.* De fait, chaque fois qu'il faisait le récit d'une rencontre de ce dernier avec telle ou telle personne ou qu'il rapportait son enseignement en paraboles, les frères et sœurs rassemblés buvaient ses paroles. L'enseignement de Pierre était pour eux le chemin d'accès à Jésus. La mise par écrit de son témoignage et de celui des témoins directs permettra aux fidèles de toutes les contrées d'avoir accès à la même source de vie. Il n'y a pas de communauté juive sans un rassemblement autour de la Parole de Dieu. Il ne peut y avoir de communauté des disciples de Jésus sans un rassemblement identique. Ils ont besoin de se retrouver autour des paroles du Maître et de s'en nourrir, sans pour autant jeter aux gémonies les Écritures auxquelles Jésus se réfère sans cesse. Leur survie au cœur du monde gréco-romain est à ce prix. Ces réflexions confortent Marc dans sa décision de mener à bien sa mission. Ayant entendu Jonas, il lui dit son désir de rencontrer d'autres membres de la communauté.

– *Jonas! J'ai un service à te demander.*

– *Que veux-tu? Parle. Tous les amis de Pierre sont pour moi des frères. Si je peux t'aider à quelque chose, je suis prêt à le faire.*

– *Merci à toi! C'est bien de ton aide dont j'ai besoin. Je suis trop jeune pour avoir eu la chance de croiser les pas du Maître. Et, par la suite, j'ai quitté le pays avec mes parents. Peux-tu me faire rencontrer d'autres personnes qui ont entendu Jésus de vive voix, ou alors me trouver, dans la communauté des frères de Capharnaüm, quelqu'un qui pourrait me servir de guide?*

– *Je comprends*, dit Jonas. *Je suis prêt à t'aider, mais je n'ai plus les forces de ma jeunesse. Je vais te conduire chez André, le plus jeune fils de Pierre. Les frères l'ont choisi comme ancien ou responsable de la communauté. Il nous rassemble et porte le souci de chacun. Il t'hébergera pendant ton séjour à Capharnaüm. Je vais le faire prévenir et lui expliquer les raisons de ta venue. Je suis certain que lui et sa femme se feront une joie de t'accueillir.*

Jonas appelle un de ses petits-enfants, lui fournit quelques explications et l'envoie porter un message à André. Pendant quelques instants, Marc regarde autour de lui cet environnement si familier pour Jésus. C'est là qu'il revenait après ses longues marches en Galilée. Il en profite pour se désaltérer, puis il ajoute:

– *Je te remercie Jonas. Avant de retrouver André, j'ai encore une faveur à te demander, si cela t'est possible. Pierre a souvent évoqué sa première rencontre avec Jésus et l'appel qui a marqué sa vie à jamais. Il m'a dit que c'était au bord du lac, là où les pêcheurs attachent leurs barques et réparent leurs filets en vue de la prochaine pêche. C'est loin d'ici?*

– *Je vais t'y conduire tout de suite! Le lac est tout proche. La route qui traverse la ville nous conduira sur le bord du rivage.*

Les deux hommes se lèvent. Marc a besoin de réfléchir, de se donner un peu de temps pour mieux comprendre ce qu'il vient d'entendre. Jonas respecte ce désir de silence. Ils quittent la cour intérieure, s'engagent sur la route qui traverse la ville.

Capharnaüm est un carrefour commercial par lequel passent les caravanes venues du nord, de la Mésopotamie et d'Arabie. On y rencontre des personnes originaires de partout. C'est ce qui lui vaut une mauvaise réputation dans l'esprit des autorités religieuses de Jérusalem qui interdisent toute forme de mélange entre juifs et païens. Mais le commerce a des exigences contre lesquelles les religieux ne peuvent pas grand-chose. Ville frontière, Capharnaüm est en charge de la douane confiée par les Romains aux publicains, ces hommes qui ont si mauvaise presse auprès des groupes religieux comme les pharisiens, mais aussi des petites gens, qui les accusent d'être des voleurs patentés. Tout à coup, Marc se souvient d'une anecdote racontée par Pierre. Jésus avait scandalisé tout le monde, le jour où il avait invité Matthieu, un collecteur d'impôts, à le suivre. Ce dernier n'avait pas hésité une seconde. Cet appel était tellement merveilleux à ses yeux qu'il avait convié ses amis publicains à venir à la fête qu'il organisait pour Jésus et ses disciples, avant de se mettre en route avec eux. Encore un trait caractéristique du comportement du Maître.

On aurait dit qu'il aimait déranger les gens. Pierre avait expliqué que Jésus invite chacun à changer de regard sur les autres, à quitter ses préjugés, à sortir d'une religion qui se préoccupe surtout de ses rituels, de ses lois ou sacrifices à accomplir, et trop peu de miséricorde, du bien des personnes et de leurs problèmes concrets. Tout à ses pensées, Marc et son compagnon arrivent à un endroit où une caravane de dromadaires s'est arrêtée, tandis qu'un groupe d'hommes est en grande discussion devant une petite échoppe. Comme s'il devine les pensées de son visiteur, Jonas rompt le silence:

– *Regarde la petite maison, là-bas. C'est le bureau des douanes. C'est là que Matthieu travaillait, le jour où Jésus s'est arrêté devant lui pour l'inviter à le suivre. Derrière, tu entrevois le quartier des publicains. Ils évitent de se mêler au reste de la population, pour ne pas être victimes de la violence de ceux qui les considèrent comme des voleurs…*

Il se tait un instant. Visiblement les souvenirs remontent dans son esprit. Tout à coup, il se met à rire franchement, puis explique les raisons de cette soudaine gaieté:

– *Si tu avais vu le scandale provoqué par Jésus, lorsqu'il est allé manger avec Matthieu et ses amis! Quand il est sorti de la maison, des pharisiens l'ont repris vertement: «Toi, un rabbi, un homme de Dieu, tu vas manger avec des pécheurs!» Sans élever la voix, mais fermement, Jésus leur a répondu: «Quand vous appelez le médecin, c'est pour une personne malade. Non? Eh bien moi, je suis venu pour m'occuper non pas des justes ou des personnes qui se croient telles, mais des pécheurs.» Puis, en regardant les pharisiens droit dans les yeux, il avait ajouté: «Vous avez oublié la Parole de Dieu annoncée par les prophètes: c'est la miséricorde que je veux et non les sacrifices!»*
J'ai été témoin de la scène. Je t'assure que les détracteurs de Jésus n'en menaient pas large. Ils se sont retirés, et moi je baignais dans la joie. Je découvrais que Jésus avait pour Matthieu un comportement identique à celui qu'il avait eu avec moi. Sa bonté s'adresse en priorité à tous ceux qui se sentent exclus, condamnés par la Loi, mis au rang des pécheurs ou des personnes infréquentables. Ils sont tellement nombreux, ceux ou celles qui ont pu en bénéficier! Ce fut chaque fois pour eux une nouvelle naissance. Certains vivent encore dans la région. Tu auras l'occasion d'en rencontrer.

– *Merci!* ajoute Marc. *Ta présence à mes côtés facilitera le dialogue. J'ai entendu dire que la communauté juive de Palestine n'aime pas trop ses frères et sœurs qui vivent dans le monde païen et ne parlent pas bien l'araméen. Quand on a vécu pendant des années à Alexan-*

drie, on utilise surtout le grec, même dans la diaspora juive. C'est pour cette raison que les scribes d'Alexandrie ont traduit en grec les Écritures. Il fallait donner à tous les membres de la communauté la possibilité de comprendre la Parole de Dieu dans leur langue usuelle.

Ils arrivent près d'une maison devant laquelle Jonas s'arrête. Dans la cour, près d'un feu, une femme actionne sa meule pour écraser un peu de grain. Elle s'apprête à préparer des galettes de pain. Quelques poissons ont été posés dans une assiette, prêts à être grillés sur le feu de bois. Un peu plus loin, du matériel de pêche est suspendu contre la paroi de la maison. Jonas tourne la tête vers Marc et lui dit:

– *Tu ne devines pas à qui était cette maison?*

– *Comment veux-tu que je le sache? Mais je suis curieux de l'apprendre! Tu sais bien que je ne suis pas d'ici. Quand j'ai quitté le pays, j'avais tout juste entendu parler de Capharnaüm, sans plus. Je n'y avais bien sûr jamais mis les pieds.*

– *Je te présente la maison de Pierre*, dit Jonas, *et cette femme qui prépare la cuisine est l'épouse d'André. C'est ici que notre groupe se réunit, chaque premier jour de la semaine, pour prier, chanter, partager ensemble les paroles du Seigneur et revivre la fraction du pain. Jésus avait fait de cette maison son pied-à-terre à Capharnaüm. Il aimait se retirer sous ce figuier, là, au fond de la cour, pour y prier et se reposer. Mais chaque fois que les gens apprenaient sa venue, ils accourraient en nombre. Il y avait parmi eux tous les éclopés de la ville, qui espéraient être guéris. Les disciples avaient beaucoup de peine à les contenir dehors, le temps que le Rabbi se repose un*

47

peu. Quand il venait à leur rencontre, la même cohue recommençait. Pourtant il ne s'énervait jamais avec les petites gens, les infirmes ou les malades. Par sa parole, il les encourageait et en guérissait un grand nombre. Chacun l'écoutait avidement, y trouvant une source de joie, de paix et une grande force intérieure. Quand ils repartaient, leurs visages rayonnaient, même chez ceux qui n'étaient là que par curiosité.

Jonas garde quelques instants de silence, puis ajoute, avec un peu de tristesse dans la voix:

— Pourtant, je dois bien l'avouer: c'est aussi à partir de ce moment que commencèrent les difficultés. Des scribes du groupe des pharisiens venaient voir ce qui se passait. Tu les connais! Ils croient détenir à eux seuls la vérité et s'érigent en défenseurs de la Loi. Après sa participation au repas de fête donné par Matthieu, Jésus est devenu suspect à leurs yeux. Ils épiaient chacun de ses gestes, lui posaient une foule de questions, cherchaient le moyen de le mettre en contradiction avec la tradition pour pouvoir l'accuser ou casser sa popularité… Je pense surtout qu'ils étaient jaloux du succès qu'il avait auprès des personnes venues l'écouter ou le rencontrer.

Marc veut s'arrêter, ne pas passer devant la maison de Pierre sans saluer ses habitants. Jonas comprend son désir, mais ne lui laisse pas le temps de l'exprimer.

— Je devine ce que tu voudrais. Rassure-toi ! Au retour, nous nous arrêterons là. Rébecca est déjà en train de préparer le repas. Allons d'abord jusqu'au bord du lac, comme tu l'as souhaité!

Jonas fait un signe de la main à l'épouse d'André qui acquiesce de la tête. Des enfants jouent un peu plus loin dans la cour, alors qu'une grande fille aide sa mère à préparer les légumes. Marc sourit intérieurement en se disant que le premier des douze Apôtres de Jésus n'a pas laissé derrière lui qu'une famille spirituelle, mais aussi une famille humaine bien vivante. Alors qu'il avance dans la petite ruelle, il pense à ce que Jonas lui a dit et songe à ce qu'il devra approfondir. Comment Jésus a-t-il pu susciter autant d'oppositions contre lui? Ils se sont ligués pour le perdre. Et pourquoi les a-t-il laissés faire? Voilà bien une question que beaucoup se posent. Quand ils parlent de Dieu, les frères de Rome ont en tête une certaine image de la divinité qui, à l'exemple de Jupiter ou de Zeus, manie la foudre et le tonnerre. Ils comprennent difficilement que Dieu ait apparemment abandonné son envoyé et l'ait laissé mourir sur une croix comme un esclave... Où était sa toute-puissance, pourquoi ne l'a-t-il pas exercée, laissant Jésus souffrir jusqu'à la mort?

Une dernière maison devant eux, l'horizon s'ouvre. La route suit le bord du rivage du lac de Génésareth, appelé également «lac de Tibériade» ou encore «mer de Galilée». Un peu plus loin, un petit port est installé et des barques sont amarrées à un ponton. D'autres ont été tirées hors de l'eau et retournées, pour assurer l'entretien de la coque. En retrait, près d'une petite cahute, entre deux arbres, des filets sont suspendus sur une longue perche. Dans l'une des barques, des hommes contrôlent le matériel utilisé durant la nuit et réparent les dégâts causés par quelque poisson trop gros qui refusait de se laisser prendre.

La place autour du petit port est vide. La vente du poisson est finie depuis longtemps. Les acheteurs sont retournés chez eux. À côté de la cahute, un feu brûle. Des claies de branchages sont installées à bonne hauteur. Elles accueillent le poisson non vendu. Séché par la chaleur et la fumée, il sera conservé pour être consommé ou remis en vente ultérieurement.

Marc regarde, fasciné par le lieu. C'est donc là que Jésus a commencé sa prédication et qu'il a appelé ses premiers disciples... Marc regarde et cherche à faire remonter le souvenir de tout ce qu'il a entendu de la bouche de Pierre lui-même. Jésus était venu et marchait le long du rivage. Rien ne le distinguait des autres: il saluait les personnes qu'il rencontrait, s'arrêtait auprès des enfants pour parler avec eux. Le marché aux poissons était pratiquement terminé quand il s'est mis à dire: *«Le temps est accompli, le Règne de Dieu est proche: convertissez-vous et croyez à la Bonne Nouvelle.»*

Certains ont continué leur travail ou leur chemin, indifférents aux paroles de cet homme qu'ils ont pris d'abord pour un illuminé ou un prédicateur, comme il y en avait régulièrement dans toute la Palestine. Sur sa barque, Pierre avait fini son travail. Il écoutait les paroles de l'inconnu; elles éveillaient un grand écho au plus profond de son être. Il se sentait saisi, remis en cause et son cœur battait très fort. Il ne comprenait pas ce qui se passait. Bien sûr, comme tous les juifs de son temps, il attendait la venue d'un Messie-Sauveur et restait insatisfait de la manière dont on vivait dans ce monde aux prises avec une violence incessante. Pierre était un homme profondément attaché à la foi de ses ancêtres et vivait du mieux qu'il pouvait les préceptes de la Loi mosaïque. Malgré tout, il demeurait dans l'expectative; il ne savait pourquoi… En écoutant l'inconnu, il se rendait compte que jamais il n'avait entendu de la bouche d'un rabbi ou d'un homme de Dieu des paroles aussi brûlantes et fortes. Elles pénétraient en lui comme un torrent d'eau vive, comme une force qui stimule et remet en marche. Et quand il dénonçait certains comportements hypocrites, Pierre approuvait silencieusement en disant: *C'est bien vrai!*

L'homme s'était tu. Les gens repartaient chez eux et Pierre s'apprêtait à quitter sa barque avec André. Brusquement, la voix de l'inconnu retentit, toute proche, s'adressant aux deux hommes: *«Venez à ma suite, et je ferai de vous des pêcheurs d'hommes.»* Pierre leva les yeux et croisa son regard. Ce fut le moment où toute sa vie a basculé. Il n'en parlait jamais beaucoup, ne voulant pas que l'attention se focalise sur lui, mais Marc avait bénéficié de l'une ou l'autre confidence. Tout avait commencé, pour Pierre et André, sans aucun doute, par ce regard de Jésus posé sur eux, dans lequel ils avaient perçu le souffle de l'infini et la marque d'une tendresse sans bornes. Sans se concerter, les deux hommes s'étaient levés, avaient tout laissé, leur barque et leurs filets, et l'avaient suivi. Ce même jour, il s'arrêta près de la barque du vieux Zébédée, adressa le même appel à Jacques et Jean, ses deux fils. Laissant tout, ils le suivirent. Le premier noyau de disciples était constitué.

Le silence se prolonge. Jonas reste en retrait, assis à l'ombre d'un arbre qui pousse au bord du rivage. Il respecte ce qui se passe en Marc. Un lieu comme celui-là est lourd de signification et suscite chaque fois la même émotion dans le cœur des frères et sœurs qui s'y arrêtent. C'est vrai! Tout a commencé là. Les premiers à répondre à l'appel du Rabbi de Nazareth étaient de simples artisans pêcheurs. Rien ne les prédisposait à devenir des *«pêcheurs d'hommes»*. Ils ont répondu à un appel qui suscitait un grand écho en eux. Dès le premier instant, ils ont mis leur foi en lui et déposé leur vie entre ses mains. Ils se sont mis en route, comme Abraham, sans trop savoir sur quel chemin l'inconnu du bord du lac allait les emmener. Pouvaient-ils d'ailleurs l'imaginer?

Marc pense à la longue route que Jésus va prendre et à l'enthousiasme que ses paroles et ses guérisons ont déclenché. Dans le même temps, ses paroles ont scandalisé, à cause des libertés qu'il prenait avec la Loi. La décision est vite tombée; les milieux religieux et politiques décident d'éliminer ce Rabbi trop irrespectueux de la Tradition et de ceux qui la représentent officiellement. N'a-t-il pas traité un groupe de pharisiens d'hypocrites et de sépulcres blanchis? Marc pense à Pierre et aux autres Apôtres. Qu'espéraient-ils de leur Rabbi? La route prise avec lui était semée d'embûches, de questions, de doutes. Sans la confiance mise en lui et nourrie de sa parole, auraient-ils pu suivre ce chemin sur lequel il les invitait?

Pierre ne lui a rien caché de leurs désillusions, de leurs doutes et de l'abandon de plus d'un. Ils croyaient voir en lui le Messie de Dieu, celui que tous attendaient. Pouvaient-ils imaginer que sa route allait s'achever sur le Golgotha, entre deux bandits crucifiés comme lui? Ils espéraient qu'il rassemblerait le peuple et chasserait, hors de Palestine, les armées romaines, rétablirait la royauté davidique en

Israël, prendrait le pouvoir dans une Jérusalem pourrie par la corruption des élites religieuses et des classes dominantes. Ils n'attendaient qu'un mot de sa part pour prendre les armes... Mais il avait refusé avec force cette solution. Il faisait taire ceux qui parlaient trop intempestivement de lui et voulaient lui faire de la propagande. Bien au contraire, il s'était mis à parler des souffrances et de la mort qui l'attendaient dans la Ville sainte. Pierre lui-même avait voulu l'en dissuader. Il avait alors reçu la pire remontrance de sa vie. «*Passe derrière moi, Satan!*» Il s'était tu, mais ne supportait pas l'idée de voir son maître finir sa courte vie par une mort violente.

Est-ce que la toute-puissance de Dieu n'est pas au service de son envoyé? Question redoutable entre toutes, que la foi en la Résurrection de Jésus n'a pas fait disparaître. Marc pense aux chrétiens de Rome qui viennent de traverser de violentes persécutions. Ils se posent les mêmes questions. Où est le bras du Dieu vainqueur? Pourquoi n'intervient-il pas? Pierre avait compris une chose que lui, Marc, n'oublie pas. En Jésus, ce n'est pas une violence plus grande qui a triomphé, mais la souveraineté de l'amour qui donne sa vie et accepte librement d'en payer le prix jusqu'au bout, s'il le faut. Cet amour éclate sur la croix du Golgotha; par le pardon qu'il leur accorde, il triomphe de ses bourreaux. Mais comment le montrer et l'expliquer à des hommes et des femmes habitués à penser que Dieu peut tout faire à coups de miracles et de baguette magique, dans leur vie?

Marc se souvient d'un épisode qui opposait Jésus à des pharisiens, discutailleurs toujours en quête de signes indubitables. Sa réponse avait été cinglante. «*Vous ne recevrez d'autre signe que le signe de Jonas!»* Qu'avait fait le prophète Jonas? Il s'était fait, malgré son peu d'enthousiasme pour la mission que Dieu lui confiait, le porteur d'une parole qui invitait les habitants de Ninive à se tourner vers Dieu et à changer de conduite. Et sa parole avait été entendue. Faire entendre la Parole de Jésus, voilà bien la mission qui lui est dévolue, à lui, Marc! Se faire le porteur de la Bonne Nouvelle venue jusqu'aux hommes en Jésus de Nazareth. La voix de l'ancien lépreux interrompt ces réflexions.

– *Marc, ton séjour parmi nous ne fait que commencer. Tu as eu une longue route et tu dois manger et te reposer. Je crois que Rébecca et André commencent à s'impatienter. Il est temps d'aller les retrouver, ainsi que d'autres membres de notre petite communauté.*

– *Je te suis, Jonas; mais tu peux comprendre la signification que prend ce lieu pour moi. Il possède une grande valeur symbolique. Pierre en a souvent parlé; il n'a jamais oublié ce qu'il a vécu lors de sa première rencontre avec Jésus.*

Jonas ajoute, le cœur plein de gaieté:

– *J'ai entendu dire que le petit groupe d'amis avait ri lorsque Jésus a changé son nom en lui disant: «Tu t'appelles Simon, mais désormais tu t'appelleras Pierre!» Ce nom lui allait bien, vu son caractère abrupt. Personne n'imaginait alors que lui, le pêcheur de la mer de Galilée, allait devenir la colonne principale sur laquelle reposerait l'assemblée des croyants.*

Quittant le rivage du lac, les deux hommes rebroussent chemin; ils parviennent rapidement devant l'ancienne demeure de Pierre. Un groupe d'hommes et de femmes est assis sous l'auvent et discute paisiblement. À la vue de Marc et de Jonas, l'un des membres du groupe se lève et vient les accueillir à l'entrée de la cour. Jonas se tourne vers son compagnon et lui dit:

– *Marc, je te présente André. C'est à lui que notre assemblée a confié la charge d'ancien. Il nous rassemble chaque semaine et s'occupe de la bonne marche de la communauté. Il va prendre soin de toi et faire tout son possible pour te faciliter la tâche.*

Un éclat de rire répond à cette présentation solennelle. Les bras grands ouverts, en un geste d'accueil, André ajoute simplement:

– *Bienvenue à tous deux et à toi particulièrement, Marc! Tu es ici chez toi. Entre dans la maison que Pierre a laissée à ses enfants. Mes frères me l'ont laissée et j'en ai fait le lieu de résidence de ma petite famille. Viens, que je te présente aux membres de notre communauté. Quand ils ont appris ta venue, ils sont arrivés pour faire ta connaissance. Ils savent que, durant de longues années, tu as accompagné mon père dans sa tâche et que tu as recueilli ses confidences. Tu leur diras toi-même les raisons de ta présence au milieu de nous.*

Le cœur battant, tellement cet instant est émouvant pour lui, Marc franchit presque religieusement la porte d'une maison qui fut, pendant près de trois ans, le pied-à-terre de Jésus et de ses disciples à Capharnaüm.

Le souvenir de Jésus de Nazareth...

Rébecca a déposé, au centre du cercle formé par les convives, à disposition de chacun, un grand plateau de galettes de pain, poissons grillés, légumes crus ainsi qu'une cruche d'eau et une coupe de vin. Jonas présente Marc à la petite assemblée, explique le motif de sa venue, puis, désignant André, il ajoute :

— André est le dernier des enfants de Simon-Pierre. Il était à peine sorti des jupes de sa mère, lorsque Jésus a été condamné à mort! Depuis le départ en mission de son père et la mort de son frère aîné, il préside nos réunions du premier jour de la semaine. Malgré son jeune âge par rapport à moi, nous l'avons tous choisi comme «ancien». Il possède la fougue et l'enthousiasme de son père. Nous en avons bien besoin, certains jours.

À nouveau, André éclate de rire et interrompt Jonas d'un signe de la main, puis, se tournant vers Marc, il ajoute:

— *Tu es le bienvenu parmi nous, Marc, et particulièrement dans cette maison. J'ai appris que tu as accompagné mon père jusqu'à Rome et que tu es devenu son porte-parole. Tu désires mettre par écrit le témoignage de ceux et celles qui ont vécu les événements qui ont bouleversé nos vies. Je suis bien conscient de cette nécessité. Il faut garder vivante en nous la mémoire de Jésus de Nazareth. On ne peut pas se contenter de vivre, chaque premier jour de la semaine, la fraction du pain, et laisser se perdre dans l'oubli les Paroles du Maître. Nous gardons précieusement les Écritures dans lesquelles est conservée la foi de nos ancêtres; mais beaucoup ne savent rien de ce qui nous concerne en particulier. Nous avons besoin d'un livre dans lequel nous pourrons retrouver et proclamer l'enseignement de notre Seigneur, à chacune de nos réunions. Tu fais là une œuvre importante qui soutiendra la foi et l'engagement des frères et sœurs, où qu'ils se trouvent, et nous t'en remercions. Pour ce faire, j'ai demandé à Shimon de t'aider. Il a suivi le parcours de Paul, avant de nous rejoindre. Il est scribe de formation et dans nos réunions, il porte le souci de l'enseignement. Chacun de nous aime l'entendre. Par ailleurs, il a déjà mis par écrit un certain nombre de récits qu'il reprend dans nos assemblées. Il te sera d'une grande utilité.*

Un moment de silence permet à Marc d'intervenir:

— *Tu es bien le fils de ton père, André, et je suis heureux de pouvoir te rencontrer. Ton soutien et ton hospita-*

lité m'honorent et j'en aurai besoin. Tu es certainement au courant de ce qui s'est passé à Rome. Beaucoup de frères et sœurs sont morts dans d'atroces souffrances. Ton père et d'autres Apôtres ont été pris dans la tempête et ont donné leur vie à cause de leur foi en Christ. Depuis lors, les anciens de différentes communautés ont exprimé le même désir: disposer d'un livre qui rassemble les paroles et l'enseignement du Maître. De plus, vous savez que beaucoup sont d'origine gréco-romaine et ne comprennent pas grand-chose à nos coutumes ancestrales. Ils m'ont demandé de les aider à entrer dans l'intelligence de ce qui concerne Jésus de Nazareth et les raisons qui ont conduit les autorités religieuses de Jérusalem à réclamer sa mort. Linus, le responsable actuel des anciens de Rome, m'a proposé de venir en Palestine pour rassembler les témoignages des dernières personnes qui ont connu Jésus. J'ai pris l'un des premiers bateaux qui venaient à Césarée, après la célébration de la Pâques et je suis aujourd'hui parmi vous.

Par ailleurs, vous savez que beaucoup d'histoires merveilleuses ont été mises par écrit. On y trouve tout et n'importe quoi sur notre Rabbi. Avant son arrestation, Pierre avait lui-même compris l'urgence de cette tâche. Comme je le suivais partout, il m'a proposé d'en prendre la responsabilité pour que toutes les communautés disposent de la même Parole. Cette activité, je l'ai commencée, mais, pour la mener à bien, je souhaite entendre les derniers témoins vivants, voir de mes yeux les lieux où tout a commencé, m'imprégner de l'atmosphère qui s'y trouve. Ma première rencontre avec Jonas a été très enrichissante et je lui suis reconnaissant d'avoir été mon premier guide.

Marc se tait et attend. Tous les visages tournés vers lui expriment un accord général. André reprend la parole.

– *Tu peux compter sur nous; tous ici sont disposés à t'aider, si tu en exprimes le désir. Mais, pour l'heure, il est temps de manger. Rébecca a préparé quelques bonnes choses. Je vous invite à louer le Seigneur pour les dons qu'il nous a faits.*

Il entonne un Psaume que toute l'assemblée reprend avec lui. Au terme du chant, il ajoute:

– *Souvenons-nous toujours du commandement que Jésus donne à ses disciples: s'aimer les uns les autres comme lui nous a aimés. Pour lui, cet aspect est essentiel. Sa vie, il l'a donnée pour que nous vivions de lui et que nous apprenions à faire une démarche similaire si nous désirons vraiment faire partie de ses disciples. Telle est la Parole qui nous fait vivre!*

Tous approuvent avec un vigoureux «*Amen!*». Après quoi, chacun commence à manger. Marc trouve le poisson grillé particulièrement délicieux. Les herbes aromatiques mélangées à l'huile d'olive, dont la cuisinière l'a enduit, lui donnennt un goût savoureux. Il apprend que ce poisson est celui que Pierre, durant de longues années, aimait à pêcher dans le lac avec son frère André et ses amis Jacques et Jean, avant de suivre Jésus. La conversation est joyeuse. Bien qu'étant de familles différentes, il existe entre eux un lien solide et profond. Voilà, se dit Marc, ce que Pierre et Paul ont entrepris de bâtir dans les différentes villes de l'Empire romain où ils sont passés. Des questions lui sont également posées sur la vie des autres communautés. Parmi les convives, peu d'entre eux ont eu l'occasion de quitter la Palestine; chacun est curieux de savoir comment le message de Jésus a été accueilli dans les autres pays. Une question revient souvent: comment est-il possible aux frères d'origine juive, de vivre avec ceux qui sont d'origine païenne?

Certains se révulsent à la simple évocation de cette perspective. Se retrouver à la même table que d'anciens païens... partager leur nourriture... vivre en communauté avec des incirconcis... Décidément, à Capharnaüm, cette perspective déplaît encore à beaucoup de monde. N'est-il pas plus simple de rester entre personnes qui partagent une origine et une culture communes? Marc sourit en pensant que Pierre avait été le premier à franchir la porte d'un païen. Il avait répondu à l'appel du centurion Corneille de Césarée, s'était installé chez lui et avait mangé à sa table. Il avait fait ce jour-là un pas décisif. Même si tous le considéraient comme le responsable de l'Eglise naissante, les frères de Jérusalem lui en avaient voulu pour ce geste inadmissible à leurs yeux. Comme s'il lisait ses pensées, Shimon l'interpelle:

— Qu'est-ce qui te fait rire dans tout ce que nous disons, Marc? Il est vrai que Capharnaüm est loin de Rome, Alexandrie, Corinthe, où se sont développées de nombreuses communautés de frères et de sœurs qui partagent notre foi en Jésus, Christ et Seigneur. Nous restons profondément attachés à la foi et aux traditions de nos ancêtres. C'est la raison qui nous permet de vivre en bonne intelligence avec les frères de la synagogue.

Marc se tourne vers son interlocuteur et devine, à sa tenue vestimentaire, qu'il est en face de Shimon, le scribe.

– *Tu es surpris de ma gaieté. Shimon. Je ne me moque pas de vous ; je pense simplement à ce que Pierre a fait le jour où il a franchi, pour la première fois, le seuil de la maison de Corneille à Césarée. Avant Paul de Tarse, il a cassé le mur de haine qui sépare juifs et païens. Lui le premier, il a fait entrer, dans notre communauté de frères et de sœurs, des hommes et des femmes d'origine païenne en disant à ceux qui l'accompagnaient et cherchaient à le mettre en garde contre un tel geste : « Pouvons-nous refuser le baptême à ceux qui, tout comme nous, ont reçu l'Esprit Saint ? » Mon sourire vient de ce souvenir. Pierre a certes été l'un des disciples les plus ardents de Jésus ; comme lui-même me l'a dit personnellement, il n'a pas toujours fait preuve de clairvoyance pour saisir le sens des Paroles du Rabbi ; il n'a pas non plus montré beaucoup de courage devant l'une des servantes de la maison de Caïphe, pendant le procès de Jésus. Et pourtant, sa vie change radicalement lorsqu'il rencontre le Ressuscité et reçoit son Esprit.*

Rappelez-vous, le jour de la Pentecôte, c'est lui qui se met à annoncer, à la foule rassemblée, la Résurrection du Seigneur, l'événement central de notre foi. Depuis ce jour-là, la peur n'a plus de prise sur lui. Il ose affronter la foule, parler aux autorités du Temple et rejeter l'interdit de parole qui est pris à son encontre et à celle des autres. Personne ne peut le faire taire, parce que l'Esprit du Seigneur a saisi tout son être et le conduit à poser des actes prophétiques, comme franchir l'interdit, la porte de Corneille. Et aujourd'hui je suis parmi vous, dans la maison de Pierre. Cette pensée me réjouit énormément et je me dis que, nous tous, nous devons retrouver la source à laquelle Pierre et ses compagnons ont pu puiser. Nous n'avons pas reçu un Esprit de peur, comme l'affirme si souvent Paul aux communautés qui se sont rassemblées autour de sa prédication, mais un Esprit d'audace. Je pense, en ce qui me concerne, que nous ne devons pas craindre de prendre le même chemin.

André interrompt le dialogue qui a commencé entre Marc et Shimon. Il invite de la main une vieille femme à s'approcher du cercle des convives et à s'installer près de Marc. Puis il lui dit:

– Votre échange est très intéressant et ce que tu dis de mon père me réjouit. Je serai content d'en savoir davantage. Je n'ai, en effet, qu'une vague idée de ce qui s'est passé à Césarée. On ne le voyait plus beaucoup à la maison à cette époque et nous, ses enfants, nous n'avions d'informations qu'à travers les récits que nous entendions à telle ou telle occasion. Nous avions son matériel de pêche et nous avons repris son ancien métier. Et puis, nous avons organisé notre assemblée de disciples ici à Capharnaüm. Après la mort des premiers responsables, les frères m'ont demandé d'assumer la charge du groupe. Voilà pour l'anecdote. Je t'ai interrompu parce que j'ai demandé à Salomé de se joindre à nous ce soir. Elle-même peut témoigner de sa rencontre avec Jésus et de sa guérison. Elle est venue t'en faire le récit. Pour nous tous, ce sera l'occasion d'entendre à nouveau ce que Jésus a fait au milieu de son peuple.

D'un geste de la main, André invite Salomé à parler. Celle-ci jette un long regard sur l'assemblée qu'elle salue de la main. Puis, se tournant vers Marc, elle le fixe longuement des yeux, comme si elle voulait sonder ses intentions et soupeser le sérieux de sa demande. Puis, elle ferme à moitié ses paupières, se concentre sur elle-même comme si elle priait ou revivait la scène. Son visage s'éclaire et elle commence son récit:

– *À l'époque, on m'appelait Salomé la maudite. La raison en est simple. À la naissance de mon premier enfant, j'ai connu des problèmes. L'accouchement a été long et difficile. Lorsque, enfin, l'enfant est sorti, il était mort. Mon mari s'est fâché contre moi, m'accusant d'être responsable de sa mort. Ce fut très douloureux. Les mois suivants, ma situation n'a fait qu'empirer. À la suite de cet accouchement, quelque chose s'est déréglé dans mon corps. Chaque jour, j'avais des pertes de sang et je ne savais que faire pour les arrêter. J'ai consulté tous les médecins de la région; aucun des remèdes prescrits n'eut d'effet sur moi. Un beau jour, Barthélemy, mon mari, s'en est rendu compte et, comme il est très religieux, il n'a plus voulu de moi dans la maison. Il m'a répudiée et je suis devenue, aux yeux de tous, la femme impure, Salomé la maudite, celle que chacun évite soigneusement pour ne pas s'exposer à l'impureté. Il paraît que c'est la loi qui veut ça. Je me suis retrouvée dans la maison de mes parents, obligée de vivre à l'écart de tous, devant préparer seule ma nourriture, sans toucher aux affaires des autres... Et le sang qui ne voulait pas s'arrêter... Un véritable cauchemar éveillé... J'étais dans un immense état de faiblesse physique et morale, et je ne voyais pas d'issue à cette situation.*

Salomé s'arrête pour reprendre souffle. À l'évocation de sa propre histoire, son pouls s'est accéléré, l'émotion la submerge et de grosses larmes tombent de ses yeux sans qu'elle cherche à les dissimuler. Le silence s'installe un moment. Personne, dans l'assemblée, ne cherche à l'interrompre. Après un peu de temps, Salomé se reprend et retrouve le fil de sa propre histoire.

– *Au fil des années, ma vie s'est tout de même organisée. Mes frères et sœurs ont eu moins peur de mon état et ne craignaient plus de venir discuter avec moi. Cela me réconfortait. Et puis Jésus est passé par Capharnaüm. À l'invitation de Pierre, il habitait souvent cette maison qui est devenue son point de ralliement; il y venait pour se reposer un peu avant de partir vers d'autres localités. Très vite, j'ai su tout ce qui se disait sur lui. Ma sœur Jeanne écoutait avidement ses enseignements et me racontait avec quelle tendresse il accueillait les infirmes et les malades, les guérissait ou chassait les démons qui les importunaient. Moi, j'étais dans mon coin et je l'écoutais. C'est alors que je me suis mise à rêver et à penser. S'il avait le pouvoir de guérir les malades, il devrait aussi pouvoir me libérer de mon mal. Cela faisait si longtemps que je vivais comme une recluse, coupée de toute vie sociale, comme ce fut le cas pour Jonas...*

– *Tu as raison,* l'interrompt Jonas, *lorsque quelqu'un est malade, les gens ne lui demandent pas ce qu'ils peuvent faire pour lui venir en aide, mais s'interrogent plutôt sur ce qu'il a pu faire comme péché pour mériter une telle maladie. À leurs yeux, un malade ou un infirme est forcément coupable et il finit par le croire lui-même. J'en sais quelque chose!*

65

– *C'est bien ça!* reprend Salomé. *Je pensais que j'étais punie à cause de mes péchés et que Dieu m'avait rejetée à jamais. C'est terrible, ce sentiment de désespoir, de dévalorisation totale de soi... Je dépérissais chaque jour un peu plus; j'avais perdu toute envie de vivre. Mais les paroles de Jeanne et les récits qu'elle me faisait sur les enseignements de Jésus ont fait leur chemin dans mon cœur. Un jour, j'ai vu des gens qui couraient sur la route et j'ai entendu l'un d'eux crier à un voisin: «Le Rabbi de Nazareth est de retour! Il est dans la maison de Pierre.» Je ne sais pas ce qui m'a pris ce jour-là... J'ai mis une grande robe et j'ai dissimulé une partie de mon visage avec un grand voile. Je voulais éviter que les gens me reconnaissent. Puis, avec tous ceux qui se pressaient sur la route, je suis venue jusqu'ici. Il était assis là, près de la porte, et il parlait. Chacun s'était installé devant lui, là où il trouvait une petite place. Moi, je me suis assise près du figuier qui est là et je l'ai écouté de mes propres oreilles. Tout de suite, j'ai été fascinée par lui, par sa manière de parler, par son sourire, son regard plein de bonté posé sur ses interlocuteurs. Pour la première fois, j'ai entendu un rabbi parler différemment de Dieu. Au lieu de mettre en garde contre le châtiment qui attend les pécheurs, il parlait de Dieu son Père et nous invitait à le considérer comme un Père plein de tendresse qui aime chacun de ses enfants, qui fait tomber la pluie sur les justes comme sur les injustes et qui ne désire la mort de personne.*

Je ne me souviens pas de tout ce qu'il a dit ce jour-là, mais je sais qu'en moi quelque chose de neuf s'est produit. J'étais venue, complètement désespérée, et voilà que la lumière brillait à nouveau au fond de mon cœur. Je retrouvais un sentiment que j'avais perdu depuis long-

temps: la joie. Joie d'être là; joie d'entendre une parole pleine de vie et d'amour; joie de me savoir aimée telle que j'étais, avec mon infirmité... Marc, tu connais tous les interdits que la loi mosaïque a édictés à propos des femmes. Ce n'est déjà pas drôle comme cela, mais quand tu y ajoutes une infirmité qui te coupe de toute relation sociale normale, cela devient vite l'enfer. Certains jours, tu en veux à tout le monde, et tout particulièrement à ces religieux qui te parlent sans rien connaître à la situation des femmes... On dirait qu'ils ne voient en elles que la séductrice ou la tentatrice... Est-ce qu'ils n'ont pas tous été enfantés de la même manière, par une femme qui les a portés chacun neuf mois dans son ventre avant de les mettre au monde? Une naissance, n'est-ce pas la plus belle des choses?

Marc l'interrompt avec un bon sourire, lui montrant qu'il partage son avis, et ajoute, l'air un peu moqueur.

– *Mais tu es tout de même venue voir le Rabbi de Nazareth! Qu'est-ce qui t'a frappée en lui pour qu'il trouve grâce à tes yeux?*

Salomé ne répond pas tout de suite. Est-ce la question de Marc qui la dérange ou demande-t-elle un temps de réflexion? Tous attendent la suite de son récit, découvrant dans ses paroles, certains pour la première fois, des aspects de la vie courante auxquels ils ne pensaient pas. Ils savent ce qui est arrivé à Salomé, mais n'ont jamais imaginé ce qu'a été sa souffrance avant sa rencontre avec le Maître. Beaucoup n'ont retenu que le miracle, mais ce qui s'est passé dans le cœur de cette femme qu'ils côtoient depuis longtemps dans leur vie de chaque jour, ils ne le réalisaient pas. Toute l'assemblée attend maintenant avec grand intérêt la suite. Ressentant cette attente, Salomé redresse la tête, jette un regard en direction de chacun et poursuit:

— Vous me connaissez tous! Si je parle aujourd'hui, ce n'est pas pour vous épater, me mettre en avant ou me vanter de quoi que ce soit. Ce qui m'est arrivé ce jour-là n'est pas intéressant pour moi seule, mais pour toutes les personnes qui se sentent humiliées par la vie, réduites à rien et qui se demandent si Dieu ne les a pas oubliées. Je vous ai dit ce qu'ont fait naître en moi les paroles du Rabbi. La joie que j'ai ressentie m'a donné une audace dont je ne me serais jamais, seule, sentie capable. Quand j'y pense, je me dis souvent que j'étais folle à lier. Lorsque Jésus eut fini de parler, il s'approcha des malades et commença à bénir ceux et celles qui l'entouraient et se pressaient autour de lui. Je me rappelle que, ce jour-là, Jaïre, l'ancien chef de la synagogue, était venu lui parler de sa petite fille malade. Alors j'ai pensé que c'était le moment ou jamais. Je ne voulais pas le mettre mal à l'aise avec mes problèmes de femme et, surtout, j'avais peur qu'on me reconnaisse et qu'on me chasse avec des pierres. Une certitude s'est imposée en moi: si je touche simplement la frange de son vêtement, je serai guérie!

À la suite d'un mouvement de foule, Jésus arrive dans ma direction. Il est tout proche et ma main, comme beaucoup d'autres mains, peut se tendre vers lui et le toucher. Je sens encore entre mes doigts le bord de sa tunique et je faisais monter vers lui, au plus profond de moi, ma supplique: «Jésus, viens à mon secours!» Aussitôt mon corps a été inondé d'une chaleur et d'une force qui m'étaient inconnues. Je savais qu'il m'avait entendue et que Dieu, à travers lui, avait répondu à mon appel...

Salomé s'arrête; de nouveau, des larmes coulent sur son visage tout ridé, des larmes de bonheur que provoque chaque nouvelle évocation de ce moment tellement inattendu qui a transformé sa vie. Elle se redit chaque fois qu'en elle, Salomé la maudite, l'impensable s'est produit, en elle qui se croyait à jamais oubliée de Dieu, indigne de pouvoir un jour revivre en sa présence... Et ce jour-là, sa vie a basculé... une véritable renaissance qui l'obligeait en quelque sorte à tout reprendre à zéro. Voyant que certains commencent à discuter, Salomé ajoute d'une voie plus forte.

– *Ce n'est pas tout! Je croyais, un peu comme vous en ce moment, que tout s'arrêterait là et que j'allais pouvoir aller faire constater ma guérison. Eh bien non! Pour Jésus, quelque chose manquait. Il se retourna brusquement et demanda d'une voix forte: «Qui a touché mon vêtement?» J'ai entendu un de ses disciples, je crois que c'était Jean, lui faire remarquer qu'il était pressé de toutes parts par la foule et que chacun essayait de le toucher. Mais lui n'en démordait pas. Il ajouta qu'il avait senti une force sortir de lui. J'ai compris alors que c'était de moi qu'il parlait et que, devant lui, on ne peut venir qu'à visage découvert. Je me suis jetée à ses pieds, j'ai ôté mon voile et je lui ai tout raconté, ma souffrance, mon désespoir et l'espérance que ses paroles avaient suscitée dans mon cœur. J'ai bien entendu quelques murmures de réprobation venant de ceux et celles qui me connaissaient. Je restais sans crainte. Devant Jésus, je me sentais libre et je crois bien que j'ai saisi ses pieds pour les embrasser, tant ma joie et ma reconnaissance étaient grandes.*

Alors, il a pris mon bras, m'a remise debout et m'a regardée droit dans les yeux. Son regard était rempli de joie. Il était heureux de constater que j'avais osé croire en lui. Une immense tendresse s'emparait de moi. Je me sentais aimée, rétablie dans ma dignité de femme. Il a simplement ajouté avec un grand sourire: «Ma fille, ta foi t'a sauvée. Va en paix et sois guérie de ton mal!» Cet instant-là reste à jamais gravé dans mon cœur. Je découvrais en lui le visage de tendresse du Dieu de nos pères et je suis devenue l'une de ses plus ardentes disciples. Ce qu'il avait fait pour moi, il fallait que j'en témoigne, que j'aide toutes ces personnes qui se sentent exclues de l'amour de Dieu à retrouver confiance en lui et en elles-mêmes. Jésus m'a guérie ce jour-là grâce à l'audace dont j'ai fait preuve et à l'immense foi que j'ai manifestée à son égard. Avoir foi en lui… Tout est là, mais ce n'est pas évident pour tout le monde. On nous a tellement dit et redit que la colère de Dieu était terrible, que la peur a fini par paralyser et enfermer en elles-mêmes des foules de gens. Avoir foi en lui, c'est d'abord croire à l'infinité de sa tendresse pour l'humain blessé, jeté à terre et incapable de se relever. Cette tendresse, je l'ai expérimentée dans ma chair et je rends grâce au Seigneur d'avoir pu la connaître.

Salomé se tait; elle a dit ce qu'elle a voulu dire et laisse désormais à chacun la possibilité de réagir à son témoignage. Elle regarde Marc et les membres de l'assemblée. Le silence s'installe et chacun médite la conclusion qu'elle a tirée de sa propre expérience. Avoir foi en Jésus… Marc sait qu'elle dit vrai et que, sans le savoir, elle reprend une parole que

Paul a exprimée si souvent dans les lettres qu'il a écrites et envoyées aux communautés qui sont nées de son témoignage. Il comprend aussi que le récit de Salomé en dit plus long sur Jésus que les grands développements théologiques de certains scribes. Une évidence s'impose à son esprit: s'il veut que les disciples se souviennent de Jésus de Nazareth et se nourrissent de sa parole, ils doivent pouvoir lire ou entendre le récit de ces rencontres vécues par celles et ceux qui l'ont approché. Qui les reçoit dans son cœur y trouve la voie qui permet de découvrir le visage de Jésus et de comprendre son message. Il prend alors la parole:

– *Salomé, je te remercie pour ton témoignage émouvant qui me touche profondément. Il me permet de comprendre un peu mieux comment tout a commencé. Notre Maître ne nous a pas laissé qu'un enseignement, celui que j'ai pu entendre de la bouche de Pierre, en particulier. Je découvre aujourd'hui que sa parole devient bien plus compréhensible quand elle est reliée à des gestes précis, à des rencontres vécues, telle que la tienne ou celle de Jonas. À la suite d'un récit comme le tien, l'enseignement de Jésus prend un éclat tout particulier. Qu'en penses-tu, Shimon? Tu tiens le rôle de l'enseignant dans cette communauté de frères et sœurs. Comment réagis-tu au récit de Salomé ou à celui de Jonas, que tu connais certainement? Quelle leçon en as-tu tirée?*

Shimon regarde son interlocuteur, cherchant à deviner ses intentions. Rassuré, il intervient en souriant:

– *Tu me prends au dépourvu, Marc. Je sais que le récit de Salomé provoque de nombreux commentaires. Tu*

71

connais la tendance des scribes de tout soumettre au regard de la Loi, quitte à sombrer parfois dans des discussions interminables et stériles. Mieux vaut commencer par les réactions de nos frères et sœurs. Plusieurs entendent pour la première fois ce témoignage; laissons-les parler en premier. J'aurai de nombreuses réflexions à te soumettre à propos de notre Rabbi bien-aimé; ce sera pour plus tard. Je ne suis pas sûr que tous ici comprennent et donc apprécient les discussions théologiques.

— *Shimon a raison,* ajoute André. *Je suis moi-même chaque fois très étonné par l'histoire de Salomé et l'audace dont elle a fait preuve. Avoir foi en Jésus… Tout est dit dans cette conclusion qu'elle en tire elle-même et, certains jours, nous en sommes si loin… La peur nous reprend vite et il y a ces interdits de la Loi qui nous ont marqués pour longtemps. Que faire des règles touchant au pur et à l'impur? Jésus ne semble pas y prêter grande attention. Il s'assied à la table des publicains, mange avec eux, ne rabroue pas violemment Salomé quand elle le touche. J'en connais qui l'auraient copieusement injuriée…*

— *Tu peux le dire!* ajoute avec force la douce Rébecca. *Vous les hommes, vous ne savez pas ce que cela signifie d'être une femme dans notre monde. Je me souviendrai toujours de l'ancien rabbi de mon village. Il avait refusé avec véhémence le siège que je lui tendais. «Pas le tien! Tu es une femme!» Autant me dire tout de suite que tout ce que je touchais était pour lui impur! Pourquoi? Parce j'étais une femme et que mon corps était susceptible de véhiculer l'impureté, disait-il… Je ne parviens toujours pas à comprendre toutes ces lois qu'on nous impose au nom de la religion ou des traditions des anciens. Le corps de la femme ne donne-t-il pas la vie?*

Est-ce que Jésus n'est pas né d'une femme? Ce qui m'a séduit en lui, c'est son attitude envers nous. Contrairement à tous les autres rabbis, il avait accepté qu'un groupe de femmes le suive et partage l'existence des disciples. N'est-ce pas merveilleux? Et qu'il ait prononcé des paroles pleines d'encouragement pour Salomé et pour toutes celles et ceux que l'on classe parmi les pécheurs, à cause de leur état ou d'une infirmité... je n'en reviens toujours pas! C'est pour cette raison que je l'aime tant! Jésus connaît le cœur des femmes et leurs souffrances. Il leur fait confiance et les laisse s'approcher de lui sans problème. Je crois même avoir entendu dire que certaines ont été ses confidentes...

Toute la partie féminine du petit groupe manifeste bruyamment son approbation. Marc sourit intérieurement, reconnaissant le début d'une discussion qui a lieu dans de nombreuses assemblées. La liberté de l'Esprit à laquelle Jésus appelle ses disciples n'est pas simple à manier et provoque chaque fois de vives discussions entre tous. C'est bien ce que la réflexion de Rébecca occasionne. Chacun veut donner son avis ou son «Oui mais...», si bien que personne ne parvient à imposer son point de vue. Visiblement, dès que l'on touche à l'ordre séculaire d'une société, on déclenche une série de réactions incontrôlables. André parvient enfin à rétablir un peu d'ordre. Le silence et le calme reviennent avec l'échange de quelques sourires entendus. Le maître de maison ajoute une remarque à l'intention de Marc:

— *Tu peux constater que Jésus a déclenché des réactions très vives. C'est d'ailleurs la source de nos problèmes* avec nos frères de la synagogue. *Ils nous accusent de faire trop peu de cas de la tradition des anciens. Certains des comportements de Jésus les heurtent de plein fouet et sa condamnation à mort est pour eux la preuve qu'il ne peut pas être le Messie. L'envoyé de Dieu, crucifié comme un vulgaire malfaiteur, mais c'est le scandale des scandales! Comment imaginer que Dieu, le Tout-Puissant, laisse mourir sur la croix son Fils? Une telle affirmation est totalement incompréhensible!*

– *J'entends bien ce que tu dis et je partage tes sentiments,* répond Marc. *D'ailleurs, la même question se pose dans les communautés d'Antioche, de Corinthe ou de Rome. Dans leur imaginaire, Dieu est à l'image de Jupiter qui manie la foudre et détruit tout ce qui s'oppose à lui. Sans vous offusquer, c'est aussi l'image que donne un peu le Dieu du Sinaï et que le prophète Élie partage jusqu'au jour où, sur le mont Horeb, il comprend que le Dieu de nos pères n'est ni dans le feu et les éclairs, ni dans le vacarme d'un tremblement de terre, mais bien dans le souffle ténu d'une brise légère. Le changement est radical et ne nous arrange pas. On aimerait tellement que Dieu intervienne avec force et puissance contre tous nos ennemis et nous libère de ceux qui occupent notre terre... Nous aussi, nous continuons à imaginer Dieu en termes de puissance et de force. C'est pourquoi il est si difficile de comprendre que le Messie vienne et agisse autrement. Vous ne pensez pas?*

– *Marc a raison,* ajoute aussitôt Shimon. *Notre peuple attend le salut que Dieu lui a promis par la bouche des prophètes. Mais comment pouvait-il imaginer que ce salut ne passe pas par une révolte contre l'occupant romain et la reprise en main de l'ensemble des terres re-*

çues de Dieu en héritage? Quand Jésus est venu, il a suscité beaucoup d'enthousiasme, parce que certains se sont mis à croire que le grand jour était arrivé et qu'il allait prendre la tête de la révolte. Après l'avoir entendu parler, beaucoup n'ont rien compris, n'ont pas pris au sérieux ses appels à un amour sans frontières, et l'ont quitté.

Jésus a mis en avant une autre force; il a voulu la victoire, mais par la seule puissance de l'amour. Son enseignement à ce sujet est très clair; il n'a rien fait pour échapper à son arrestation et au supplice de la croix. Il est mort pour révéler en lui la toute-puissance de l'amour. Paul l'a bien compris, lui qui écrit aux Corinthiens: «Les Juifs demandent des signes et les Grecs recherchent la sagesse; mais nous, nous prêchons un Messie crucifié, scandale pour les Juifs, folie pour les païens, mais pour ceux qui sont appelés, tant Juifs que Grecs, il est Christ, puissance de Dieu et sagesse de Dieu.» Quand je les ai entendues la première fois, ces paroles m'ont frappé en plein cœur. Pourtant je suis resté partagé entre deux fidélités, ma foi dans la tradition de nos pères et ma fascination pour Jésus, le Rabbi de Nazareth, qui provoque tant d'animosité contre lui, dans le milieu pharisien auquel j'ai appartenu, tout comme Paul. Ce que ce dernier écrit à l'assemblée de Corinthe m'a bouleversé. Je pense qu'il m'a aidé à comprendre qu'en Jésus Dieu a révélé aux hommes sa puissance d'amour et sa sagesse qui passe plus par l'humble chemin du serviteur que par les manifestations grandioses organisées dans le Temple de Jérusalem. Ce chemin de conversion a transformé ma vie.

*– Merci, Shimon! Ton témoignage est éclairant, re-*prend Marc. *Cette question habitait le cœur de tous les disciples; il était très difficile d'imaginer que le Messie ne*

soit pas celui qu'ils attendaient. Jésus a pressenti très tôt le sort qui lui était réservé à Jérusalem et il ne craint pas de leur en parler, quand il prend résolument la route qui l'y conduit. Jusqu'au bout, les Douze renâclent devant la perspective de la contradiction et de la souffrance. Pierre lui-même a cherché à le dissuader de prendre ce chemin; il s'est fait d'ailleurs vertement rabrouer.

Si j'en crois d'autres témoignages que je connais déjà, Jésus refuse jusqu'au bout qu'on lui donne des titres messianiques. Son pouvoir, il ne l'utilise jamais pour se mettre lui-même en valeur, pour fasciner les foules ou pour se faciliter la vie. Il a pris notre chemin d'humanité et n'en dévie jamais, malgré toutes les sollicitations dont il a été l'objet. Sa mort sur la croix, vue à la lumière de la Résurrection, a permis à ses disciples de découvrir en lui le vrai visage de notre Dieu et de son Messie. Seul l'amour donne la victoire; seul l'amour est digne d'être vécu. C'est bien là notre chemin de salut, mais je sais aussi qu'il ne nous est pas facile de nous défaire de tous les préjugés et autres antiques croyances qui continuent à traîner en nous. C'est un travail de libération que nous devons faire sur nous-mêmes, une conversion du cœur permanente pour que la Bonne Nouvelle puisse prendre corps en chacun de nous. Pierre m'y a souvent rendu attentif en me disant que le chemin du disciple est à l'image de celui du Maître, une longue route semée de pièges qu'il faut déjouer et qui commence ici en Galilée et ne trouve son achèvement que sur le Golgotha, devenu pour nous le lieu de la mort qui nous ouvre à la vie.

Marc se tait; ses dernières paroles frappent l'assemblée et chacun les médite. Ne s'appliquent-elles pas à la vie de tous, aujourd'hui encore? La confrontation à la souffrance est une donnée de l'existence à laquelle personne n'échappe. Celui qui veut cheminer avec Jésus doit accepter de porter le fardeau de la croix, non comme une fatalité à laquelle nul ne peut se soustraire, mais comme l'acte d'une liberté qui assume pleinement cette condition et le passage par la souffrance qui ouvre sur la vie, celle que le Ressuscité du matin de Pâques a faite éclore dans le cœur des premiers disciples. Prendre courageusement le chemin de Jérusalem ou prendre sa croix et le suivre sont des invitations que Jésus adresse à chacun de ses disciples quelle que soit l'époque à laquelle il appartient. Comme s'il voulait donner un terme à ces longs échanges, André intervient en disant:

– *Gardons en nos cœurs le souvenir de Jésus le Vivant, le Premier-Né d'entre les morts, et de tout ce qu'il a dit et fait. Son chemin est, pour nous et tous les hommes, un chemin de vie; ses Paroles font jaillir en nos cœurs une source d'eau vive qui nous ouvre les portes de la vie éternelle, cette vie que Dieu seul peut nous accorder si nos cœurs s'ouvrent à lui.*

Puis, il commence une longue prière d'action de grâces:

– *Béni sois-tu, Dieu notre Père, de nous avoir donné Jésus, ton enfant. Durant toute sa vie, il n'a cessé de nous révéler ton visage de tendresse. Chacun des signes qu'il a faits au milieu de nous manifeste ton amour pour les plus petits, les laissés-pour-compte, celles et ceux qui se croyaient rejetés par toi, du fait de leur état ou de leur infirmité. Béni sois-tu, parce que ton amour ne connaît pas de frontière et que tu ne fais pas de différence entre les hommes, qu'ils soient Juif ou Grec, esclave ou homme libre, homme ou femme. Nous ne parvenons pas toujours à suivre correctement ce chemin, mais nous savons que ton Esprit habite nos cœurs et nous conduit sur la route, au travers de tout ce que nous vivons. Oui! Béni sois ton nom à tout jamais et, comme Jésus nous l'a enseigné, nous te disons: «Père! Que ton Nom soit sanctifié; que ton règne vienne. Donne-nous chaque jour notre pain quotidien; et remets-nous nos péchés, car nous-mêmes remettons à quiconque nous doit; et ne nous soumets pas à la tentation. Amen, amen.» Et toi, Jésus notre Sauveur, répands dans nos cœurs l'Esprit d'amour qui t'a conduit et soutenu durant ta vie parmi les hommes. Qu'il nous aide à témoigner de la Bonne Nouvelle que tu as fait retentir en nous. Béni sois-tu à jamais! Amen! Amen!*

Et tous donnent leur accord en répétant: *«Amen!»* Pour clore l'assemblée, ils entonnent un Psaume de louange. Et chacun salue ses voisins en se souhaitant la paix. L'assemblée se disperse. Il est temps de retrouver sa demeure. André avertit Marc qu'un lit a été préparé pour lui dans sa maison et que, le lendemain, il restera avec Shimon qui a certainement beaucoup de choses à partager avec lui. Le premier jour à Capharnaüm s'achève, une nuit de repos est plus que bienvenue.

Une journée avec Shimon

La première nuit, dans la maison de Pierre, est des plus paisibles. Avant de s'endormir, Marc a le temps de se remémorer tout ce qui a été dit par les uns et les autres. Certaines questions continuent à se bousculer en lui, mais la fatigue est la plus forte. Il éteint sa petite lampe à huile et, pendant quelques instants, se laisse bercer par les bruits de la nuit. Le vent s'est levé et le lac commence à s'agiter. Les vagues qui viennent inlassablement se perdre dans le sable du rivage apaisent son esprit. Quelques cris d'oiseaux nocturnes déchirent le silence. Marc a le temps de prendre conscience que Jésus a vécu dans cette atmosphère; puis, plus rien, le sommeil et la fatigue du premier jour en Galilée ont raison de lui.

Quand il se réveille, les premiers rayons du soleil traversent les interstices du mur de la maison. Dehors, on entend les pas d'André qui va et vient. Probablement est-il de retour de la pêche. Quelques mots échangés avec Rébecca et l'un de ses enfants... Marc se dit qu'il est temps pour lui de se lever. Mais avant de sortir, il profite du silence matinal pour se retirer en lui-même. Il sait que Jésus éprouvait ce besoin de prier dans le plus profond de son être pour retrouver son Père et vivre en sa présence. Ce lien, qui était une respiration intérieure, a nourri toute son existence, lui donnant force, courage et paix. Depuis qu'il est devenu disciple, Marc a appris à faire de même pour retrouver la Présence intérieure et vivre en relation permanente avec le Seigneur. Chaque fois, la même joie et la même lumière inondent sa vie. Le cœur de la révélation apportée par le Rabbi de Nazareth est bien là. Dieu est Amour et Relation, Source qui jaillit du plus profond de son être et le fait vivre...

Brusquement, une autre voix se fait entendre. Shimon est arrivé et s'enquiert de lui. Il est temps de se mettre en route. Sortant de la pièce où sa couche a été installée, Marc trouve ses hôtes assis auprès d'un feu de braises au-dessus duquel quelques poissons ont été placés. Un grand sourire aux lèvres, André se tourne vers lui et le salue:

– *Que le Seigneur soit avec toi, Marc! As-tu bien dormi et pris un bon repos? Viens t'asseoir auprès de nous. Tu dois prendre des forces avant que Shimon ne t'emmène vers Magdala.*

Sans se faire prier, Marc obtempère à l'invitation de son hôte et ajoute, en se tournant vers lui:

– Je vois que la pêche a été bonne ce matin! Je ne t'ai pas entendu sortir. La prochaine fois, je pourrai venir avec toi. Ce serait pour moi une manière de mieux apprécier l'ancien travail de ton père. J'ai bien aimé la rencontre d'hier soir, ainsi que ma première nuit à Capharnaüm. Avec le bruit régulier des vagues pour me bercer, je me suis très vite endormi, sans plus me réveiller jusqu'à cette heure.

– Tu m'en vois ravi, reprend André. *Prends, bois et mange. Shimon veut te faire prendre la route que Jésus notre maître a souvent parcourue. Son enseignement s'est directement inspiré de ce qu'il avait devant les yeux le long du chemin ou en traversant les champs. À Magdala, vous trouverez l'hospitalité dans la maison de Myriam. Malgré son âge, elle a toute sa tête et son témoignage personnel vaut la peine d'être entendu. Tu verras, tu ne seras pas déçu!*

Shimon interrompt la conversation, manifestant un peu d'impatience. Il est temps pour eux de partir. Marc achève son repas du matin tout en adressant à Rébecca ses compliments pour la manière dont elle a préparé la nourriture. Un sourire lui répond. Elle tend à Marc une gourde remplie d'eau et un petit sac de jute dans lequel elle a pris soin de mettre quelques provisions de route.

– Voilà pour vous! La route est longue et je suis sûre que Shimon a beaucoup à te dire ou à discuter. Avec ça, vous ne mourrez pas de faim!

Shimon part d'un grand éclat de rire.

81

– Tu me connais bien, Rébecca, ainsi que le monde des scribes auquel j'appartiens! Mais rassure-toi. Même s'il écoute beaucoup, je crois que Marc sait aussi parler. Je me réjouis des échanges que nous aurons ensemble durant cette journée. Et merci à toi! Tu n'oublies jamais les choses nécessaires à la vie, pendant que moi, je parle toujours un peu trop...

Un nouvel éclat de rire! La journée s'annonce belle et joyeuse. Dans un même mouvement, les deux hommes se lèvent, saluent André et Rébecca et prennent la route qui suit les bords du lac en direction de Tibériade. La petite ville s'est animée et les premiers voyageurs sont déjà partis pour éviter la grosse chaleur du jour. Une caravane de dromadaires apparemment très chargés prend la même direction qu'eux. Des soldats romains l'accompagnent. Ils vont probablement jusqu'à Tibériade ou peut-être à Jérusalem. En quelques mots, Shimon explique la situation politique du moment. La tension est croissante. La région traverse une période très agitée. De nombreux groupes juifs ne supportent plus l'occupation étrangère en Terre sainte. Ils cherchent à provoquer une révolte générale, en Judée particulièrement; un rien peut allumer l'incendie.

Marc se dit que l'avenir est sombre pour Israël. Il connaît la puissance romaine. Elle est impitoyable pour les peuples qui osent se soulever contre elle. Shimon ne dit rien. Il salue quelques personnes croisées au hasard de la route. Marc sent que son compagnon veut mettre une bonne distance entre eux et la caravane. Ils quittent les dernières maisons de Capharnaüm. Devant eux s'ouvre un chemin qui serpente entre le lac, sur la gauche, et la terre qui remonte doucement dans la montagne. Marc regarde le paysage. La mer de Galilée est prise dans une grande cuvette avec, pas très loin de Capharnaüm, le Jourdain qui déverse en elle les eaux des montagnes de l'Anti-Liban. Elles s'échappent ensuite pour s'en aller mourir plus bas vers le Sud, dans une région maudite, d'après les Écritures, la mer de Sel ou la mer Morte. Les deux hommes marchent depuis un bon moment sans avoir échangé de parole. Marc devine que Shimon lui laisse le temps de respirer l'air du pays. Il trouve l'idée excellente. Avant de dire quoi que ce soit, n'est-ce pas la manière la plus respectueuse de retrouver des lieux que l'on ne connaît plus ou pas du tout? Le soleil commence à chauffer. Ils arrivent dans un vallon au relief très doux. Shimon invite Marc à s'y engager en prenant un petit chemin sinueux qui remonte la pente en passant au milieu de champs plus ou moins cultivés. Enfin l'ombre d'un grand arbre les accueille. Ils s'y installent. La discussion peut commencer.

– *Ce lieu est très particulier pour notre assemblée* commente Shimon. *C'est là que Jésus aimait emmener ses disciples et les foules qui le suivaient. Il venait s'y asseoir et enseigner, parfois durant de longues heures, ceux qui voulaient l'écouter. Les plus anciens de notre assemblée disent que c'est ici qu'il a donné les éléments essentiels de son enseignement. Pierre t'en a certainement parlé. J'aurais beaucoup aimé lui poser des questions à ce propos. Comme scribe, j'ai longuement étudié la loi de Moïse. Jésus l'a suivie fidèlement durant toute sa vie, même s'il s'est trouvé parfois en porte-à-faux avec elle. À ton avis, qu'est-ce qui n'a pas marché entre lui et les autorités du Temple?*

Marc ne répond pas tout de suite. Il constate que son interlocuteur est déchiré intérieurement entre deux fidélités, un peu comme Paul l'a été, à la suite de sa conversion. Shimon est placé devant un dilemme permanent. Comment rester fidèle à la foi de ses ancêtres dans laquelle Jésus a largement puisé? Son enseignement et sa vie ne sont compréhensibles qu'en lien avec le texte des Écritures. Malgré cela, ses commentaires et ses agissements ont suscité un immense tollé parmi les scribes, les pharisiens et les autorités du Temple. Ils n'ont pas accepté ses enseignements et les remises en question radicales de la tradition des anciens. La fin était prévisible. La décision de Paul, d'ouvrir largement la porte de l'assemblée chrétienne aux païens, n'a fait qu'accentuer la colère de la synagogue. Un fossé s'est creusé qu'il sera difficile de combler. Marc sait que Paul a été victime de la haine féroce des milieux juifs des villes qu'il traversait. Ses pires ennemis, on les trouvait parmi les frères de l'assemblée de Jérusalem, qui n'admettent toujours pas l'ouverture sans conditions aux païens. Un souvenir de ses échanges avec Pierre lui traverse l'esprit. Il lui disait que Jésus invitait souvent ses interlocuteurs à commencer par répondre eux-mêmes aux questions qu'ils posaient. Il voulait qu'ils s'impliquent dans la réflexion. Une façon de dialoguer...

– Shimon, tu as bien ta petite idée sur le sujet qui te préoccupe. Je te dirai mon avis, mais auparavant, j'aimerais mieux te connaître. Tu es scribe, tu as fréquen-

té les écoles de Jérusalem. *Que s'est-il passé pour que tu te tournes vers Jésus et le reconnaisses comme Christ et Seigneur?*

– *Je m'attendais à cette question. J'y ai répondu en partie, hier soir, durant nos échanges. Je suis juif et, comme toi je suppose, j'ai grandi dans cette tradition. J'ai été nourri par elle et l'étude des Écritures m'a passionné. Ainsi que Jésus lui-même, je reste fidèle à la Loi mosaïque, comme les frères et sœurs de notre région. Un jour, à l'école rabbinique, nous discutions ensemble pour savoir quel est le plus grand commandement que l'on trouve dans le livre de la Loi. Comme tu peux l'imaginer, la discussion était très animée. Pour les uns, tous les commandements que l'on peut répertorier dans la Loi – on en compte plus de six cents – sont d'égale valeur; d'autres mettaient en avant les lois du pur et de l'impur, alors que d'autres encore évoquaient les préceptes liturgiques. Bref, le débat était interminable et nous ne parvenions pas à nous mettre d'accord.*

C'est alors qu'un vieux rabbi du groupe des frères pharisiens est intervenu. Nous le connaissions bien et chacun avait pour lui un profond respect. Le silence s'est fait autour de lui pour le laisser s'exprimer. Il n'intervenait généralement que dans ces cas-là, lorsqu'il fallait trancher dans une discussion qui n'aboutissait à rien. Voici ce qu'il a dit. Son histoire m'a tellement frappé qu'elle est restée gravée au plus profond de mon être et je peux te la restituer comme si je la lisais dans un livre. Elle a suscité en moi et suscite toujours la même émotion. Je te la rapporte telle qu'elle est restée inscrite dans ma mémoire:

«Mes jeunes amis, commença le vieux Jérémie, il y a longtemps que l'on se pose cette question. Quand j'avais

votre âge, elle faisait l'objet des mêmes débats passionnés et stériles. C'était l'époque où l'on parlait beaucoup d'un jeune Rabbi qui parcourait la région en annonçant la venue du Royaume de Dieu. Comme il ne ménageait pas ses critiques envers nous, les pharisiens, et qu'il avait provoqué une forte opposition contre lui de la part des autorités religieuses, une sorte de ligue s'est formée pour le perdre. Certains nous ont demandé d'essayer de le piéger par nos questions et de le mettre en contradiction avec la Loi, de manière à pouvoir l'accuser et le faire taire, par la force si nécessaire. Il fallait surtout éviter qu'il ait trop d'influence sur le peuple. Il s'appelait Jésus et venait de Nazareth, un petit village de Galilée. Nous étions certains de pouvoir le faire sans problèmes, nous qui avions longuement étudié la Loi dans les écoles de Jérusalem et qui connaissions les Écritures, mieux que personne.»

Profitant d'un moment de silence de Shimon, Marc intervient en ajoutant un commentaire:

– *La situation du milieu des jeunes scribes et théologiens n'a guère changé! La tendance est toujours la même. Celui qui est trop certain de son savoir se croit souvent autorisé au mépris de celui qui pense autrement. Je t'ai interrompu. Que fait Jérémie?*

Shimon sourit à la remarque de son compagnon et se décide à poursuivre son récit:

– *Ne m'interromps pas. Le plus important vient maintenant. Je redonne la parole à mon vieil ami:*
«...Un jour, j'ai appris qu'il était sur le parvis du Temple et qu'il enseignait une foule nombreuse qui s'était agglutinée autour de lui pour l'écouter. L'occasion était

trop belle. Je me suis dis que c'était le moment où jamais. Je suis venu jusqu'au Temple et, sur le parvis, j'ai vite repéré la foule et le Rabbi qui l'enseignait. Je me suis joint au groupe, l'ai écouté un moment et j'ai fait comme si j'étais très intéressé par tout ce qu'il disait. J'avais un peu de peine à retrouver le fil de son enseignement. Des gens lui posaient des questions et lui leur répondait sans se faire prier. Finalement, un moment de silence se fit. Alors je lui ai dit: "Maître, quel est le plus grand commandement contenu dans la Loi de Moïse?" Je me réjouissais déjà de pouvoir polémiquer avec lui. Il ne m'a pas répondu tout de suite. Il m'a d'abord regardé longuement. Ses yeux pénétraient jusqu'au plus profond de mon être. J'ai aussitôt compris qu'il savait ce que cachait ma question et je commençais à me sentir un peu mal à l'aise. Je cherchais le moyen d'échapper à son regard. Il m'a dit alors: "Tu connais bien la Loi. Comment la lis-tu? Quel est ton avis à toi au sujet de cette question?" Il me souriait et ses yeux, à ce moment-là, pétillaient de malice. Il avait parfaitement déjoué le piège que je lui avais tendu.

C'est alors que je me suis entendu lui répondre le précepte mosaïque que nous prions chaque jour: "Tu aimeras le Seigneur ton Dieu de tout ton cœur, de toute ton âme, de toute ta force et de toute ta pensée, et ton prochain comme toi-même." J'avais innové quelque peu en mettant ensemble le précepte de l'amour de Dieu et celui de l'amour du prochain. J'étais content de ma réaction et j'attendais sa réponse. Encore une fois, il m'a regardé de ce regard souriant mais qui transperce le cœur et il tout simplement ajouté: "Tu as parfaitement répondu à ta propre question! Fais cela et tu auras la vie éternelle." Je crois qu'il a ajouté quelque chose, me disant qu'il était pleinement d'accord avec ma proposition. J'étais un peu gêné, insatisfait de la tournure de la discussion. Dans la foule, certains se gaussaient de moi.

J'ai voulu relancer le débat, histoire, peut-être, de faire étalage de mes connaissances. Et puis, je dois bien l'avouer, j'avais quelques problèmes avec le commandement de l'amour du prochain. Je savais que l'amour est la plus importante des qualités humaines. Pourtant où s'arrête-t-il? N'y a-t-il pas des limites à respecter? Je veux bien aimer mon frère ou mon prochain juif, mais les autres, les pécheurs, les païens ou les soldats romains qui massacrent sans pitié toute personne qui s'oppose à eux? Je me sentais incapable de définir le cadre dans lequel l'amour du prochain peut ou doit s'exercer. Du coup, je lui ai dit: "Et qui donc est mon prochain?"»

Shimon se tait; sa respiration s'est accélérée. Il revit la scène vécue avec le vieux Jérémie. Marc l'invite, d'un geste, à ne pas se presser et à prendre son temps. Le soleil est monté dans le ciel et commence à être plus chaud. La campagne est riante, couverte des premières fleurs du printemps. Jésus les regardait lui aussi, parlait de la beauté des lys des champs, du blé qui pousse entre le petit chemin, le sol pierreux et les mauvaises herbes et réussit, malgré tout, à produire du fruit. Le semeur ne pense pas aux grains qui seront perdus, mais bien à la récolte qu'il pourra faire. Chacun de nous, semblait-il dire, est à l'image de cette terre. Certains jours, il y a de quoi se décourager ou croire qu'on n'y arrivera jamais, mais en définitive, lorsqu'on laisse à la parole le temps de la germination et de la croissance, elle finit par produire du fruit en plus ou moins grande quantité. La leçon de la parabole est permanente. On ne voit souvent que l'échec, les ratés. N'oublions pourtant pas la récolte.

Marc pense aux frères et sœurs qu'il a laissés à Rome et qui vivent dans des conditions très difficiles. Certains sont découragés, prêts à tout abandonner à cause de la peur et des menaces qui planent sur eux. Les petites histoires racontées par Jésus les aident à tenir bon et font renaître en eux l'espérance. Il en a recueillies beaucoup à l'écoute de Pierre et il y en a certainement d'autres qu'il sera bon de connaître. Soudain la voix de Shimon le sort de ses réflexions:

– *Marc, je suis en état de poursuivre mon récit. Tu devines certainement que c'est ce jour-là que la lumière a jailli du fond de mon être, que je me suis mis à fréquenter la communauté de Capharnaüm et que, par la suite, j'ai demandé à être baptisé dans la foi en Jésus, Christ et Seigneur.*

– *J'ai bien compris que ton récit est étroitement lié à ton propre cheminement. Je l'ai su en voyant l'émotion qui te gagnait. Ce jour-là, quelque chose de particulièrement important s'est produit en toi. Ta vie en a été transformée.*

– *C'est vrai! Ma vie a basculé d'un coup, avec toutes les certitudes que j'avais accumulées et qui faisaient de moi un homme intransigeant, dur pour les autres et sans pitié pour ceux que les pharisiens classent parmi les pécheurs…*

– *Je vois! Je suis curieux de connaître la suite du récit du vieux Jérémie. Quelle a été la réponse de Jésus qui t'a bouleversé le cœur à ce point?*

– *Comme il l'a fait souvent, Jésus n'a pas répondu directement à la question, ne cherchant pas à entrer dans une polémique. Sa réponse n'en a été que plus extraordinaire... Je redonne la parole à mon vieux rabbi:*

«...Jésus m'a regardé et m'a dit avec beaucoup de douceur: "Je ne veux pas éluder ta question, mais pour y répondre, je vais commencer par une parabole, proche de ces faits divers dont on entend souvent parler:

Un homme descendait de Jérusalem à Jéricho. Par malheur, il tomba entre les mains des bandits, nombreux sur cette route. Ceux-ci le rouèrent de coups, le dépouillèrent de ses vêtements et de tout ce qu'il avait avec lui et l'abandonnèrent à demi-mort sur le bord du chemin. Par hasard, ce jour-là, un prêtre passa par là. Il vit l'homme et, se tenant à bonne distance, il continua. Un lévite arriva également en ce lieu. Il vit l'homme, mais poursuivit son chemin sans s'arrêter. Un Samaritain, qui était en voyage, arriva à son tour près de l'homme. Il le vit et fut pris de pitié. Il s'approcha, banda ses plaies en y versant de l'huile et du vin, le chargea sur sa monture, le conduisit à une auberge et s'occupa de lui. Le lendemain, tirant deux pièces d'argent, il les donna à l'aubergiste et lui dit: 'Prends-soin de lui, et si tu dépenses quelque chose en plus, je te le rembourserai à mon retour.'"»

Nous attendions la suite de cette histoire, commente Shimon, *en essayant de deviner ce qu'elle pouvait bien signifier. Après quelques instants Jérémie a repris la parole:*

«...Alors le Rabbi de Nazareth se tourna vers moi et me demanda: "Lequel de ces trois hommes s'est montré le prochain de l'homme qui était tombé aux mains des bandits?" Je ne pouvais pas biaiser ou discuter. Je devais l'admettre honnêtement: c'est celui qui a pris soin de lui.

Le seul à avoir observé le plus grand commandement de la Loi était un Samaritain, un de ces hommes que nous, Juifs, considérons comme des hérétiques et des païens. Rouge de confusion, je l'ai dit clairement et le Rabbi a simplement ajouté: "Va et, toi aussi, fais de même!"

Je me suis retiré, admiratif. Le Rabbi ne cherchait pas à savoir qui est digne d'être mon prochain ou digne d'être aimé. L'homme dépouillé de ses vêtements n'a plus aucune identité reconnaissable; il représente l'homme dans sa nudité première, qu'il soit Juif, Samaritain ou Grec. Il est là, livré à mon bon vouloir, à ma libre décision. Deux passent à côté de lui sans s'arrêter. Ils ont certainement des tas de bonnes raisons à faire valoir; ils ne veulent pas risquer de se rendre impurs et impropres pour le service du Temple ou, tout simplement, ils ont peur de tomber eux-mêmes aux mains des brigands. Le troisième ne se pose pas de question, il s'implique personnellement, il se rend proche de l'homme qui est là, sans se demander s'il est digne d'être aimé. Il ne s'interroge pas sur de grandes questions théologiques à propos de la Loi. Il l'observe tout simplement dans le concret de sa vie, et le fait qu'il soit Samaritain ne change rien à l'affaire. Voilà bien la seule chose qui devrait nous préoccuper tous, qui que nous soyons: "Va et, toi aussi, fais de même!" Tout le reste n'a que peu d'importance!»

Marc a parfaitement saisi la richesse de cette parabole. La question traditionnelle du plus grand commandement prend tout à coup un nouvel éclairage: se rendre proche de l'autre, quel qu'il soit. Shimon laisse à Marc un temps d'assimilation, puis il ajoute:

– Jérémie s'est tu. Il nous a regardés longuement. Ses paroles reflétaient la sagesse des prophètes qui se sont si souvent élevés contre une pratique sans cœur de la Loi. Une de leurs paroles s'est imposée à mon esprit: «Leur cœur est loin de moi!» Et en même temps, je découvrais, dans son récit, la parole du Rabbi de Nazareth dont j'avais entendu vaguement parler, mais que je ne connaissais pas. La parabole s'est gravée dans mon cœur, surtout l'invitation très concrète de la fin. Moi, le jeune étudiant féru de connaissances et si sûr de lui, je découvrais qu'il y a un fossé entre la connaissance théorique de la Loi et sa pratique effective. Un seule chose importe: la réponse concrète que l'on donne aux appels du Seigneur, selon la disposition de son cœur et la vérité de sa propre vie…

J'ai compris alors que le Rabbi de Nazareth avait donné une parole qui allait dans ce sens. Pendant des jours, cette conviction ne m'a plus quitté. Je me suis mis alors en quête de personnes qui avaient pu le connaître, et c'est comme cela que je suis revenu dans mon village et que j'ai découvert la petite communauté qui se réunit autour d'André. Lui-même m'a ouvert plus largement à la connaissance de Jésus. La foi s'est imposée à moi. André m'a baptisé au nom du Seigneur et il a appelé l'Esprit sur moi. Ce fut une illumination. Tous les jours, je rends grâces à Dieu. Le chemin tracé par Jésus est vraiment un chemin de lumière et une source de vie pour quiconque s'ouvre à son message.

Shimon se tait, à nouveau saisi par l'émotion. Tout ce qu'il ressentit alors remonte à la surface. Marc se rapproche de lui et pose sa main sur son épaule en signe de fraternité. Il respecte le silence qui s'installe entre eux. Les paroles qu'il vient d'entendre doivent être mûries. Dans le secret de son cœur, il entonne un Psaume de louange et le poursuit à mi-voix. Au bout d'un moment, il s'adresse à son compagnon de route.

– Merci pour ton long récit, Shimon, et pour cette parabole que je ne connaissais pas. Elle est magnifique et garde toute son actualité. Il faudra que nos communautés puissent l'entendre. Mais pour l'heure, je te propose de continuer la route. Je suppose qu'il nous reste un bon bout de chemin à faire. Tout en marchant, nous pourrons continuer à parler.

Shimon approuve d'un geste de la tête. Les deux hommes se lèvent et reprennent leur marche. Le soleil est plus haut dans le ciel et la chaleur plus forte, mais encore supportable. Pendant une heure ou deux, ils avencent en silence ou échangent quelques renseignements sur la région qu'ils traversent, sur les routes qui remontent en direction de l'ouest, vers la plaine supérieure qui conduit jusqu'à la grande mer, vers Césarée et son port. La route qui suit le bord du lac est facile. L'occupant romain aime pouvoir déplacer ses troupes rapidement dans le pays conquis, en fonction des troubles ou des révoltes. Le soleil est au zénith lorsqu'ils arrivent à Génésareth.

Ils profitent de la présence du puits à l'entrée de la ville pour se désaltérer et remplir leur gourde. Magdala est encore loin. Pour éviter toute perte de temps, ils continuent la route. Shimon connaît un endroit au bord du lac où ils pourront s'arrêter et puiser dans les provisions de route que Rébecca leur a préparées avant de partir. Marc est d'accord. Il découvre ce pays pour la première fois et chaque détail l'intéresse. La végétation est luxuriante et les rives du lac sont peuplées d'une faune nombreuse et variée. Dans le ciel, passent par moment des vols d'oiseaux migrateurs qui remontent vers le nord en cette période de l'année. Encore quelques pas et Shimon indique la direction d'une petite crique au bord du rivage. Une petite plage de sable s'est formée là. Ils s'arrêtent dans l'ombre des arbres proches de l'eau. Chacun en profite pour en puiser un peu dans le creux de la main et se rafraîchir le visage. Ils font également quelques pas dans l'eau pour se libérer les pieds de la poussière de la route et leur redonner de la fraîcheur. Finalement, ils trouvent une place où ils peuvent s'asseoir et commencer à déballer leurs provisions. La longue marche a aiguisé leur faim. Le poisson préparé par Rébecca, avec ses herbes aromatiques, est délicieux ainsi que les galettes de pain qui l'accompagnent. Ils mangent tous deux de bon appétit.

Marc contemple le lac, en direction du bord opposé, et il entend résonner en lui les paroles de Jésus à Pierre : *«Va vers le large! Passe sur l'autre rive!»* Cette autre rive est une région peuplée de païens; Pierre a certainement hésité quelque peu, mais il s'est mis en route, même s'il craignait d'affronter une tempête qui pouvait s'annoncer dans le ciel. Il avait mis sa confiance en Jésus. La voix de Shimon le tire de sa profonde méditation.

– À quoi penses-tu, Marc? Tu me sembles bien songeur! Est-ce la parabole que je t'ai rapportée qui te préoc-

cupe? Ou la vue de ce lac sur les bords duquel Jésus et ses disciples se sont si souvent assis?

Marc se retourne vers son compagnon, le regarde en souriant et sent que le moment de poursuivre la discussion est arrivé. Tout en contemplant l'eau qui scintille au soleil, il commence à parler.

– *Depuis un petit moment que je regarde le lac, deux invitations de Jésus à Pierre me reviennent en mémoire: «Va vers le large!» et «Passe sur l'autre rive!» Elles sont très proches de la parabole que tu m'as rapportée. Pierre – comme souvent les hommes et les femmes d'aujourd'hui, religieux ou non, Juifs ou Grecs – se laissait plus souvent conduire par un esprit de peur que d'audace. Il craignait le grand large, parce qu'il connaissait la violence des tempêtes qui peuvent se déclencher en cours de traversée; il avait peur du monde païen, parce qu'on lui avait appris que ce monde est impur, maudit par Dieu... Et voilà que Jésus l'invite à affronter ses peurs et à vaincre ses préjugés. Cela rejoint l'invitation faite au rabbi Jérémie: «Va et fais de même!» Aussi simple que cela, mais ô combien difficile! Notre Maître nous invite à dépasser les limites que des siècles de violence, de guerre et de préjugés ont dressées entre les hommes de toutes races, entre les juifs et les païens, entre les hommes et les femmes, entre les maîtres et les esclaves. Et pour y parvenir, il n'y a qu'un chemin, celui d'un amour concret pour l'autre, un amour qui fait tomber les murs de haine et de préjugés qui se dressent entre les hommes. Ce chemin conduit au don total de soi.*

Ces paroles qui montent en moi du plus profond de mon être, elles s'adressent à moi aujourd'hui et je perçois toute la difficulté qu'il y a à les mettre en œuvre concrètement. J'aimerais te faire une confidence. Ma route de disciple a commencé avec Paul et Barnabé. Je les ai suivis quelque temps pour les aider dans leur mission en Cilicie et en Pamphylie. Je pouvais écouter Paul durant des heures, mais, certains jours, ses prises de position me faisaient peur. Il accueillait sans aucun problème les hommes et femmes de toutes ces régions, quelle que soit leur appartenance. Il n'exigeait de chacun qu'une foi très forte en Jésus, Christ et Seigneur. Un soir, Paul m'a dit tout simplement: «Tu n'es pas mûr pour une mission comme la nôtre!» Va trouver Pierre! Il a besoin d'un scribe comme toi!»

Alors je les ai quittés, soulagé que cela se fasse aussi paisiblement. C'est ainsi que j'ai commencé mon apprentissage auprès de Pierre, et lui, qui n'était pas un lettré, m'a accueilli chaleureusement. Il avait effectivement besoin d'un secrétaire personnel. Cela ne m'a pas empêché de garder en moi certaines des paroles brûlantes entendues de la bouche de Paul. J'ai constaté que ce dernier avait parfaitement compris le message central de notre Maître. Si quelqu'un a mis en pratique ses appels à partir vers le large, à passer sur l'autre rive ou à faire de même, c'est bien lui, Saul de Tarse, qui est devenu Paul, ce nom romain qui fait de lui l'homme universel. Que penses-tu de tout cela?

Shimon écoute les confidences que Marc vient de lui faire. Découvrant son parcours de vie, il n'a pour lui que plus de sympathie. La mise en parallèle de la vie des uns ou des autres avec les paroles du Maître est éclairante. Il se sent aussi plus proche de lui parce qu'il a connu les mêmes angoisses devant l'ouverture qui s'est faite au monde païen, dans les groupes de disciples qui sont nés en différents points du monde. La peur est bien ce qui paralyse l'être humain et fausse son comportement. Il est vrai que la vie rencontre la violence, qu'elle est pleine de dangers, mais que fait-on si la peur empêche toute prise de décision? Shimon pense à ses propres angoisses de jeune rabbi à peine sorti des écoles. Que de complications dans sa pratique religieuse face à la hantise de ne pas observer absolument tous les préceptes de la Loi! Par contre, quelle invitation à la liberté dans l'appel à partir vers le large, à franchir le mur pour passer sur l'autre rive! Une idée lui traverse l'esprit:

– *Marc, je pense à un aspect de la vie de Jésus. Durant tout le temps de sa mission, il refuse obstinément les titres messianiques un peu ronflants, ne voulant visiblement pas que les attentes de la population, à coloration guerrière, ne l'entraînent sur une fausse route. Pourtant, il y a un titre biblique qu'il a utilisé pour parler de lui: le Fils de l'homme. J'ai toujours mis ce titre en relation avec la vision du Fils de l'homme que développe le prophète Daniel. En t'écoutant parler de Paul, de son ouverture au monde païen, n'y aurait-il pas une autre perspective à découvrir? Par son attitude et dans ses paroles, Jésus a constamment refusé tout ce qui enferme l'homme dans sa condition de malade, d'infirme, de pécheur, comme le Samaritain de la parabole. Le seul à être pleinement fidèle à sa vocation d'homme, à observer la Loi, ce qui est quasiment la même chose, est un Samaritain. Et voilà que cet homme détesté des Juifs, Jésus le propose comme modèle!*

Derrière le titre de Fils de l'homme, il propose peut-être son désir de se présenter comme la figure de l'homme pleinement accompli, le modèle de l'homme universel, source d'inspiration pour tous les peuples de la terre. Sa vie ouvre à chacun les chemins d'une authentique fraternité qui ne dépend pas que de questions de race, de religion ou de couleur de peau. C'est un immense défi. Paul l'a peut-être compris, mieux que d'autres; mais faire passer ce message dans les choix de vie concrets de chacun reste à jamais un travail de longue haleine qui ne se décrète pas d'autorité. Il est si difficile de s'entendre simplement entre nous, de se parler, de s'accepter avec nos différences! Vivre de la même manière avec des peuples de cultures et de traditions religieuses différentes, ce sera encore plus difficile... Je suis certain que c'est bien devant ce type de chemin, un véritable défi, que notre Rabbi place chacun de ses disciples. Il y a là de quoi penser et de quoi faire.

— C'est bien mon avis, reprend Marc, *et je suis persuadé à présent que la route suivie par Jésus reste ce qui doit nous interpeller tous. On ne peut pas se contenter de parler de lui, de célébrer sa mémoire ou de le chanter. Il faut entendre les invitations qu'il fait aux personnes venues le rencontrer. Elles sont autant d'appels à une mise en route: «Va, ta foi t'a sauvé... Lève-toi et marche... Va vers le large... Viens, suis-moi... Va et fais de même...» Modulées de différentes manières, toutes ces invitations présentent un aspect commun. Elles n'enferment pas l'auditeur dans un catalogue de préceptes plus ou moins précis qu'il suffirait de suivre. Elles prennent toujours la forme d'une invite à se mettre en route. Elles s'adressent à des personnes libres qui peuvent y répondre ou non...*

Le merveilleux, c'est qu'elles retentissent dans nos vies, aujourd'hui encore, avec la même force, laissant chacun libre d'y adhérer.

– *Tu as raison! Je pense maintenant à cette rencontre qui a eu lieu entre Jésus et un homme des environs de Capharnaüm. Je ne sais plus très bien où cela se passait. Je te la raconte comme je l'ai entendue de la bouche de personnes qui étaient présentes ce jour-là. Comme à l'accoutumée, Jésus avait marché hors du village et s'était assis, dans la campagne, sur un petit monticule. C'était l'un de ces moments privilégiés durant lesquels il enseignait la foule qui le suivait et se rassemblait autour de lui. Des choses extraordinaires se passaient parfois. Ce jour-là, un homme s'est approché de lui. Aux vêtements qu'il portait, chacun a compris que c'était un homme riche, un propriétaire terrien peut-être ou un fils de bonne famille, comme on dit chez nous. Il était un peu agité, montrait des signes d'insatisfaction. La raison en apparut très vite à la question qu'il posa: «Maître, que dois-je faire pour avoir la vie éternelle?» Malgré la richesse qu'il possédait en abondance, il n'était pas satisfait de la vie qui était la sienne.*

Jésus lui rappelle alors les paroles de la Loi mosaïque: aimer le Seigneur de tout son être et respecter la vie de l'autre. L'homme lui répondit alors: «Maître, je connais la Loi et je la respecte fidèlement depuis mon enfance, mais mon cœur reste insatisfait.» D'après le témoin de la scène, Jésus l'a regardé longuement et son regard était plein de bonté, comme s'il le connaissait bien et voulait l'encourager. Il lui a parlé, le rejoignant au plus secret de son être: «Une seule chose te manque. Va, vends tout ce que tu as, donne-le aux pauvres, puis viens et suis-moi!»

Comme tu peux le constater, chaque appel du Maître est adapté à la personne qu'il a en face de lui, mais il suppose la même radicalité. Devenir disciple exige de se situer en vérité et en profondeur devant lui. L'homme n'a pas pu répondre à l'appel de Jésus. Quand il l'a entendu, il est resté figé, pris entre deux désirs contradictoires, puis s'en est allé, tout triste. Il était incapable de poser l'acte que Jésus lui proposait. Quand on est habitué à une vie confortable et que l'on possède tout ce qu'il faut, et même davantage, on n'envisage pas la perspective d'un changement de train de vie sans quelques hésitations... Cela peut se comprendre. Au moment de son départ, Jésus n'a rien fait pour le retenir et il n'a pas changé d'attitude envers lui. Il respectait sa libre décision, attendant peut-être une évolution supplémentaire.

Tu vois, Marc, à la suite de ce récit j'ai compris que Jésus veut des personnes libres à ses côtés, pas des gens qui se sentent forcés ou poussés par la peur ou quelque scrupule. Cet aspect m'a séduit en lui et m'a conforté dans ma décision de le suivre. À l'époque où j'étais jeune étudiant, je passais énormément de temps à apprendre tous les préceptes de la Loi et à chercher à les mettre en pratique le plus fidèlement possible. À certains moments, j'étais même très fier de moi et de ma connaissance des Écritures. Je me préoccupais surtout des choses que j'avais à faire, des rituels à accomplir, des prières auxquelles il fallait participer, des ablutions à ne jamais manquer... Il y a les préceptes de la Torah, mais aussi tous ceux que la tradition des anciens a ajoutés au fil des temps... En découvrant le Rabbi de Nazareth, dans le récit que nous fit le vieux Jérémie, j'ai découvert un autre visage de la pratique religieuse. L'important est de vivre une relation vraie et pleine avec Dieu. Celle-ci ne passe pas d'abord à travers des pratiques rituelles, mais dans la manière dont on vit devant lui et avec les autres. L'homme dont je t'ai parlé cherchait quelque chose de nouveau à faire, pour être en règle avec Dieu, pendant que Jésus lui demandait de se libérer de tout ce qui l'empêchait d'exister en vérité et d'étancher sa soif intérieure de perfection, au contact de la parole qu'il partagerait avec lui. Tout est là! Être en relation vivante avec Dieu est plus important que tout ce que l'on peut faire, très scrupuleusement, dans nos pratiques religieuses.

À nouveau, le silence s'installe. Shimon regarde Marc qui médite profondément sur l'échange qu'ils viennent d'avoir. Ils se rendent compte, tous les deux, des bienfaits du dialogue et de la libre discussion. Cette pratique leur permet de mieux comprendre le message de Jésus et d'en saisir les multiples implications. Pour en parler et le présenter à la communauté, il faut l'avoir médité soi-même longuement, sinon il perd de sa saveur. Scrutant le ciel, Shimon voit que la journée est avancée; il reste du chemin à faire. Il le dit à Marc:

— Je crois qu'il est temps de se remettre en route, si nous voulons arriver à Magdala avant le coucher du soleil.

— Tu as raison, mais il nous faudra reprendre cette discussion. Jésus montre un rapport particulier à l'argent. À la différence de la Loi mosaïque qui voit ce dernier comme le signe de la bénédiction divine, Jésus y voit surtout le danger qu'il recèle. La richesse donne à l'être humain une suffisance qui lui fait oublier la dépendance

radicale dans laquelle il demeure face à son Créateur. Il risque alors de penser qu'il n'a pas besoin de Dieu... Je souhaite que l'on revienne sur ce sujet. Mais, pour l'heure, nous pouvons repartir. Je me réjouis de faire la connaissance de Myriam.

D'un commun accord, les deux hommes se lèvent et reprennent leur marche d'un pas rapide. Shimon a accéléré l'allure. De temps à autre, ils croisent d'autres voyageurs ou sont rattrapés par des plus rapides. Ils restent silencieux, gardant toute leur énergie pour la route. Marc en profite pour admirer le paysage qu'il découvre sous ses yeux, les collines de Galilée d'un côté et en contrebas le lac qui brille de tous ses feux sous les rayons du soleil qui descend à l'horizon. La marche est propice à la méditation.

La discussion avec Shimon continue à résonner dans son cœur. Cet homme qui vient solliciter le conseil de Jésus et qui, par la suite, se révèle incapable de le suivre, l'intrigue. Qu'est-il devenu? Est-il mort ou encore vivant? A-t-il saisi le sens de l'appel dont il a été l'objet? Marc sait qu'il n'est pas évident de comprendre le message du Maître, dans certains de ses aspects les plus radicaux. Pour lui, Dieu ne se monnaye pas; l'amour qu'on lui porte doit être total ou alors il est chargé d'illusions. Malheureusement les objets que nous possédons se dressent souvent entre lui et nous, formant une barrière qui assure notre confort physique ou notre sécurité psychique. Prédomine souvent le sentiment qu'ils sont indispensables à l'épanouissement de notre être, que sans eux, on n'est plus grand-chose... L'invitation de Jésus rappelle que Dieu seul peut nous faire atteindre la plénitude de l'être. Pour s'en remettre à lui seul, il faut une immense confiance, mais aussi un peu de folie spirituelle, celle dont parle Paul.

Depuis peu, la route a pris la direction de la montagne. Les deux voyageurs arrivent finalement sur un plateau. Au loin, on distingue un village. Shimon se tourne vers Marc:

– *Nous arrivons à Magdala! Myriam sera contente de nous voir. André a pu la faire prévenir de notre venue. Tu verras; c'est une femme extraordinaire! Malgré son âge, elle rayonne toujours autant de la joie et de l'amour que son «rabbouni» – c'est ainsi qu'elle appelle Jésus – a mis dans son cœur, avant de la quitter.*

Comme si la perspective de cette rencontre les réjouissait tous deux, ils accélèrent leur marche. Le soleil commence à disparaître à l'horizon, quand ils arrivent aux premières habitations du village. Shimon indique un petit chemin sur la droite et pointe le doigt en direction d'une maison, un peu à l'écart. Marc a compris qu'il va rencontrer là une femme d'exception. Une nouvelle étape de son voyage en Galilée commence. Décidément, tout s'annonce sous les meilleurs auspices. Les témoignages entendus et les échanges avec Shimon lui ont fourni de quoi réfléchir et méditer. Il ne rentrera pas les mains vides ni l'esprit sec. Cette pensée lui plaît au plus haut point et lui fait oublier en partie la fatigue de la route.

Myriam de Magdala

Shimon pousse une petite porte donnant accès au jardinet qui entoure la maison. Une jeune femme se lève en hâte et vient à la rencontre des visiteurs.

— *Shimon, te voilà enfin! Myriam commençait à se faire du souci pour vous deux.* Puis, se tournant vers Marc, elle ajoute: *Et toi, tu es Marc, je suppose. Tu es le bienvenu chez nous! Je suis Sarah, la nièce de Myriam, et je vis avec elle pour l'aider dans son travail. À son âge et malgré toute sa vitalité, on ne fait plus ce qu'on veut. Venez, entrez dans notre demeure! Je vais vous puiser un peu d'eau. Vous allez pouvoir commencer par boire et vous rafraîchir.*

Sarah les conduit jusqu'à la porte de la maison, à côté de laquelle a été disposée une grande jarre de terre cuite remplie d'eau. Shimon et Marc commencent par se désaltérer, puis ils se lavent le visage et la tête, les bras et les pieds, en même temps qu'ils secouent leurs vêtements. Quelle sensation après ces heures de sueur, de poussière et de fatigue! Ils ont le sentiment de revivre. Pendant ce temps, Sarah s'active sur le côté de la maison sous un avant-toit. Elle y dépose quelques plats de fruits et de nourriture. Les deux hommes étaient visiblement attendus. Quand tout est prêt, elle revient vers les visiteurs, voit qu'ils ont fini leurs ablutions, et les invite à la suivre.

– *Venez! Myriam vous attend!*

Passé un bosquet de fleurs, Marc découvre l'endroit où Sarah a préparé la table pour le repas. Une vieille dame est assise là, souriante à l'approche de ses visiteurs. Sa longue chevelure blanche, son maintien caractéristique sur son siège et la noblesse de son visage laissent entrevoir quelques éléments de son passé. Même si ses jambes peinent à la porter et ne lui permettent plus de marcher seule, le visiteur devine quelle fut sa beauté. À la vivacité de son regard, il sait qu'elle garde toute sa tête. Voyant les deux hommes, elle laisse éclater sa joie.

– *Shimon, Marc, quel plaisir de vous voir. Venez près de moi tous les deux et baissez-vous pour que je puisse vous prendre dans mes bras! Quelle joie! Merci, Seigneur! Heureusement qu'André a pu me faire prévenir de votre arrivée. J'ai pu m'en réjouir toute la journée.*

Elle ouvre largement ses deux bras et saisit la tête des deux hommes, qu'elle presse contre elle, en répétant: *Quelle joie!*

En riant, Shimon parvient à lui dire:

– *Myriam, tu vas finir par nous étouffer si tu continues à nous serrer aussi fort contre toi! Que diront alors les frères et sœurs de Rome, s'ils apprennent que Marc est mort dans les bras de Myriam de Magdala?*

Myriam part d'un grand éclat de rire. Sans se presser, elle relâche la tête de ses visiteurs et ajoute, en continuant à manifester sa gaieté:

– *C'est vrai qu'avec les gens de Rome on ne sait jamais! Il faut faire attention; sinon ils sont bien capables de nous envoyer une légion supplémentaire, histoire de nous mettre encore un peu plus au pas!*

Nouvel éclat d'un rire cristallin qui se révèle contagieux pour ceux qui l'entendent. Rapidement, Myriam retrouve son calme. Elle saisit le visage de Marc entre ses deux mains et le regarde longuement, désireuse de connaître et de sonder son interlocuteur. Marc ne sait trop comment se protéger de cette présence un peu envahissante. Myriam finit par le libérer et change de sujet:

– *Tu es Marc, le secrétaire de Pierre? Et, m'a-t-on dit, il t'a demandé de rassembler son témoignage et celui d'autres personnes pour en faire un livre destiné à toutes les communautés qui se réclament de Jésus. C'est bien cela?*

– *C'est bien cela*, répond Marc. *À la suite de la prédication de Paul en Asie Mineure et en Macédoine, de celle de Pierre en différentes villes de l'Empire romain et de tous les témoignages particuliers faits par des frères et des sœurs qui ont découvert le message de Jésus à Jérusalem, lors d'un pèlerinage, de nombreuses communautés chrétiennes – comme disent les croyants d'Antioche – sont nées et ont grandi. Elles se rassemblent toutes autour de la Parole du Maître, mais les premiers témoins disparaissent, tu le sais bien, et les nouveaux baptisés n'ont rien entre les mains, en dehors des Écritures, traduites en grec par la Synagogue d'Alexandrie, et de quelques lettres de Paul qu'ils recopient pour leur usage personnel. Partout, ils demandent de pouvoir disposer d'un livre de la Parole de Jésus lui-même. J'ai commencé le travail à partir de tout ce que j'ai entendu de la bouche de Pierre en particulier. Mais avant de le terminer et pour écrire un texte plus complet, les anciens de notre communauté m'ont conseillé de faire le voyage en Galilée pour retrouver quelques-uns des derniers témoins et les entendre eux aussi. Cette mission, Pierre me l'avait lui-même expressément confiée, avant son arrestation et sa mort cruelle en compagnie des milliers d'autres frères et sœurs. Néron en a fait un spectacle de cirque. En fait, il cherchait surtout à détourner l'attention des foules de ses agissements et de ses propres turpitudes…*

Marc se tait. Devant lui, Myriam ferme les yeux et son cœur bat plus vite, comme si elle participait aux souffrances des martyrs de Rome ou revivait des instants de sa propre vie qui l'ont touchée au plus intime d'elle-même. Au bout d'un moment, elle se tourne vers son visiteur pour ajouter:

– *Nous sommes tous appelés à porter notre croix, comme Jésus nous en a montré le chemin. La vérité de l'amour est à ce prix. Contre le déchaînement de la haine et de la violence, nous ne disposons d'aucune autre force que de celle de l'amour soutenu par la puissance de l'Esprit.*

À nouveau, un long moment de silence s'installe entre eux; personne ne veut l'interrompre. Des larmes coulent des yeux de celle qui a tant aimé Jésus. On pressent au son de sa voix, qu'elle continue à vivre dans la proximité de son «rabbouni», son maître à elle, celui qu'elle a aimé et qu'elle aime plus que tout au monde. Soudain des paroles remontent à la surface, des paroles qu'elle a entendues de vive voix. Elles résonnent l'une après l'autre aux oreilles de Marc.

– «*Il n'y a pas de plus grand amour que de donner sa vie pour ses amis… Si le grain tombé en terre ne meurt pas, il ne peut pas donner de fruit… Tes péchés sont pardonnés… Ta foi t'a sauvée. Va en paix… Venez à moi, vous tous qui peinez sous le poids du fardeau, et moi je vous donnerai le repos… Prenez sur vous mon joug et mettez-vous à mon école, car je suis doux et humble de cœur…*»

Marc écoute attentivement ces paroles. Il sait que ce sont celles que le Maître a prononcées devant elle à un moment ou un autre, qu'elles sont restées gravées au fond de son cœur et qu'elles ont radicalement bouleversé sa vie. Myriam est restée fixée dans ce souvenir qui la soutient et la garde debout, forte et toujours aussi aimante. Elle sait que son «rabbouni» est là, vivant auprès d'elle, d'une manière mystérieuse, qu'elle peut lui dire son amour et vivre en sa présence. Vivre dans cet amour que le Maître a révélé, accueillir l'autre avec le même amour attentionné, n'est-ce pas ce qu'il demande à chaque disciple? Au bout d'un moment, Sarah intervient et s'approche de Myriam.

– Mère, reviens à toi ! Nos visiteurs sont fatigués et j'ai préparé quelque chose à manger pour eux et pour nous.

Sans fournir d'explication à ses hôtes sur son apparente absence momentanée, Myriam les invite à se servir.

– Sarah a raison. Vous avez fait une longue route. Prenez le temps de refaire vos forces. Installez-vous confortablement auprès de moi et mangeons. Sarah fait toujours des merveilles pour accueillir les hôtes de passage.

Après un repas pris dans la bonne humeur et un échange de nouvelles sur les uns et les autres, la nuit tombe sur Magdala et la demeure de Myriam disparaît peu à peu dans l'obscurité. Sarah a rechargé le petit feu de bois et disposé des lampes à huile auprès de chacun. Les petites flammes dansent sous l'action d'une légère brise venue des collines et créent un jeu d'ombres et de lumières sur les visages. Le moment est chargé d'une intense émotion et d'une grande communion entre tous. Quelque chose ou plutôt quelqu'un ou une présence habite cet instant de rencontre et lui donne une intensité particulière que nul ne voudrait voir s'interrompre. Marc regarde cette femme dont Pierre lui a dit qu'elle a été l'une des premières à annoncer la Résurrection du Seigneur, mais que personne n'a voulu croire. Ils pensaient tous que la douleur lui avait fait perdre la raison. Le visage de Myriam prend à nouveau une fixité particulière, comme si elle était entièrement tournée vers l'intérieur, vers cette présence qu'elle rencontre au plus profond de son être. D'un geste, elle interrompt la conversation et ajoute :

– *Le Seigneur, mon Maître bien-aimé, est là au milieu de nous et nous apporte sa paix. Recueillons-nous en sa présence et faisons monter vers lui notre prière comme l'offrande du soir.*

Le silence s'installe à nouveau. Myriam s'est mise en prière. Ses lèvres s'entrouvrent et laissent passer des mots que Marc et Shimon identifient sans peine. Ils reconnaissent le chant de la bien-aimée du Cantique des Cantiques: *«J'entends mon bien-aimé, voici qu'il arrive, sautant sur les montagnes, bondissant sur les collines. Mon bien aimé est semblable à une gazelle, à un jeune faon… Mon bien-aimé élève la voix, il me dit: "Lève-toi, ma bien-aimée, ma belle, viens, car voilà l'hiver est passé…" Mon bien-aimé est à moi et moi à lui… Sois semblable, mon bien-aimé, à une gazelle, à un jeune faon sur les montagnes du partage…»*

Marc ne peut s'empêcher d'écouter ces paroles qui montent du cœur de Myriam. Il découvre toute la force de l'amour qui l'unit depuis lors à Jésus. La rencontre qu'elle a vécue avec lui a été si profonde que sa vie s'en est trouvée transformée. Elle n'a désormais plus qu'un seul but, vivre en sa présence et lui exprimer son amour, de tout son être. Une phrase de Paul, lue dans l'une de ses lettres, lui revient en mémoire: *«Ce n'est plus moi qui vis, mais le Christ qui vit en moi.»* Pour Paul aussi, une seule chose importait: vivre en communion avec le Seigneur. Combien de temps a duré cette prière ou méditation silencieuse? Nul ne peut le dire. La nuit a étendu son voile sur la région et seules les étoiles donnent un peu de clarté au monde alentour. La voix de Shimon brise le silence.

– Mère, il est temps pour tous de retrouver l'intérieur de la maison. En cette saison, la nuit risque d'être fraîche et nous avons besoin de repos.

Myriam sort de sa contemplation, toute rayonnante de ce moment d'intimité vécu avec son Seigneur et, comme si rien de particulier ne s'était passé, elle ajoute:

– Tu as raison, Shimon! La route est longue de Capharnaüm à Magdala. Nous aurons l'occasion de parler demain de tout ce que vous voulez savoir. Sarah, conduis ces messieurs jusqu'à leur chambre, après tu viendras me chercher.

Chacun d'eux ayant pris le temps de saluer Myriam, Sarah conduit les deux voyageurs dans l'une des pièces de la maison. Deux couches y sont préparées. Une lampe à huile, un peu plus grande, est déposée sur un support. Elle diffuse une lumière assez forte pour permettre aux deux hôtes d'évoluer dans la pièce sans problème et de ne pas se cogner aux objets qui s'y trouvent. Après le temps des dernières ablutions, les deux hommes prennent congé de Sarah et rentrent dans leur chambre. La nuit de repos est plus que bienvenue. Ils sont déjà couchés quand Myriam, aidée de Sarah, s'installe à son tour dans la pièce voisine.

Tout est calme au-dehors, seuls quelques cris d'oiseaux nocturnes dévoilent leur présence. Au loin, l'aboiement d'un chien ou le braiment d'un âne trouble parfois le silence. Tandis que Shimon s'endort rapidement, Marc pense au premier contact avec Myriam, à sa passion pour son «rabbouni», ce petit nom plein de tendresse qu'elle donne à Jésus. Avant de s'endormir, il se dit qu'il faut être une femme pour manifester au Seigneur un tel amour. Il se réjouit d'en savoir un peu plus sur elle et sur le chemin qu'elle a parcouru; il entend encore quelques mots échangés dans la pièce voisine. Puis, plus rien, il entre à son tour dans un sommeil paisible et réparateur, tandis que résonnent dans sa tête quelques-unes des phrases qui l'ont marqué durant cette première journée avec Shimon.

À nouveau, les rayons du soleil se chargent de tirer Marc hors de son sommeil. La lampe est éteinte, mais la pièce est suffisamment éclairée pour distinguer les objets qui la meublent. Shimon est déjà sorti. Au-dehors, des personnes sont venues et se sont rassemblées autour de Myriam pour la prière matinale. Sans faire trop de bruit, ils chantent ensemble un Psaume: *«Dieu, tu es mon Dieu, je te cherche dès l'aube: mon âme a soif de toi; après toi languit ma chair, terre aride, altérée, sans eau...»* Tout en se levant à son tour, Marc murmure dans son cœur la prière qui est celle de tout un peuple et il s'associe pleinement à la demande du psalmiste. Il boit de l'eau de la cruche déposée par Sarah contre la paroi, près de la porte, en profite pour se rafraîchir le visage et faire ses ablutions, remet ses vêtement qu'il a déposés par terre et sort de sa chambre. La porte de la maison est grande ouverte et des flots de lumière inondent la pièce centrale. Marc est obligé de fermer les yeux, le temps qu'ils se réadaptent aux rayons du soleil. Sans faire de bruit, il rejoint le groupe de frères et sœurs. La prière est terminée et Myriam parle:

– Frères et sœurs, je vous en supplie, ne doutez jamais de l'amour que Dieu notre Père a pour vous. Sa

113

tendresse est infinie pour qui vient à lui et se jette simplement dans ses bras. Il n'a pas besoin d'un long discours ou de grandes démonstrations. Avant même que vous ne le lui demandiez, nous a dit Jésus, le Père sait ce dont vous avez besoin. Alors, pas de crainte ni d'angoisse devant lui. Venez à lui avec un cœur sincère et vrai; reconnaissez humblement vos incapacités à aimer comme il nous aime, alors il vous pardonne. Le pardon de Dieu est comme le baiser d'un père très aimant à son enfant venu se jeter dans ses bras pour se faire pardonner la bêtise qu'il a faite. Vous savez ce que j'étais autrefois, avant de connaître Jésus: une pécheresse. Quand je suis venue pleurer à ses pieds, il m'a simplement dit: «Tes péchés ont été pardonnés.» Puis, lorsqu'il m'a relevée, devant tous les convives, il a simplement ajouté: «Ta foi t'a sauvée. Va en paix.» J'ai expérimenté ce jour-là toute la richesse de l'amour divin; la paix et le bonheur n'ont depuis lors plus quitté mon cœur. N'oubliez jamais ces paroles qui nous viennent du Seigneur. Elles seront pour vous aussi une source de vie. Si le Seigneur ne m'a pas encore appelée auprès de lui, c'est pour que je puisse vous dire tout cela. Mes enfants, le Christ est notre Paix et notre Joie.

Tout le groupe conclut ces paroles par un vibrant «*Amen! Alléluia!*», suivi d'un Psaume: «*Chantez au Seigneur, un chant nouveau, louez-le dans l'assemblée de ses fidèles!*» Alors qu'il chante avec le groupe, Marc pense à la puissance du témoignage de Myriam. Il découvre en elle une femme disciple dont la parole possède une force égale à celle des Apôtres officiels. Il sourit en pensant à ce qu'il vient d'entendre et se dit que cela ne doit pas plaire à tout le monde, tellement l'idée est ancrée dans la tradition, que les femmes n'ont rien à dire ou à faire dans le domaine public. De toute manière, le message de Jésus bouscule tellement d'us et coutumes qu'il faudra du temps pour que les mentalités évoluent.

Au terme de la prière, Myriam appelle la bénédiction de Dieu sur le groupe et souhaite à chacun une bonne journée. Voyant des regards interrogatifs tournés vers Marc, elle le présente à l'ensemble du groupe en expliquant les raisons de sa présence avec Shimon, que tous semblent connaître, dans sa maison. Après quoi, chacun rentre chez soi. Myriam explique encore à Marc que ce petit groupe s'est formé naturellement autour d'elle et que tous ont voulu qu'elle tienne le rôle de l'animatrice ou de l'ancien, étant la seule à pouvoir faire entendre les paroles de Jésus à cette génération de fidèles qui ne l'ont pas connu directement. Faire entendre la Parole du Maître, tout le problème est là. Le seul canal possible est la parole vibrante que les témoins directs ou indirects sont capables de laisser passer en eux. Une question se pose désormais, avec le décès des anciens, comment conserver vivant ce trésor de paroles, pour que tous puissent en profiter? Marc mesure la difficulté de sa tâche. Après quelques instants, il s'adresse directement à Myriam.

– Merci pour la parole que tu as fait retentir en nos cœurs, ce matin. Prie le Seigneur qu'il me donne son Esprit d'intelligence pour que je sois capable de rassembler son message et de le présenter comme une source d'eau vive, comme tu le fais si bien. Grâce à toi, à ton témoignage, je crois que je serai capable de rendre crédible le message de Jésus.

– *Ne crains pas, Marc,* répond Myriam en lui prenant la main. *Laisse-toi guider par l'Esprit que le Seigneur a mis en toi. J'ai pu voir ton cœur; il est plein de bonté. Pierre t'a demandé d'accomplir ce travail, parce qu'il savait que tu en serais capable. Courage! Ce travail est tellement important pour les petites communautés qui se rassemblent, un peu partout. Elles comptent sur toi pour les aider à garder vivant, au milieu d'elles, le souvenir du Seigneur Jésus et de tout ce qu'il nous a dit.*

– *Myriam,* reprend Marc, *tu as accompagné Jésus durant un ou deux ans, de la Galilée jusqu'à Jérusalem, et tu as été la première à témoigner de sa Résurrection. Peux-tu nous aider, Shimon et moi, à mieux comprendre tout ce qui s'est passé à l'époque? J'ai entendu beaucoup de choses, dans la bouche de Pierre et d'autres. Pourtant certains éléments me semblent un peu confus. J'aimerais obtenir un ensemble cohérent qui aide les croyants à mieux entrer dans la foi en Jésus, Christ et Seigneur, comme le confessait Pierre. Si je veux y parvenir, je dois pouvoir recouper divers témoignages. Le tien me serait précieux.*

– *Marc, tu ne t'imagines pas la joie que tu me fais! Je ne me lasse jamais de parler de celui que mon cœur aime. Mais avant cela, allons manger. Comme moi, tu as besoin de prendre des forces. La journée sera longue et ta mémoire fort sollicitée. Aide-moi à retrouver ma place sous l'auvent. Sarah nous apportera quelques fruits et galettes de pain. Chaque matin, elle prépare aussi une tisane chaude. Nous avons ici des plantes aromatiques qui donnent une saveur particulière à notre boisson.*

Marc prend Myriam par le bras, l'aide à se relever et à marcher jusque sous l'avant-toit où s'est passée la première rencontre. Sarah a pensé à tout. Des fruits, un peu de fromage, quelques galettes de pain et des coupes de boisson attendent les hôtes de la maison. Après une prière de bénédiction, Myriam invite ses visiteurs à se servir largement. Chacun prend le temps de satisfaire sa faim. Il fait beau et le soleil commence à réchauffer l'atmosphère. Les arbres sont en fleurs, à cette époque de l'année. Quelques échanges entre deux bouchées de pain: l'humeur est à la joie. Ne voulant rien bousculer, Marc laisse à Myriam le soin de reprendre l'initiative. Celle-ci mange également avec appétit. Malgré son âge avancé, ses yeux pétillent de gaieté et de tendresse; avec humour, Shimon lui raconte les nouvelles ou les aventures des frères et sœurs. Elle compatit fortement à la maladie de l'un, à la souffrance de l'autre, mais laisse échapper un rire clair et joyeux chaque fois que Shimon lui en donne le prétexte, lorsqu'il rapporte quelques anecdotes amusantes de la vie courante. Elle semble connaître chacun en particulier.

Marc écoute et regarde. Il se dit que la vie est finalement remplie d'occasions souvent contradictoires qui expriment et parfois mélangent librement des moments de souffrance et des éclats de rire. Lorsque Myriam laisse éclater sa joie, celle-ci fait beaucoup de bien à ceux qui se rassemblent autour d'elle; elle sait détendre l'atmosphère et aider chacun à sortir un peu des problèmes qui l'obsèdent. Discrètement, Sarah est venue débarrasser la table basse, ne laissant que les coupes d'eau qu'elle prend soin de remplir avant d'effectuer d'autres rangements. La conversation se poursuit jusqu'au moment où elle revient s'asseoir auprès de la maîtresse de maison.

Le silence s'établit autour de la table. Myriam se retire en elle-même, puis commence à parler:

– *Marc, que veux-tu savoir de moi? Par où veux-tu que je commence?*

– *Pierre m'a beaucoup parlé de toi, Myriam, de la difficulté qui avait été la sienne, quand tu es revenue en courant du tombeau, de ton amour pour le Seigneur Jésus, de la tendresse que ce dernier t'a montrée… Je sais aussi que tu faisais partie du groupe de femmes qui sont devenues ses disciples. Ce que je veux entendre de toi, c'est ton histoire et la manière dont tout s'est passé de ton point de vue. Qu'est-ce qui t'a bouleversée à ce point pour que tu sois devenue cette croyante ardente que j'ai la chance et la joie de pouvoir rencontrer aujourd'hui?*

– *Je vois!* reprend Myriam. *C'est toute mon histoire avec Jésus que tu veux entendre! Si tu as la patience de m'écouter jusqu'au bout, on en a pour toute la journée. Tu sais que je suis plutôt bavarde et intarissable sur ce sujet… Tu prends un gros risque à me faire ainsi parler!*

Tous quatre rient aux éclats et encore une fois le rire cristallin de la maîtresse de maison domine tous les autres. La joie est au rendez-vous. Le regard de Myriam prend une grande intensité. Elle rassemble au fond d'elle-même les souvenirs qui ont marqué son existence. Elle s'exprime désormais d'une voix douce et profonde qu'ils n'ont pas envie d'interrompre.

– *Tu vois cette longue chevelure blanche que Sarah m'aide à maintenir en l'état au fil des années. Elle symbolise à elle seule une part importante de ma vie. C'est la raison qui m'a poussée à la garder toujours aussi longue, même si cela n'est pas pratique et peut paraître un peu vaniteux de ma part. Par deux fois, cette chevelure va déterminer mon existence de femme… Ceux qui m'ont connue dans ma jeunesse – ils ne sont plus très nombreux aujourd'hui – se souviennent de la belle jeune fille que j'étais, toujours la première à danser et à chanter durant les fêtes. Mes beaux et longs cheveux noirs faisaient de l'effet. C'était l'âge de l'insouciance et des rêves les plus fous. Un jour, un cousin qui travaillait à la cour d'Hérode est passé par là. Il s'est arrêté chez mon père qui lui a offert l'hospitalité et, le soir autour du feu, il a parlé des splendeurs du palais du roi. Moi j'écoutais, fascinée par tout ce qu'il en disait. Il m'a vue et a dit à mon père qu'il pouvait y avoir de la place, à la cour du roi, pour une belle jeune fille comme moi et que, s'il acceptait, il en retirerait quelques contreparties financières. Moi je rêvais et je me disais intérieurement: «Pourvu qu'il accepte!» Je ne pouvais imaginer ce qui m'attendait. Mon père a accepté et je suis partie vivre dans la cour d'Hérode.*

Au début, je faisais partie des nombreuses servantes du palais. Très vite, ma jeunesse et ma beauté attirèrent le regard du roi et celui de ses courtisans et je devins pour eux une proie facile à saisir. D'abord flattée par les faveurs qui en résultaient et les toilettes que je portais désormais, ma vie devint vite un enfer. J'ai dû apprendre à satisfaire tous les désirs du roi, puis il se lassa de moi et m'abandonna aux courtisans. Je servais de dame de compagnie… Je devais agrémenter les nuits de ces messieurs. C'était bien l'enfer! Je n'étais plus qu'un objet dont on se sert au gré des désirs et des fantasmes, semblable à un objet avec lequel on s'amuse.

Ce qui m'a alors sauvé, c'est certainement la prise de conscience de ma propre situation. J'aurais pu me lamenter éternellement sur moi-même, mais, au contraire, je suis devenue très lucide. J'ai compris que je n'étais plus qu'une prostituée royale, une pécheresse, comme disaient pudiquement les pharisiens. J'ai cherché longtemps le moyen d'en sortir. Personne n'a voulu m'aider; on se moquait de moi en me disant que je l'avais bien cherché! Alors, un jour, j'ai simulé la folie et la maladie; je ne prenais plus soin de moi, je ne mangeais plus et laissais mes cheveux en désordre. J'ai été tout simplement jetée hors du palais. J'avais certes retrouvé ma liberté, mais, pour tous ceux qui me connaissaient, je restais à jamais marquée par ces années. J'étais devenue, aux yeux de tous, une pécheresse qui ne méritait que le mépris. Je suis revenue au village, mais là, un autre enfer m'attendait.

Myriam se tait, le regard perdu dans ce lointain passé qui continue à la faire souffrir, chaque fois qu'elle l'évoque. Les souvenirs de cette époque lui font revivre ce qu'elle n'aurait jamais voulu connaître. Marc ne cherche pas à l'interrompre; il devine ce qui se passe en elle, regrettant presque d'avoir insisté pour entendre son témoignage. Personne ne parle; seule Sarah s'est levée et la prend dans ses bras, se presse contre elle, l'embrasse en lui massant le front et les tempes. Myriam retrouve son calme, lance un regard navré à ses visiteurs, remercie d'un geste Sarah et l'invite à s'asseoir à nouveau. Elle est prête à poursuivre son récit.

– Je vous l'avoue, il m'est très difficile de parler de cette période de ma vie sans en être à nouveau meurtrie. Lorsque je suis revenue à la maison, ma souffrance n'a fait qu'augmenter. Mon père m'a montré la porte en me disant: «Tu n'as plus rien à faire ici!» Alors que j'étais

auparavant sa fille chérie, j'étais devenue à ses yeux une pestiférée dont il ne pouvait supporter la présence. Je suis sortie tout en pleurs. J'avais perdu l'estime et l'amour de mon père et de ma famille. J'étais livrée, sans défense, entre les mains du premier prédateur venu. J'ai vécu, pas très loin du village, en continuant de vendre mon corps pour pouvoir survivre et j'ai pu me faire construire une petite maison. On tolérait ma présence, mais j'étais placée désormais sous le signe de l'infamie, des injures et du mépris. Seule, ma sœur Rachel venait me voir de temps à autre. Elle s'asseyait auprès de moi, me réconfortait et apportait un peu de nourriture que nous mangions ensemble. Ses visites me permettaient d'avoir aussi quelques nouvelles de la famille. Elle m'encourageait et me renforçait dans mon simple désir de survivre.

Un jour, elle est arrivée très excitée et j'ai su, rien qu'à la voir, que quelque chose d'important venait de se produire. Elle m'a dit qu'elle avait eu l'occasion d'écouter un rabbi originaire de Nazareth. Elle répétait sans cesse: «Si tu l'avais entendu… Si tu l'avais entendu…» Je me suis méfiée et lui ai dit, de manière un peu abrupte: «Que veux-tu que cela me fasse? Les hommes de Dieu, comme ils se nomment, j'ai appris à m'en méfier! Il n'y a pas plus méprisant qu'un rabbi pour une femme comme moi…» Elle m'a répondu par un grand sourire et elle a ajouté: «Je comprends ta méfiance, mais un rabbi comme ce Jésus de Nazareth, il n'y en a pas deux. Je l'ai entendu de mes oreilles. Il ne se déchaîne pas contre les pécheurs, bien au contraire. On dirait qu'il montre une attention particulière aux pauvres, aux malades et à tous les laissés-pour-compte de la vie. Tu devrais venir l'écouter avec moi. Je suis sûre que ses paroles te remonteraient le moral.»

121

Sur le moment, je ne lui ai rien répondu, mais je me suis remise à rêver, à croire que ma situation pouvait changer. En continuant à discuter, j'ai appris que Matthieu, le publicain de Capharnaüm, faisait partie des disciples qui le suivaient partout. Cela m'a fait un choc, surtout quand Rachel m'a dit ce qu'il avait répondu à ceux qui lui reprochaient d'appeler à sa suite un de ces voleurs notoires qui escroquent le petit peuple en collectant l'impôt. Il ne s'était pas justifié, il avait simplement dit: «Ce ne sont pas les bien-portants qui ont besoin d'un médecin, mais les malades. Moi, je ne suis pas venu appeler les justes, mais les pécheurs.» Vous n'imaginez pas l'effet que ces paroles ont produit en moi! Je suis restée tétanisée pendant un long moment et j'entendais comme en écho: « Moi, je ne suis pas venu appeler les justes, mais les pécheurs.» Et je me disais: «Est-ce possible? Cet homme pourrait-il me rendre ma dignité et m'aider à me relever?» Rachel était restée assise proche de moi et me regardait en souriant. Elle devinait ce qui se passait dans ma tête.

Au bout d'un moment, elle me dit d'une voix douce: «Myriam, tu ne peux pas rester éternellement prostrée dans ton malheur. Relève-toi! Demain, je viens te chercher. Nous irons ensemble l'écouter. Je sais où ils passeront la nuit. Maintenant, il faut que je retourne à la maison.» Une fois seule, je suis restée sur ma natte. Je ne sais même pas si j'ai mangé quelque chose ce soir-là, mais les paroles entendues revenaient sans cesse en ma mémoire: «Moi, je ne suis pas venu appeler les justes, mais les pécheurs…» Au bout d'un long moment – j'étais déjà étendue sur ma couche – je me suis entendue dire: «C'est bon! Demain j'irai écouter ce Jésus de Nazareth! Je ne risque rien à entendre sa parole; et puis je prendrai mes pré-

cautions pour que l'on ne me reconnaisse pas. » *Alors j'ai retrouvé la paix au plus profond de moi et je me suis endormie d'un sommeil paisible. Pour la première fois, depuis bien longtemps, aucun cauchemar n'est venu me hanter la nuit. Les premières paroles de Jésus que j'avais entendues dans la bouche de Rachel m'avaient apporté la paix et un immense réconfort.*

Myriam s'arrête à nouveau, sourit à chacun, boit un peu d'eau. Marc devine qu'elle rassemble maintenant l'essentiel des souvenirs qui tournent autour de sa première rencontre avec Jésus.

– *Quand Rachel est arrivée, j'étais prête. La seule perspective de cette rencontre m'avait profondément stimulée et j'en avais profité pour faire une toilette complète de ce corps que j'avais depuis longtemps négligé. J'avais même pris le temps de peigner ma longue chevelure, de me maquiller et de mettre des vêtements propres. J'avais ajouté une touche de parfum que j'aimais bien. Rachel fut toute surprise en me voyant. Elle éclata de rire, me serra dans ses bras. Nous avons mangé un peu de pain et quelques fruits. Avant de partir, je me suis revêtue d'une grande cape noire qui servait à dissimuler mon corps et mon visage. Je pouvais ainsi affronter la foule sans risquer d'être reconnue. Et nous sommes parties. J'appréhendais cette rencontre et, en même temps, je m'en réjouissais. Par ses paroles, Rachel avait fait renaître l'espérance en moi.*

Nous avons marché un bon moment en direction de Tibériade, puis nous avons pris un sentier qui partait dans la montagne. Nous avons rejoint un groupe qui marchait devant nous et, au bout d'un moment, j'ai entendu sa voix. J'ai su tout de suite que c'était la voix du Rabbi de Nazareth. Mon cœur s'est mis à battre très fort. Puis j'ai vu son visage et j'ai découvert un homme plein de bonté, de douceur et d'une grande fermeté tout à la fois. J'ai immédiatement compris que devant lui je devais être vraie. Avec Rachel, nous nous sommes installées derrière la foule compacte, un peu à l'écart, et je me suis mise à écouter.

Il parlait du Royaume des Cieux, utilisait les images de tous les jours en faisait des paraboles et nous invitait à faire confiance à Dieu. Certains l'interpellaient, lui parlaient de leurs problèmes et lui demandaient son aide. Lui leur répondait avec patience et les invitait à vivre dans la foi ou la confiance. Je buvais littéralement ses paroles et je sentais que quelque chose se dénouait au fond de moi. Je retrouvais un sentiment que j'avais perdu depuis longtemps, la joie de vivre; je n'avais plus peur. Moi la pécheresse pour laquelle tout le monde n'avait que mépris, je ne craignais plus d'être reconnue et j'étais convaincue que Dieu lui-même m'avait pardonné, que son cœur était grand ouvert, pour moi aussi.

Je ne sais plus si c'est ce jour-là ou un autre... Un groupe de pharisiens était là pour l'écouter ou l'espionner; l'un d'eux l'a pris à partie en lui reprochant d'être l'ami des publicains et des pécheurs, et même de manger avec eux. Alors lui s'est tourné vers eux et leur a dit avec force: «Les prostituées et les publicains vous précèdent dans le Royaume de Dieu!» Il leur a violemment reproché leur manque de foi en les traitant d'hypocrites et en ajoutant que les prostituées et les publicains ont cru en ses paroles et osent se remettre tout entiers entre les mains de Dieu. Mon cœur s'est mis à battre la chamade. Ce jour-là, j'ai su que je pouvais venir à lui sans crainte; il ne me rejetterait pas. Et j'ai compris aussi que Dieu ne me condamnait pas; bien plus, il était prêt à m'accueillir. Vous n'imaginez pas à quel point j'ai été bouleversée! Les larmes que j'ai versées étaient des larmes de joie. Rachel ne savait pas très bien ce qui se passait en moi. Elle me voyait pleurer et m'a demandé si ça allait. J'ai soulevé le voile qui me dissimulait et elle a vu mon visage et mes yeux pleins de lumière. J'étais de nouveau vivante; le sentiment de mort et de tristesse qui pesait sur mon cœur avait entièrement disparu.

Myriam se tait. L'émotion la gagne à nouveau. Qui peut comprendre l'émerveillement qu'ont suscité en elle les paroles de Jésus? Elle se croyait définitivement condamnée, exclue à jamais de l'amour divin et voilà qu'elle découvre le visage d'un Dieu qui la regarde avec tendresse. Elle n'est plus le perpétuel objet de mépris rejeté par tous. Elle se retrouve comme une petite fille aimée de son père et qui a du prix à ses yeux. Marc est impatient de connaître la suite de son histoire. Cet instant est d'une rare intensité et l'émotion le gagne également. Des paroles des Prophètes lui reviennent en mémoire. Si elles dénoncent les infidélités d'un peuple corrompu ou son incapacité à vivre la fidélité à l'alliance que Dieu lui a proposée, ou encore son trop grand attrait pour les idoles, elles ne cessent de ranimer la flamme de l'espérance. *«C'est la miséricorde que je veux et non les sacrifices... Tu as du prix à mes yeux... Fille de Sion, réjouis-toi, car le Seigneur est en toi, en vaillant sauveur...»* Myriam devient à ses yeux la figure d'un peuple désespéré qui retrouve la joie de vivre, qui ose croire en son avenir, parce qu'il prend conscience que Dieu ne l'a pas oublié et qu'il est là à son côté, comme une source d'amour et de vie. Marc réalise que, pour celles et ceux qui ont eu la chance de rencontrer Jésus en vérité, une expérience similaire se produit chaque fois. Ils retrouvent la joie de se savoir aimés gratuitement et la source de la vie. Entre-temps, Sarah a pris soin de remplir les coupes d'eau. Myriam prend l'une d'elles pour se désaltérer et se donner le temps de retrouver sa voix. Shimon en profite pour intervenir.

– *Mère, veux-tu que je prenne le relais pour raconter à Marc ton intrusion chez Simon le pharisien? Cela te permettra de te reposer un peu et tu pourras m'interrompre quand tu le voudras. Mais je t'avoue que j'éprouve chaque fois beaucoup de plaisir à raconter ce qui est arrivé à ce pauvre Simon. Et puis, le pharisien de ce jour-là, cela aurait pu être moi. Qu'en penses-tu?*

– *C'est une bonne idée! La manière dont tu racontes cette histoire m'amuse chaque fois. Je ne savais pas ce que j'allais faire à la suite de ces moments d'écoute de Jésus, mais j'étais sûre d'une chose: je voulais le rencontrer.*

– *Je commence!* dit Shimon. *Un jour, Jésus et ses disciples s'arrêtent à Magdala. Chacun avait eu l'occasion d'entendre parler de lui. L'effervescence est grande dans le village. Comme c'était le soir, il ne s'attarda pas et renvoya tout le monde. Avec ses disciples, il mangea la nourriture que certains avaient apportée, puis il se retira pour la nuit. Simon le pharisien n'était pas un mauvais bougre. Il était très pieux, se posait beaucoup de questions à propos de Jésus. Avant de s'en aller, il était venu vers lui et les avait invités, lui et ses disciples, à venir manger le lendemain dans sa demeure. Tu le sais bien! Jésus ne*

rejette personne a priori. Il accepta l'invitation. Ce re-
pas avait un caractère public qui réunissait les amis de
Simon, ainsi que Jésus et ses disciples. La maison restait
ouverte à ceux qui passeraient par là et voudraient écou-
ter ce qui s'y dirait. Toute proche d'eux, une personne
avait entendu l'invitation faite à Jésus pour ce repas et
l'acceptation de ce dernier. Cette personne, tu la connais,
c'était Myriam. Elle se dit: «C'est l'occasion ou jamais!»

– Tu as raison! reprend Myriam. *Jésus à Magdala!*
Vous rendez-vous compte de tout ce que cela pouvait si-
gnifier pour moi, de ma joie et de ma détermination? De
plus, il avait accepté l'invitation de Simon le pharisien,
un homme de bonne composition qui était plutôt favo-
rable aux idées que défendait le Rabbi. Et voilà que ce
dernier organisait un repas officiel avec des invités qui
allaient et venaient. La porte serait ouverte à tous, per-
sonne ne pouvait m'empêcher d'entrer… Bien sûr, j'étais
connue, je risquais les injures, mais c'était décidé. J'irais
déposer aux pieds de Jésus le lourd fardeau de ma vie en
lambeaux.

Durant toute la nuit, je pensais et repensais à ce que
j'allais faire et dire. J'étais partagée entre la peur d'un
nouvel échec et la certitude que Jésus ne me rejetterait
pas. Quand l'heure fixée par le maître de maison est ar-
rivée, je me suis préparée. J'ai pris avec moi un flacon de
parfum et je me suis dirigée vers la maison de Simon.
Je me suis arrêtée à l'ombre d'un arbre d'où je pouvais
observer les convives et la manière dont ils étaient dispo-
sés. Simon avait invité ses amis pharisiens. Ils étaient là
nombreux. Visiblement ils voulaient profiter de l'occasion
pour interroger Jésus sur ses prises de positions peu ortho-
doxes au sujet de certaines pratiques de la Loi. Quant

à ce dernier, il était couché sur sa natte, le haut du corps appuyé sur un coussin. Il discutait avec son hôte et les invités qui l'interrogeaient et prenaient régulièrement de la nourriture dans le grand plat qui avait été déposé au centre du cercle. Des servantes allaient et venaient autour des invités et veillaient à ce que personne ne manque de quoi que ce soit. Ayant repéré où se trouvait Jésus, je me suis décidée à entrer.

Shimon intervient pour prendre la parole. Il désire ajouter quelques précisions au récit de Myriam, probablement sur le regard qu'un pharisien peut porter sur Jésus. Sur un signe de celle-ci, il reprend la parole.

— *Marc, je ne sais pas si tu imagines correctement la scène. Les pharisiens, que je connais bien, pour en avoir fait partie, sont particulièrement attachés à l'observance stricte de la Loi mosaïque. Ils la prennent au pied de la lettre et vivent avec l'objectif de pratiquer scrupuleusement tous les préceptes de la Torah, la Loi que Moïse nous a donnée. Certains se montrent particulièrement fidèles aux lois de pureté et n'ont que mépris pour ceux et celles qui n'y parviennent pas pour une raison ou pour une autre. À leurs yeux, tous ces «pécheurs» ne méritent aucun respect et sont absolument infréquentables. Tu imagines alors un peu ce qu'a pu signifier l'arrivée de Myriam au milieu de cette assemblée de justes, comme ils se considèrent. Continue, Myriam.*

— *Je suis entrée, sans aucun problème, dans la maison de Simon. Tous voulaient être témoins de l'événement et s'étaient rassemblés sous l'auvent de la cour, là où avait lieu le repas. Ils écoutaient les questions qui fusaient çà et là et les réponses de Jésus. Je n'ai guère écouté ces* échanges; mon unique préoccupation était de contourner le groupe et de me placer derrière lui. Quand j'y suis parvenue, j'ai attendu quelques instants; à la faveur d'un mouvement provoqué par le passage d'une servante, je suis venue me placer devant ses pieds. Personne ne faisait attention à moi; tous les regards étaient tournés vers lui. D'un seul coup, l'émotion m'a submergée. Je me suis mise à pleurer toutes les larmes de mon corps et je suis tombée à ses pieds. Sans trop savoir ce que je voulais faire, je les ai saisis dans mes mains et mouillés de mes larmes. J'ai pris mon flacon de parfum et l'ai versé sur ses pieds; je les ai massés délicatement pour y faire pénétrer l'huile parfumée et, avec mes cheveux, je les essuyais pour les sécher de mes larmes qui ne cessaient de couler. J'avoue que mon attitude avait de quoi le mettre mal à l'aise, mais je n'ai senti aucun mouvement de recul de sa part. Il n'était pas gêné par ma démonstration de tendresse. Derrière mes larmes, j'ai pu voir son visage tourné vers moi. Il me regardait paisiblement et me souriait.

Rapidement, j'ai pris conscience du silence gêné que ma présence causait autour de moi et j'ai vu les regards méprisants dirigés contre Jésus. Je devinais ce qu'ils pensaient. Pour eux, si Jésus avait bien été un véritable homme de Dieu, il aurait dû savoir que je n'étais qu'une pécheresse, une femme impure par excellence, et il aurait dû me chasser loin de lui avec des injures. Non, Jésus ne faisait rien pour échapper à mes bras qui lui enserraient les pieds, ni aux baisers dont je les couvrais. Je suis restée là, prostrée contre lui, et le silence devenait de plus en plus pesant...

Jésus ne faisait aucun mouvement; il regardait attentivement chacune des personnes qui formaient le cercle central. On aurait dit qu'il s'amusait devant l'embarras de son hôte qui n'osait rien dire, pour ne pas manquer à son devoir d'hospitalité, mais qui, visiblement, n'en pensait pas moins. Simon avait organisé ce repas dans de bonnes dispositions à son égard. L'enseignement du Rabbi lui plaisait et il souhaitait, avec d'autres, en discuter avec lui. Et voilà que ma présence et son absence de réaction venaient gâcher une réception qui avait pourtant bien commencé! À leurs yeux, la question centrale était résolue. Il ne pouvait être un homme de Dieu, tant ils étaient certains que Dieu rejette loin de lui une pécheresse telle que moi.

Cela se présentait mal, et pour moi et pour ce rabbi que je commençais à aimer avec force. Dans le silence gêné de l'assemblée, Jésus prend brusquement la parole et interpelle Simon. Les mots qu'il a dits ce jour-là sont à jamais gravés dans ma mémoire. «Simon, j'ai quelque chose à te dire.» Un peu obséquieusement, Simon l'invite à prendre la parole. «Parle, Maître.» Alors, comme il le faisait souvent, Jésus raconte une petite histoire, une de ces paraboles dont lui seul avait le secret. C'était pour lui le meilleur moyen d'être compris de tous et de faire passer son message. Il commence par évoquer une situation très fréquente de nos jours.

« "Un homme avait deux débiteurs, dit-il; le premier lui devait plus de cinq cents pièces d'argent et l'autre cinquante. Comme ils n'avaient ni l'un ni l'autre de quoi le rembourser, il leur fit grâce à tous deux de leur dette. À ton avis, lequel des deux lui en sera le plus reconnaissant?" En restant sur ses gardes, comme s'il redoutait un piège, Simon répondit: "Je suppose que c'est celui à qui il a fait grâce de la plus grande dette." "Tu as bien jugé de la situation!" répond Jésus.»

J'étais toujours prostrée à ses pieds, pressentant bien que cette petite histoire avait un rapport avec moi. Pourtant je ne voyais pas où il voulait en venir. *Attentive,* l'assemblée essayait aussi de comprendre. *Tout à coup, j'ai senti sa main se poser sur mon front; elle m'invitait à redresser la tête, à les regarder, lui et toute l'assemblée. Ses yeux posés sur moi étaient pleins de bonté.* «*Tu vois cette femme, dit alors Jésus. J'ai répondu à ton invitation et je suis entré dans ta maison, mais tu ne m'as pas versé d'eau sur les pieds, comme le veulent les règles d'hospitalité usuelle. Elle, elle a baigné mes pieds de ses larmes et les a séchés avec sa longue chevelure. Tu ne m'as pas donné de baiser d'accueil. Mais elle, elle ne cesse de couvrir mes pieds de ses baisers. Tu n'as pas répandu d'huile odorante sur la tête, mais elle m'a versé un flacon de parfum sur les pieds... Je te le dis, il est beaucoup pardonné à celui ou celle qui montre beaucoup d'amour. Mais on pardonne peu, à qui ne montre que peu d'amour.*»

J'attendais la fin de son enseignement quand je l'ai vu, à nouveau tourné vers moi. Il m'a regardée droit dans les yeux et m'a dit une parole qui s'adressait à moi personnellement et m'a remise pour toujours debout: «*Tes fautes sont à jamais effacées!*» *J'ai senti des torrents de paix, d'amour et de douceur surgir du fond de mon être. J'étais à nouveau vivante! Je n'ai pas pris garde aux murmures qui se sont répandus dans l'assemblée. Les amis de Simon étaient scandalisés par les paroles du Rabbi.* «*De quel droit, disaient-ils, cet homme s'autorise-t-il à pardonner les péchés? Dieu seul est en mesure d'en décider.*» *Comme s'il ne s'intéressait plus qu'à moi désormais, Jésus a ajouté en me souriant:* «*La confiance que tu m'as accordée t'a sauvée. Va en paix!*» *J'ai saisi sa main que j'ai couverte de baisers, puis je me suis relevée. De nouveau je pleurais, mais c'était de joie. J'ai quitté la demeure de Simon et je suis rentrée chez moi en dansant* et en chantant un Psaume de louange. Je m'en souviens encore: «Magnifiez avec moi le Seigneur, exaltons tous ensemble son nom!»

Je ne sais pas si je peux parler ainsi, pourtant je ne cesse d'en témoigner depuis lors: j'ai su, ce jour-là, d'une connaissance certaine, qu'en Jésus, le Rabbi de Nazareth, Dieu était venu à la rencontre de son peuple pour parler à son cœur, le guérir de tout ce qui l'empêchait de vivre et lui redonner l'espérance. J'ai su ce jour-là, et j'en témoigne à quiconque m'interroge, que les paroles de Jésus sont des paroles de vie éternelle et que la route sur laquelle il nous invite conduit celles et ceux qui la prennent, vers le Dieu de tendresse. Ce que je venais de vivre était tellement extraordinaire: j'avais vu le visage de Dieu penché sur moi, qui me libérait du poids de mes péchés et de la culpabilité qui me rongeait de l'intérieur depuis de longues années. J'avais retrouvé la liberté et la paix dans mon cœur; je pouvais me relever et recommencer à vivre.

Tout en chantant et en dansant, j'ai pris la direction de la maison de Rachel. Je me sentais dans la peau de Myriam, la sœur de Moïse, qui célébrait la victoire que Dieu avait accordée aux Hébreux sur les bords de la mer où périssaient ceux qui les avaient réduits à l'esclavage. Quand je l'ai vue, assise près de son feu, j'ai entonné le refrain: «Chantons le Seigneur, car il a fait éclater sa gloire. Il a jeté à l'eau cheval et cavalier!» Rachel s'est levée et a couru vers moi, craignant probablement que je ne sois victime d'une crise de folie. J'ai hâté le pas, lui ai ouvert les bras et l'ai serrée longuement contre moi en continuant à chanter et à danser. Quand elle m'a vue, rayonnante de lumière et de joie, Rachel a su que je venais de vivre le moment le plus extraordinaire de toute mon exis-

tence. Elle a su que j'étais à jamais libérée de mes démons intérieurs et elle s'est mise à chanter avec moi.

Sans laisser à Myriam le temps de continuer, Shimon entonne ce chant de victoire qui exprime si bien le sentiment de tout un peuple qui se découvre sauvé, non par ses propres forces, mais par la puissance d'un Dieu qui s'est souvenu de son amour pour lui et s'est engagé à ses côtés pour le sortir de son esclavage. Le récit de Myriam a produit le même effet dans le cœur des deux visiteurs, celui d'un émerveillement et d'une grande joie. Le visage du Dieu de Jésus de Nazareth n'a rien à voir avec ce Dieu qui condamne sans pitié les pécheurs, parmi lesquels on classe tous les laissés-pour-compte de la vie, ces petites gens qui n'ont pas eu la chance de naître du bon côté de la barrière. Le Dieu du Rabbi de Nazareth trouve sa joie dans le salut qu'il offre à tous, les justes et les pécheurs, les Juifs comme les païens. Il tend une main secourable à toute personne qui crie sa souffrance vers lui. Il suffit de la saisir, et lui fait le reste.

Entre-temps, Sarah s'est levée. Elle se presse contre Myriam comme si elle voulait lui donner un peu de sa propre jeunesse. Elle lui offre de l'eau et l'invite à se reposer. Chacun en profite pour se désaltérer. Le soleil est désormais haut dans le ciel et la chaleur plus grande. D'un signe du regard, Shimon demande à Marc s'il désire prendre la parole. Comme ce n'est pas le cas, il s'adresse à Myriam:

– Mère, tu dois maintenant prendre du repos, car l'évocation de tous ces souvenirs a réveillé beaucoup de choses en toi. Et puis, nous aussi, nous devons prendre le

temps de penser à ce que tu nous as dit. Marc voudra peut-être poursuivre la réflexion ou relever les aspects qui l'ont frappé. Cet après-midi, nous irons trouver le vieux Jérémie. Ce matin, je lui ai annoncé notre venue; il possède quelque chose d'important qui intéressera Marc.

– *Très bien, Shimon,* répond Myriam, *ton programme me convient parfaitement. Vous êtes mes hôtes et nous avons tout le temps devant nous. Je vous ai raconté ce qu'a signifié pour moi la rencontre avec Jésus, demain je vous dirai ce que j'ai pu vivre auprès de lui.* Puis, s'adressant à sa nièce, elle ajoute: *Sarah, peux-tu m'aider à marcher jusqu'à ma chambre? Je veux me reposer sur mon lit.*

Marc laisse à Myriam le temps de se retirer, annonce à son compagnon qu'il a besoin d'un peu de solitude et s'engage sur un petit chemin qui le conduit dans un champ d'oliviers. Il est bouleversé par ce témoignage, éprouve l'impérieux besoin de l'intérioriser. Pour mettre de l'ordre dans ces différents récits qu'il entend pour la première fois, il a besoin de silence. Il se rend compte également de la multiplicité des points de vue. Il y a d'une part ceux et celles qui ont rencontré personnellement Jésus et qui ont pu bénéficier directement de son action. Il y a les autres qui tentent de rapporter fidèlement un événement dont ils ont entendu parler, mais dont ils n'ont pas été les témoins directs. Il ne leur est pas possible de le retraduire de l'intérieur d'eux-mêmes, comme peut le faire une Myriam, et lui donner sa pleine signification.

Marc se rend compte de la difficulté du travail qui l'attend. S'il veut que son récit touche le cœur des personnes qui le liront, il doit trouver le moyen de lui garder son caractère de Bonne Nouvelle, telle que Jonas, Salomé ou Myriam l'ont vécue, lors de leur rencontre avec Jésus. Celle-ci a transformé radicalement leurs vies. Ils étaient morts, rejetés, paralysés à cause de leur maladie ou de leur état de vie; la parole entendue de la bouche de Jésus en a fait des vivants. Une phrase s'inscrit dans son esprit, qui résume l'action et l'enseignement du Maître: *«Le Royaume de Dieu est proche. Croyez en la Bonne Nouvelle!»*

Combien de temps est-il resté à méditer sur le récit entendu? Marc ne peut le dire. Il est rappelé à l'existence par la voix de Shimon qui l'invite à venir manger quelque chose avant d'aller à la rencontre de Jérémie. Sarah a préparé quelques légumes qu'elle a fait bouillir ensemble. Voilà de quoi tenir jusqu'au soir. Marc se retrouve à côté de Myriam. Son témoignage continue à le bouleverser. Il le lui dit et en profite pour la remercier. Elle ne craint pas de dévoiler ainsi sa vie. Ses remerciements vont également à Sarah qui assume merveilleusement son service auprès d'elle et porte en plus le souci de leur présence. Les deux femmes lui répondent par un sourire désarmant. Après avoir béni le Seigneur avec la maîtresse de maison, il se met à manger de bon appétit. Le repas est excellent.

Le vieux Jérémie

– *Marc, es-tu prêt à partir?* Le vieux Jérémie doit nous attendre et je crois qu'il est impatient de te montrer la surprise qu'il te réserve.

– *Une surprise? De quoi veux-tu parler, Shimon?*

– *Voyons, une surprise est une surprise! Lève-toi, il est temps de se mettre en route. Nous retrouverons Myriam ce soir.*

Les deux hommes prennent la route du village. Shimon laisse paraître un sourire amusé. Il devine, chez son interlocuteur, les questions qui se bousculent en lui à propos de la surprise qui l'attend. Cette annonce l'intrigue forcément et il cherche à savoir ce que cela peut bien être. Son guide ne lui fournit aucune explication. En parlant de choses et d'autres, ils traversent le village où tout est très calme. Pour les habitants du lieu, c'est l'heure du repos de midi. Le travail commence avec les premiers rayons du jour, mais lorsque le soleil est au zénith, tous en profitent pour se reposer; même le petit bétail s'est couché à l'ombre d'un arbre pour le temps de la rumination. Passé la dernière demeure, Shimon indique à Marc un chemin légèrement dissimulé par la verdure. Il s'y engage, suivi de son compagnon. Un sentier serpente entre des oliviers et quelques figuiers. Il les conduit jusque devant une maison dissimulée par les arbres. D'un signe de la main, Shimon indique qu'ils sont arrivés. Il ajoute simplement:

– *C'est ici qu'habite le vieux Jérémie, le scribe du village.*

Un vieil homme, assis sous un arbre proche de l'entrée de la petite cour, se réveille en sursaut. Comme tout le monde, il fait sa sieste; la voix de ses visiteurs le tire de son sommeil. Il se tourne vers l'entrée de la cour intérieure et dit d'une voix joyeuse:

– *C'est toi, Shimon? Merci de m'avoir fait avertir de votre venue. Vous êtes les bienvenus, et toi particulièrement, Marc! Que le Seigneur soit avec vous!*

– *La paix soit aussi avec toi, Jérémie! Nous voici enfin dans ta maison et j'ai parlé à Marc d'une surprise qui l'attend. Il est, je suppose, fort impatient de savoir de quoi il s'agit.*

– *Chaque chose en son temps!* répond le vieil homme. *Commencez donc par vous asseoir! Suzanne, ma petite-fille, va vous apporter un peu d'eau. Si vous le désirez, vous pourrez vous désaltérer et faire les ablutions d'usage.*

Marc répond au salut de son hôte et sourit, amusé, de cette pression que son compagnon fait monter en lui en parlant de surprise. Il attend, curieux, pensant que cette surprise a quelque chose à voir avec le métier de scribe que Jérémie pratique depuis toujours. Il peut d'ailleurs reconnaître, sous la tonnelle du jardin, la table sur laquelle il a posé son écritoire, avec tout le nécessaire pour son travail d'écriture: des feuilles de parchemin prêtes à l'emploi, une plume d'oie, l'encrier et la réserve d'encre, dans une petite amphore bouchée. Le travail du scribe n'est pas facile. Pour être reconnu dans cette tâche, il faut être à la fois un artisan et un artiste passionné par son art. La copie d'un livre des Écritures obéit à des règles précises et la fabrication d'un parchemin demande des heures de travail. Il faut commencer par se procurer une ou plusieurs peaux de mouton ou de veau et les préparer soigneusement jusqu'à ce qu'elles soient parfaitement lisses. Lorsqu'elles sont utilisables, le scribe peut y écrire le texte demandé. Ce travail exige une grande attention. Un bon scribe possède une écriture très régulière. Il évite surtout de faire des fautes et des ratures. Une fois écrites, les pages de parchemin sont cousues ensemble et forment un rouleau – plus ou moins grand en fonction de son contenu – que l'on déroule pour la proclamation de la Parole devant l'assemblée des croyants.

Entre-temps, Jérémie est entré dans la maison et en ressort avec un paquet enveloppé d'un linge précieux. En le voyant revenir, Marc se demande tout à coup s'il n'a pas déjà écrit un texte qui concerne le Seigneur Jésus. Il garde pour lui cette pensée, désireux de laisser au vieux scribe le plaisir de lui révéler le contenu du paquet qu'il tient entre ses mains. Les trois hommes sont assis, le linge précieux et son contenu placés au milieu d'eux. D'un geste de la main, Shimon invite Jérémie à parler.

– Marc, tu me fais une immense joie en entrant aujourd'hui dans ma maison. J'ai connu Pierre autrefois, et les fils de Zébédée, Jacques et Jean. Je fais partie de ces hommes qui ont suivi Jésus pour entendre le message qu'il délivrait. Ses paroles me bouleversaient profondément, même si parfois je trouvais qu'il allait trop loin et qu'il ne respectait pas assez scrupuleusement toutes les règles que la Loi et la Tradition des Anciens nous imposent. J'écoutais attentivement ce qu'il disait, je le questionnais, mais je ne parvenais pas à me décider clairement à le suivre.

Et puis, a commencé cette campagne de dénigrement menée contre lui par un groupe de scribes et de pharisiens de Jérusalem. Je pense que beaucoup jalousaient son succès auprès du peuple et l'enthousiasme que suscitait son passage dans les villages de Galilée ou de Judée, puis à Jérusalem. Très souvent, j'étais le témoin des pièges que certains venaient lui tendre, par les questions ambiguës qu'ils posaient, avec l'espoir de le compromettre et de trouver un motif de condamnation au regard de la Loi mosaïque. Mais il a toujours su déjouer les pièges et ses réponses étaient de petites merveilles. Tiens! Je me souviens de ce jour où un groupe est venu lui poser la question de l'impôt que l'on paie à César. Ce jour-là – cela se voyait sur leur visage –, ils étaient sûrs de parvenir à le compromettre. Ils sont venus en groupe et, benoîtement, lui ont posé cette question. Je l'ai gardée en mémoire: «Maître, est-il permis, oui ou non, de payer l'impôt à César? Que devons-nous faire, payer ou ne pas payer?» Le piège fonctionnait dans les deux sens. Dire «oui», c'était se mettre à dos le petit peuple qui exècre tout particulièrement cet impôt; dire «non», c'était se mettre à dos l'administration romaine et être condamné pour sédition, comme un vulgaire agitateur politique. Je voyais les regards entendus et les sourires de satisfaction, à peine dissimulés, des membres de ce groupe. Je me demandais comment Jésus allait pouvoir s'en sortir. Mon cœur battait très fort. Alors, il les a fixés du regard; puis, innocemment, il leur a demandé: «Vous pouvez me montrer une pièce d'argent avec laquelle vous payez l'impôt?» Chaque membre du groupe a mis la main à la poche pour en ressortir une pièce et la montrer à Jésus. Je regardais, curieux de voir où Jésus voulait en venir. Après avoir regardé l'une de ces pièces, il leur a demandé: «De qui sont cette effigie et ces inscriptions?» – «De César!» ont ils reconnu. Alors, il les a de nouveau regardés un à un et leur a dit: «Rendez à César ce qui est à César, mais à Dieu, ce qui est à Dieu!»

Ils sont restés sans voix, ne s'attendant jamais à pareille réponse. Et surtout, ils se rendaient bien compte qu'ils venaient de tomber dans le piège qu'ils avaient eux-mêmes tendu. Ils étaient les premiers compromis avec César, avec cet argent qu'ils gardaient précieusement en poche, et dont ils ne dédaignaient pas l'usage… De plus, voilà que Jésus les renvoyait aux Écritures, en leur rappelant qu'ils ont une tâche autrement plus importante: laisser jaillir en eux la lumière de Dieu, à l'image duquel ils ont été créés. Aucun des détracteurs de Jésus n'a osé *répondre quoi que ce soit. Interloqués devant lui, ils sont partis les uns après les autres le plus discrètement possible. Quant aux témoins de la scène, ils riaient aux éclats et applaudissaient le Maître. Pour moi, ce moment fut déterminant. Mes dernières hésitations s'envolèrent et j'ai décidé alors de faire de Jésus mon maître à penser.*

Jérémie s'arrête quelques instants, le regard perdu dans cette scène de la vie de Jésus qu'il vient d'évoquer. Marc comprend le rôle que joue un tel événement dans sa vie, l'aidant à faire alors un choix crucial qui va bouleverser son existence. Faire rayonner en soi l'image du Dieu créateur, n'est-ce pas la tâche à laquelle tout homme est appelé? N'est-ce pas le chemin que Jésus lui-même a suivi? Malheureusement, l'être humain tombe le plus souvent dans les pièges de l'argent... Ses rêves de grandeur et de puissance le poussent du côté de César, où tout paraît immédiatement gratifiant... Marc pense à la réponse de Jésus. Elle semble dire que nous sommes tous plus ou moins compromis avec César. Il faut vivre dans ce monde, faire avec, mais sans oublier l'essentiel... De Dieu seul peut venir la plénitude d'être que nous recherchons durant toute notre vie... «*Rendez à Dieu ce qui est à Dieu...*» La voix de Shimon le sort de ses propres réflexions.

– Marc, tu te souviens du vieux Jérémie dont je t'ai parlé et qui est à l'origine de ma conversion à Jésus? Tu viens de faire plus ample connaissance avec lui. Il est là, devant toi! N'est-ce pas merveilleux? Maintenant je pense que tu aimerais bien connaître la surprise qu'il t'a réservée. Elle est là ; il l'a déposée délicatement entre nous!

Marc cherche à répondre, mais Jérémie ne lui en laisse pas le temps. Il s'adresse d'abord à son ancien élève.

– *Un peu de patience, Shimon! J'y viens, mais je pense qu'il était nécessaire de mettre en place les événements qui ont joué un rôle déterminant pour moi. L'épisode que je viens de raconter a été le point de départ d'un travail de mémoire que j'ai commencé à faire et que j'ai continué après la mort de Jésus. De nombreuses paroles de notre Rabbi bien-aimé sont restées imprimées dans mon esprit, ainsi que les circonstances dans lesquelles il les a prononcées, que ce soit ses paraboles, ses réponses à des questions, les événements qui ont causé des polémiques. Tout cela, j'ai décidé de le mettre par écrit et je dois à Myriam d'avoir pu me procurer suffisamment de peaux déjà travaillées pour être en mesure de les utiliser. Ce que j'ai entre les mains, Marc, est le premier rouleau qui rassemble différents épisodes de la vie du Maître, certaines de ses paroles, l'enseignement qu'il nous a laissé et le récit des événements qui l'ont conduit à la mort sur la croix. Tu as, sur ce rouleau, l'ensemble des paroles que nos communautés de Galilée et de Judée ont rassemblées. Nous avons pris l'habitude de choisir l'un ou l'autre de ces récits, chaque fois que nous nous rassemblons pour la fraction du pain en souvenir de Jésus. Sa Parole nous réunit, interroge nos choix et nous stimule parce que, tu le sais bien, elle est source de vie pour celles et ceux qui l'écoutent attentivement et mettent en elle leur confiance.*

Pour une surprise, c'est une surprise! Le cœur de Marc se met à battre la chamade; il ne cache pas son émotion. Il est venu pour enquêter, entendre des témoignages et voilà qu'il reçoit, mis par écrit, un premier ensemble des paroles du Maître. Il mesure tout le travail que cela représente et comprend qu'il va trouver là une base sûre pour sa propre rédaction. Il se lève et vient s'agenouiller devant le coffret qui contient le rouleau écrit par Jérémie, puis il baise, avec une grande émotion, les mains du vieux scribe qui en est à l'origine. Il comprend que l'Esprit ne l'a pas attendu pour ce travail et que l'œuvre des uns prépare celle des autres. Un livre saint n'est jamais réalisé par une seule personne; il est le résultat du travail de plusieurs. Tout à sa joie, il se tourne vers le Seigneur et fait monter vers lui sa louange: «*Il est bon de rendre grâces au Seigneur, de jouer pour ton nom, Dieu Très-Haut, de publier au matin ton amour, ta fidélité au long des nuits. Que tes œuvres sont grandes, Seigneur, combien profondes tes pensées!*»

Pendant sa prière, Marc est resté le front posé sur le coffret du rouleau. Après un vigoureux *Amen! Alléluia!* repris par Shimon et Jérémie, il se relève et se tourne vers eux. De grosses larmes d'émotion dans les yeux, leur dit:

– *Vous n'imaginez pas l'émotion et la joie qui sont en moi! Que le Seigneur te bénisse, Jérémie, pour le travail accompli; et toi également Shimon, car je suppose que tu as aidé ton vieux maître dans sa tâche. On ne s'improvise pas scribe, tu es même peut-être l'auteur de cette copie.*

– *Tu as deviné juste, Marc. Si Jérémie est celui qui a constitué ce premier rassemblement de la Bonne Nouvelle de Jésus le Christ, il a fallu en faire des copies pour diffé-*

rentes communautés qui nous les ont très vite demandées. C'est ainsi que j'ai pris le relais. Ses yeux ne permettent plus à Jérémie d'effectuer son travail d'autrefois, mais j'ai tenu à ce que ce soit lui qui t'offre ce rouleau où sont réunies les paroles qui nous font vivre ici dans le pays de Jésus. Elles sont la Bonne Nouvelle qui nous rassemble et que nous ne cessons d'annoncer, nourriture pour toute personne qui y prête attention. Nous avons lu et relu ensemble le premier texte. Je l'ai repris pour y apporter les ultimes corrections. Si tu le désires, tu peux y trouver le socle sur lequel tu pourras rédiger ton propre livre. Pourtant, avant d'en discuter, il est bon que tu en découvres le contenu. Jérémie, tu peux expliquer toi-même à Marc, les choix que tu as faits et ce qui est à l'origine de ce rouleau.

– Je veux bien, reprend le vieux scribe. A l'époque où je me suis mis à suivre Jésus, j'étais un jeune homme fraîchement sorti de l'école rabbinique. Comme je l'ai déjà souligné, j'ai été le témoin de l'irritation croissante suscitée par Jésus, dans le milieu des pharisiens et des scribes. Sa liberté par rapport aux lois de pureté légale ou par rapport au repos du sabbat leur déplaisait au plus haut point. Ils ne supportaient pas de voir qu'un rabbi, un homme de Dieu, guérisse des personnes, le jour où toute forme de travail est interdite. Ils étaient outrés de découvrir qu'il mangeait à la table de pécheurs notoires, qu'il ne prêtait souvent aucune attention au rituel d'ablutions prévues par la Loi. Les polémiques qui s'ensuivaient m'ont profondément marqué. Par ailleurs, j'ai beaucoup admiré l'enseignement qu'il prodiguait aux foules. Ses paraboles sont des petites merveilles dont le sens continue à faire réfléchir. J'étais séduit par son souci de vérité entre le dire et le faire, son appel constant à vivre *dans une relation vraie avec Dieu et avec les autres. Il refusait par-dessus tout l'hypocrisie religieuse et la dénonçait en des termes parfois très durs. Seul comptait à ses yeux l'amour donné à Dieu et à l'autre ; les gestes religieux n'avaient de valeur que s'ils venaient du cœur.*

Dans le cercle plus élargi des disciples où je retrouvais fréquemment des personnes comme Myriam, on reprenait les paroles entendues, on racontait à celles ou ceux qui n'étaient pas présents les paraboles ou les enseignements qui nous avaient marqués. Puis ce fut la montée vers Jérusalem, ses derniers gestes et les troubles qui ont suivi. Son arrestation nous a atterrés. Nous avions mis tant d'espoir en lui ! Nous étions sûrs qu'il était l'Envoyé de Dieu. Si tu avais vu l'accueil que les petites gens lui ont réservé quand il est entré à Jérusalem ! Assis sur un âne, il était l'image du roi messie qui vient sauver son peuple de l'oppression dont il souffre. Cela n'a pas duré. Trahi par l'un de ses proches, Judas, le grand déçu de cette histoire, il a été fait prisonnier et condamné à mourir sur une croix. Pour nous tous, c'était la fin de nos espérances. Chacun à sa manière criait son désespoir et ses questions sans réponses. La lourde pierre roulée et scellée devant l'entrée du tombeau, où l'on avait déposé son corps sans vie et meurtri, est devenue le symbole de son échec. La violence et la mort avaient triomphé de lui. Il ne restait plus qu'à rentrer dans nos foyers et à reprendre une vie désormais sans joie.

Nous n'attendions plus que la fin du sabbat pour quitter Jérusalem, mais c'est alors que l'impensable s'est produit. Des femmes, parmi lesquelles Myriam, sont allées au tombeau et l'ont trouvé vide. Elles ont même eu la vision d'un ange qui leur disait de ne plus chercher parmi les morts celui qui est vivant. Toutes troublées, elles ne savaient plus que faire. Myriam est venue le dire aux Onze. Ces derniers ne l'ont pas crue, mettant cette vision sur le compte de sa déception et de son chagrin.

Puis tout est allé très vite. Les Apôtres, encore prisonniers de leur peur, l'ont rencontré dans la chambre haute où ils s'étaient enfermés. Il s'est manifesté aussi à plusieurs de manière très personnelle. Cette rencontre, seuls ses amis ont pu la faire. Dans le même temps, se produit un autre événement. Ces hommes, paralysés par la peur et l'angoisse, font l'expérience d'une force qui les remet debout et les comble d'une paix, d'une joie indicibles... Un cri a commencé à retentir dans tout Jérusalem et en Judée: «Il est vivant! Dieu l'a ressuscité d'entre les morts!» Pierre lui-même ose affronter les autorités du Temple pour leur dire: «Jésus de Nazareth, que vous avez fait condamner, Dieu l'a fait Christ et Seigneur!» Ces jours-là ont été uniques, tellement il était difficile de comprendre ce qui se passait, tellement l'impensable était devenu réalité!

Une chose est sûre: les témoins de la Résurrection, ceux et celles qui ont rencontré Jésus, ont vu leur vie entièrement basculer. Une force et un feu de joie les ont projetés en avant, de Jérusalem jusqu'au bout du monde. Nous qui vivions cela, nous étions heureux et nous chantions notre louange au Seigneur. Nous avons compris alors que Jésus était sorti vainqueur du combat contre la haine, la violence et la mort, par la seule puissance de l'amour donné. Nous avons compris que son chemin était un chemin de vie et de salut. La route qu'il avait tracée ne s'arrêtait pas sur le bois de la croix. Bien au contraire, celle-ci ouvrait un chemin de salut. Tout homme qui ose vivre de l'amour, même s'il doit, certains jours, traverser l'épreuve de la souffrance, verra sa vie déboucher dans la vie de Dieu lui-même.

Jérémie se tait, étreint par l'émotion. Marc regarde longuement son visage empreint de sagesse et de paix. Il veut lui parler. D'un geste, le vieux scribe l'en empêche. Il n'a pas fini son témoignage et désire aller jusqu'au bout de ce long développement sans lequel on ne comprend rien à ce qui s'est passé par la suite. Marc attend patiemment qu'il retrouve son souffle et continue son explication.

– *Je n'ai pas oublié la question que tu m'as posée. Je voulais d'abord que tu comprennes que les débuts de nos différentes communautés sont enracinés dans la prise de conscience que nous avons faite. En Jésus, nous avons découvert que Dieu avait visité son peuple; qu'il est bien le Messie de Dieu annoncé par les Prophètes. En lui, nous est offert le salut de Dieu, non pas une libération ou un triomphe politique, mais un amour plus fort que la mort, capable de transformer nos vies. Cet événement a été si important pour nous tous, que nous nous sommes mis à en parler, à reprendre le message de Jésus et à le proclamer au vu et au su de tous. Alors les exclus, les pauvres, les petits, ceux que nous classons parmi les pécheurs, ont retrouvé des raisons d'espérer et se sont rassemblés nombreux autour des groupes qui se sont constitués et qui se sont efforcés de garder vivant le souvenir de Jésus. Au début de cette aventure, les récits des témoins directs suffisaient, mais peu à peu de nouvelles générations sont venues, qui n'avaient pas connu Jésus.*

Ces hommes et ces femmes voulaient pouvoir conserver les paroles du Maître. Des livres ont commencé à circuler, souvent contradictoires. On trouvait de bonnes choses, mais aussi des récits imaginaires qui privilégiaient le merveilleux, exaltaient le héros divin en oubliant trop souvent son humanité et le sens qu'il avait voulu donner à sa vie. C'est alors que des frères sont venus me trouver et m'ont demandé de fixer par écrit l'essentiel de son message. Nous avons commencé par rappeler tout ce qui s'était passé à Jérusalem, depuis son entrée triomphale dans la ville, la célébration de la dernière Pâque avec les disciples, son arrestation, sa mort sur la croix, le témoignage des femmes et la proclamation de sa Résurrection. Puis, nous avons rassemblé ses faits et gestes et mis en forme son enseignement. Tout cela, tu le trouveras dans ce rouleau que Shimon a bien voulu recopier pour te le confier. Nous avions appris que Pierre t'avait donné cette mission. Nous avons pensé que tu allais certainement venir nous voir un jour et nous nous sommes cotisés pour acheter les peaux de mouton nécessaires à la confection de ce livre. Ce sera notre contribution à l'annonce de la Bonne Nouvelle parmi tous les peuples de la terre. J'en ai presque fini. Au nom des assemblées des frères et sœurs de Galilée, qui croient en Jésus, Christ et Seigneur, je te confie ce coffret. Il contient le trésor de la Parole de Dieu que Jésus nous a fait connaître. Qu'il te serve pour ton propre livre et permette aux membres des communautés de Rome et d'ailleurs, de découvrir et mieux connaître la Bonne Nouvelle que nous avons reçue et reconnue.

Marc se lève, prend le coffret que lui a donné Jérémie, l'embrasse et le pose à sa place. Puis il étreint longuement le vieil homme en le remerciant au nom de toute l'Eglise de Dieu. Il vient ensuite vers Shimon et l'étreint à son tour. Tous trois savent que quelque chose d'important vient de se passer. Cet événement ne concerne pas seulement la Galilée, mais ceux et celles qui croient que Jésus est bien le

Christ, l'envoyé de Dieu. Son influence, se dit Marc, marquera non seulement les générations actuelles, mais aussi futures. Il a entre les mains le noyau d'un livre dans lequel tout être humain pourra entendre la Parole de Dieu, telle qu'elle a été révélée en Jésus son Fils. Un vertige le saisit, la prise de conscience de la responsabilité qui est devenue la sienne en promettant à Pierre d'accéder à sa demande. En même temps, il découvre que Dieu, comme chaque fois, l'a précédé; il a balisé la route. Devinant le trouble qui l'habite en ce moment, Jérémie se tourne vers lui et ajoute:

– Marc, n'aie pas peur de la tâche qui t'attend! L'Esprit de Jésus te guidera, comme il m'a guidé et guide chacune de nos communautés. Laisse-toi surprendre, mais n'oublie pas une chose. Tu écris avant tout pour le monde gréco-romain. Ils n'ont pas le même mode de raisonnement que nous. Il faudra expliquer nos usages, les raisons des oppositions rencontrées par le Maître, remettre sa Parole en lien avec ce que vivent aujourd'hui les communautés de Rome ou d'ailleurs. Cela, tu le connais mieux que moi. Souviens-toi que nos pères, ceux qui nous ont légué les Écritures, ont dû s'adapter à la situation du peuple d'Israël avant, pendant et après l'Exil. On n'écrit pas les mêmes choses à un peuple indépendant et à un peuple obligé de subir des puissances d'occupation. J'ai appris les difficultés que les chrétiens de Rome connaissent actuellement. Les mots que tu choisiras d'écrire devront les aider à retrouver force, courage et foi en la victoire du Ressuscité. Un gros travail t'attend, mais il sera passionnant. Courage! Laisse-toi guider par l'Esprit du Ressuscité. Il ne cessera de t'accompagner.

Marc s'approche à nouveau du vieil homme et lui demande sa bénédiction. Jérémie invoque sur lui l'Esprit de Dieu pour qu'il lui donne force et intelligence et vienne habiter les paroles qu'il rassemblera pour en faire le livre de la Bonne Nouvelle. Ensemble ils concluent la prière du vieux scribe par «*Amen! Alléluia!*» Marc se saisit du coffret, l'ouvre délicatement et prend en main le rouleau de la Parole qu'il déroule pour en lire les premiers versets, mais se tourne tout à coup vers Shimon, le dépose entre ses mains et lui dit:

– *Shimon, avant de prendre et de méditer les paroles que tu as inscrites ici, je voudrais les entendre, proclamées par toi, de telle façon qu'elles pénètrent en moi et y demeurent durant tout le temps de mon séjour parmi vous.*

Shimon ne se fait pas prier. Il s'installe et commence la lecture. Marc écoute et laisse les paroles du livre pénétrer le tréfonds de son cœur. Ce n'est pas un récit neutre composé de différentes anecdotes à propos de Jésus, mais le témoignage qu'une communauté rend à celui qu'elle considère comme l'Envoyé de Dieu, Jésus mort et ressuscité le troisième jour, comme l'annoncent les Écritures. Dans sa composition, Jérémie cherche avant tout à fortifier la foi des femmes et des hommes qui ont cru en Jésus. En même temps, il veut aider les personnes qui cherchent ou hésitent encore à donner sens à leur vie. Une affirmation parcourt l'ensemble du texte: «*Telle est notre foi! En Jésus, Dieu s'est manifesté au monde.*» Le récit le plus abouti rapporte la passion et la mort de Jésus depuis son entrée à Jérusalem jusqu'à sa mise sur la croix, avec la célébration de l'événement qui en est désormais le signe par excellence: le partage du pain et du vin en mémoire de lui. Dans ce récit apparaissent toutes les étapes du jugement rendu contre Jésus et les difficultés des Apôtres qui ne comprennent pas les raisons d'un tel aboutissement. La mort du Maître les disperse dans la nuit. Pierre, le roc sur lequel Jésus veut bâtir son Église, est complètement défait... Et puis, après sa mort, le cri qui ranime la flamme d'une foi mise en échec par la peur, le doute et les questions sans réponses: «*Il est vivant!*»

Marc écoute et pense à la place qu'il donnera à ces paroles. Il sait qu'il les intégrera toutes à son récit, même s'il devra retravailler certaines parties, les compléter avec ses propres sources. Il a déjà rassemblé le témoignage de Pierre, mais il n'oublie pas qu'il écrit pour une communauté de frères et de sœurs venus du monde gréco-romain. Ces personnes n'ont jamais lu les Écritures et ne connaissent pas la loi mosaïque. Un effort particulier l'attend pour donner une explication, par exemple, aux paraboles dont le sens leur reste souvent hermétique. Marc écoute et se réjouit de cette mise par écrit de la Bonne Nouvelle de Jésus, le Christ. Ce témoignage de première main rassemble pour l'heure les communautés de Palestine. Bientôt, ce sont tous les disciples de Jésus qui pourront le lire, l'entendre et le méditer. Alors que Shimon en achève la lecture, Marc rend grâces à Dieu pour ce livre qu'il reçoit. Il se voyait devant une tâche immense, cherchait comment poursuivre ce qu'il avait commencé; voilà que Jérémie lui fournit une base à partir de laquelle il pourra construire.

Le silence est revenu dans la pièce; Shimon a terminé sa lecture et remet en place le rouleau dans son coffret. Marc remercie encore une fois longuement ses deux interlocuteurs pour leur réalisation. Puis il se tourne vers Shimon et le félicite pour le soin qu'il a pris à recopier l'original. Les peaux ont été parfaitement préparées; l'écriture est bien lisible et régulière. Grâce à eux, son projet prend une forme concrète; il ne repartira pas à Rome les mains vides. Tout à coup, Jérémie intervient:

– *Mes amis, nous avons beaucoup discuté jusqu'à maintenant. Allons nous asseoir sous la véranda. Il est temps de se désaltérer et de reprendre des forces. Shimon, tu connais la maison. Peux-tu nous puiser un peu d'eau fraîche et aller cueillir quelques figues? Ce n'est pas souvent que je reçois la visite d'un voyageur venu de Rome, la ville impériale. Comment vont nos frères et sœurs qui ont échappé aux sbires de Néron?*

Ce moment de pause est le bienvenu pour les trois. Marc raconte les dernières années de Pierre, l'incendie des quartiers pauvres de Rome et la terrible accusation portée par Néron contre les chrétiens. La persécution qui a suivi a décimé la communauté. Beaucoup, explique-t-il, en sont sortis complètement traumatisés, cédant au doute, à la peur, et reniant leur foi. Ils ne parviennent pas à comprendre ce déchaînement de violence contre eux. Une question lancinante revient dans tous les esprits: «*Que fait le Christ vainqueur? À quoi sert-il donc d'adorer un Dieu tout-puissant, s'il n'est pas plus fort que les dieux des Romains?*» Jérémie écoute, pensif.

Marc poursuit sa propre réflexion, parle de la nécessité de bien comprendre le sens de la passion et de la mort de Jésus. Que disent-elles des souffrances et de la mort que beaucoup d'hommes subissent aujourd'hui? En même temps, ajoute-t-il, la foi et le courage admirables de certains frères et sœurs qui affrontent la torture et la mort sont le plus vibrant témoignage rendu au Christ Jésus. Beaucoup de Romains, qui ignoraient tout de lui, en sortent profondément marqués, désireux de connaître son message, demandant de pouvoir recevoir le baptême. Ces témoins de Jésus sont en train de donner à la jeune communauté romaine une crédibilité qu'elle n'avait pas. Marc ajoute une parole qu'il a entendue dans la bouche de Paul: «*La pierre rejetée par les bâtisseurs est devenue la pierre d'angle d'un édifice qui ne cesse de grandir, l'Église, dont le Christ est la tête et nous les pierres vivantes!*»

Jérémie médite les paroles de Marc. Il connaît la situation des communautés disséminées dans les grandes villes de l'Empire, sait qu'elle n'est pas facile. Il a entendu parler du désir des empereurs d'être célébrés à l'égal des dieux, ce qui place les chrétiens devant des choix où ils risquent d'être condamnés pour sédition. Il fait également part à Marc de la situation qui se développe en Palestine. Certains groupes, comme les zélotes, sont en rébellion presque constante contre le pouvoir du gouverneur romain, ce qui a le don d'exacerber l'animosité de l'empereur contre l'ensemble des Juifs. Il craint que la situation ne conduise à une guerre qui serait terrible pour tous, parce que les zélotes ne sont pas prêts à la moindre concession. Il dit craindre pour l'avenir de Jérusalem et du Temple… Puis il ajoute:

– Il y a une parole du Seigneur que tu ne dois pas oublier: «Si le grain de blé tombé en terre ne meurt pas, il ne peut pas donner de fruit.» C'est par des paroles semblables qu'il a annoncé sa passion et sa mort à ses disciples. Aucun d'eux ne comprenait grand-chose à ces annonces répétées plusieurs fois durant sa longue montée vers Jérusalem. Tous rêvaient d'un triomphe politique. Et lui, Jésus, entre à Jérusalem assis sur un petit âne, pour qu'il soit clair que ses prérogatives d'Envoyé de Dieu étaient purement pacifiques, à l'image du roi messie annoncé par Isaïe. Sur le moment, nous n'avons rien compris.

Après une nouvelle pause, une idée s'impose encore à lui. Il ajoute à l'intention de son jeune collègue:

– Tu sais, Marc, si tu désires bien comprendre tout ce qui s'est passé à Jérusalem, il est important que tu médites longuement le livre d'Isaïe et particulièrement les chants du Serviteur. Tu as là une clé d'interprétation que tu dois reprendre. Elle te permet de relire l'ensemble des faits et gestes de Jésus et de lui donner une unité. Le salut est une idée difficile à saisir. Notre peuple en rêve en termes purement politiques. Il prend, dans l'imaginaire de chacun, les traits d'une révolte armée qui redonnera la Terre sainte au peuple juif. Jésus parle d'un tout autre salut. Il est donné à travers l'amour qui s'offre à tout être humain, en commençant par les plus petits. Il est le don gratuit de l'amour que Dieu fait à toute personne qui ose y croire et prendre le chemin suivi par Jésus. Sa vie donnée et son sang versé, que nous évoquons dans la fraction du pain, sont devenus pour nous les signes de cet

amour offert qui ouvre le cœur de Dieu et nous permet d'y accéder nous aussi.

Marc approuve en silence. Il sait que ces paroles sont essentielles. La croix dressée sur le Golgotha... Les uns n'y voient qu'un signe d'infamie; pour d'autres, elle est le symbole de l'échec de la vie d'un homme... Elle est devenue, pour ceux et celles qui ont mis leur foi en Jésus, le signe de la victoire de l'amour plus fort que la violence et que la mort. Marc pense à ces témoins qui ont donné leur vie dans les pires conditions en criant: *«Jésus est Seigneur!»* Les pauvres, pour qui l'existence n'est qu'une longue traînée de souffrances, ou que les puissants font mourir pour un oui ou pour un non, ont reconnu en lui celui qui met son recours en Dieu seul. Ils savent que leur espérance, à la suite du Crucifié, ne sera pas déçue et que leur mort les conduit à la vie en plénitude... Marc réfléchit à la façon d'exprimer tout cela.

Entre-temps, la petite-fille de Jérémie est venue auprès des trois hommes. Elle apporte de l'eau et quelques fruits. Elle leur fournit l'occasion de discuter de choses et d'autres de manière plus détendue. Jérémie est très curieux de savoir comment s'entendent les frères et sœurs d'origine juive avec ceux et celles qui viennent d'un milieu gréco-romain. Marc rappelle que les Juifs vivant dans les villes grecques ou romaines – la Diaspora juive, comme on l'appelle – ont dû trouver un chemin de cohabitation. Les uns se referment parfois sur eux-mêmes alors que d'autres ont des contacts plus faciles. Il ajoute que dans les communautés chrétiennes, c'est un peu plus compliqué. Vivre côte à côte est relativement facile: par contre, se retrouver chez les uns ou les autres, partager le même repas est un défi plus difficile à relever. L'influence de Paul a été prépondérante. Il a rappelé à chacun que Jésus est venu faire tomber le mur de haine qui sépare les hommes en groupes religieux distincts. L'accueil de l'autre comme un frère ou une sœur est bien au cœur du message évangélique. Sa mise en application n'en reste pas moins difficile. On ne fait pas évoluer des siècles de rejet mutuel d'un coup de baguette magique.

Quittant les questions difficiles à traiter, Marc en profite pour donner des nouvelles des uns et des autres. Le jour de son départ, beaucoup l'ont chargé de transmettre leur salutation à des parents laissés en Galilée, qu'ils n'ont plus revus depuis de longues années. Beaucoup espèrent pouvoir faire le pèlerinage de Jérusalem. Mais ils ont peur. Les nouvelles qui arrivent à Rome sont alarmantes. Jérémie opine de la tête. Il déconseille même à Marc d'aller à Jérusalem pour ne pas être mêlé à un conflit qui n'est pas le sien. Soudain, il se fige, saisi par une vision intérieure. Il s'est tu et son regard se fixe sur un point. Marc et Shimon se taisent, attendant le moment où le vieil homme voudra bien leur confier ce qu'il voit avec une telle intensité. Son regard est sombre et son souffle oppressé. Et tout à coup il se met à murmurer, d'abord des mots indistincts, puis viennent sur ses lèvres des paroles prophétiques:

– «*Des jours viendront où le Temple sera détruit, où il n'en restera rien!*» *C'était quelque temps avant son arrestation. Lorsque nous sommes arrivés à Jérusalem, nous nous sommes dirigés avec Jésus vers le Temple. En montant sur l'esplanade, beaucoup ont montré une grande admiration pour la majesté de l'édifice, sa grandeur et sa beauté. Et lui nous a mis en garde. Moi, je pensais qu'il exagérait, comme il aimait le faire, en maniant certaines images, pour frapper nos esprits. Je comprends maintenant que ces paroles vont s'accomplir bientôt. Dans la vision que le Seigneur m'a donnée, j'ai vu la destruction et la mort partout dans Jérusalem, le pays mis à feu et à sang. Marc, hâte-toi d'accomplir ton œuvre; d'ici peu nous risquons d'être tous dispersés.*

Marc ne dit rien. Le trouble l'envahit à son tour. Il accueille les avertissements du vieil homme comme un signe du Seigneur lui-même. Avec ce qu'il a en main et ce qu'il a entendu de la bouche de Pierre, il sait qu'il a de quoi rédiger un texte de référence pour les communautés chrétiennes. Mais il aimerait aller un peu plus loin, rencontrer encore l'une ou l'autre personne. Une structure commence à se dessiner dans son esprit. Il y a d'abord le récit de ce qui s'est passé en Galilée, puis la longue montée vers Jérusalem qui s'achève par la passion et la mort de Jésus. Pourquoi ne pas en faire la forme de son futur récit? Il en parlera plus tard à Shimon, mais, pour l'heure, il faut laisser le vieux Jérémie se reposer. Les discussions qu'ils ont eues l'ont fatigué. Se tournant vers Shimon, il lui dit:

— Shimon, ne penses-tu pas que nous devons laisser Jérémie se reposer? Nous pouvons retourner chez Myriam et décider de ce que nous ferons demain. J'ai un souhait à formuler. Est-il possible de refaire une partie de la route que Jésus a suivie quand il a décidé de monter à Jéru-

salem, avant sa passion et sa mort? Si je me souviens bien, il passe par Jéricho. C'est loin d'ici? J'éprouve un besoin impérieux de suivre l'itinéraire du Rabbi. Crois-tu pouvoir m'y conduire?

Shimon se redresse et sourit. Il semblait s'attendre à cette demande. Il ajoute:

– Ce n'est pas la porte à côté! Il faut au minimum deux jours de marche pour parvenir, depuis ici, à Jéricho, sans traîner en chemin. La route est longue; elle suit le cours du Jourdain et conduit aux portes du désert, près de la mer Morte. J'accepte et j'espère que tu pourras rencontrer Bartimée. Lui, le jeune mendiant aveugle, guéri par Jésus, est devenu l'un de ses disciples les plus ardents.

Pour l'heure, nous allons rentrer chez Myriam. Ce soir commence le sabbat; nous irons demain à la synagogue et, en fin de journée, nous célébrerons ensemble le jour du Seigneur. Voilà pour le programme! Nous aurons le temps d'entendre la suite du récit de Myriam. Elle est intarissable, quand elle prend la parole.

Jérémie sourit en pensant à ses propres réactions face à Myriam: à ses réticences lorsqu'il la vit dans le groupe des femmes qui suivaient Jésus, à son refus de croire au récit de sa rencontre avec le Ressuscité, puis sa transformation intérieure, la force de sa parole, sa paix profonde, sa foi et sa joie. En elle, il a vu à l'œuvre la puissance de l'Esprit du Ressuscité lorsqu'il investit le cœur de quelqu'un. Il ajoute:

– Saluez Myriam de ma part! Nous nous reverrons demain pour la prière du sabbat à la synagogue et je viendrai pour la fraction du pain. Allez, mes jeunes frères, que le Seigneur bénisse votre action!

Marc salue Jérémie longuement en le remerciant de tout ce qu'il a fait, puis il prend le coffret et son précieux manuscrit. Il l'enveloppe soigneusement dans le tissu qui le recouvre et le prend dans ses bras. Il sait qu'il est le dépositaire d'un trésor qu'il doit faire fructifier. Il fait quelques pas dans la cour. Le soleil luit toujours, mais la fin de l'après-midi est proche. Ils seront de retour chez Myriam avant le début du sabbat.

Une communauté en prière

En arrivant chez Myriam, les deux hommes découvrent qu'un groupe de personnes s'est réuni pour célébrer, chez elle, l'entrée en sabbat, ce moment si particulier de la religion juive, pour laquelle ce jour porte le souvenir de sa libération hors de l'esclavage. Le groupe des chrétiens de Magdala n'a rien changé à ses coutumes ancestrales. Chacun se conforme aux lois mosaïques et n'imagine même pas qu'il puisse en être autrement. Restant minoritaires en Palestine, les adeptes de Jésus ne rencontrent pas de réactions particulièrement hostiles à leur égard. On les considère comme un groupe parmi d'autres. À l'époque, de nombreux rabbis rassemblent autour d'eux des personnes désireuses de partager ensemble un idéal particulier, sans cesser pour autant de vivre en harmonie avec la synagogue.

Par contre, l'enthousiasme des premiers croyants venus de différentes régions de l'Empire romain avait suscité une certaine animosité contre eux, lorsque certains d'entre eux ont voulu prêcher la Bonne Nouvelle de Jésus Christ parmi leurs frères de Judée. Ils ont alors affronté la colère des autorités religieuses de Jérusalem. Il y eut quelques troubles; depuis lors, ils sont rentrés dans leur pays respectif. Peu à peu le calme est revenu. Jacques, le frère du Seigneur, et sa communauté vivent en bonne intelligence avec les autorités du Temple. Pratiquant assidûment les préceptes de la Loi mosaïque, ils ne font plus parler d'eux. Certains sont même convaincus que c'est à Jérusalem qu'il faut attendre le retour du Seigneur.

Le groupe des disciples de Magdala s'est réuni chez Myriam pour prendre ensemble le repas d'entrée en sabbat. Celle-ci demande à Shimon de présider leur assemblée. Après une prière de louange et le chant d'un Psaume, il exhorte le petit groupe à garder vivant le souvenir des merveilles accomplies par Dieu en faveur de son peuple. Alors que se déroule le rituel de ce jour saint, Marc pense aux chrétiens de Rome dont il porte le souci et il mesure la distance qui les sépare de ceux et celles qu'il rencontre ce soir. À Rome, les juifs d'origine sont de plus en plus minoritaires dans l'assemblée chrétienne. Des hommes et des femmes, venus de tous les pays de l'Empire, imposent de fait leur nombre. S'ils ignorent tout des us et coutumes juifs, peut-on le leur reprocher? Dieu les a appelés dans la situation qui est la leur aujourd'hui et beaucoup ont trouvé dans le message de Jésus une porte ouverte et une espérance libératrice qui les remettent debout. L'ensemble est parfois disparate et fragile; pourtant l'union se fait progressivement autour de la Parole et des hommes choisis pour rassembler et animer la communauté, à la suite de Pierre et des autres. Marc sait que son ouvrage va permettre la naissance de communautés de frères et de sœurs d'un type nouveau.

Alors que retentit le Psaume final d'action de grâces, une idée s'impose à lui. Le message de Jésus rassemble les humains dans leur diversité. Cette orientation fondamentale doit apparaître dans le texte qu'il va rédiger. Et les événements qu'il relatera devront soutenir cet objectif. Les rencontres et les gestes de Jésus ont été un moment de vie et de joie profondes qui a permis à des personnes de se relever, de retrouver une force intérieure et une espérance. Cette perspective s'impose à lui comme un trait de lumière. Il reconnaît l'action de l'Esprit du Ressuscité qui apaise ses angoisses et emporte ses dernières hésitations. Il écrira en priorité pour les chrétiens de Rome, en s'attachant à montrer à chacun combien la rencontre avec Jésus, par l'écoute de sa Parole, est une Bonne Nouvelle pour quiconque a la chance de l'entendre résonner dans sa vie.

La voix de Shimon vient le tirer de ses réflexions intérieures. Les personnes présentes se sont mises à partager le repas, sans que Marc s'en soit rendu compte. Myriam le regarde longuement avec un léger sourire sur les lèvres. Elle a deviné ce qui se passe dans l'esprit du disciple de Pierre, mais ne dit rien. De la main, elle l'invite à manger. Un peu confus, il remercie la maîtresse de maison et commence son repas. Certaines personnes l'interrogent sur son projet d'écriture, sur la communauté de Rome. L'un parle d'un frère, l'autre d'un cousin, partis s'y installer depuis de nombreuses années et dont ils restent sans nouvelles. Marc écoute, promet de saluer telle personne ou telle autre si l'occasion se présente, parle de la grandeur de la ville et de l'impossibilité dans laquelle il se trouve de connaître tout le monde. Il évoque également les problèmes de la jeune communauté, les incompréhensions qu'elle rencontre parfois, la folie de l'empereur et la persécution déclenchée contre elle.

La nuit s'avance et Myriam rappelle que le lendemain, à la tombée du jour, ils se rassembleront pour la fraction du pain en mémoire de Jésus. Chacun rentre chez lui. Après les salutations d'usage, le calme revient dans la demeure. Quelques femmes sont restées pour aider à remettre tout en ordre et ne pas laisser cette charge à la seule hôtesse de la maison.

Sarah dirige les opérations. Après une journée bien remplie pour Marc et Shimon, le repos de la nuit est le bienvenu. Ils saluent Myriam et Sarah et se retirent dans leur chambre. Ils échangent quelques mots et décident de participer, le lendemain, à la prière dans la synagogue.

La nuit est paisible; la fatigue a vite raison d'eux. Comme les jours précédents, Marc se lève au moment où paraissent les premiers rayons du soleil. Il constate que Shimon l'a précédé; il est assis auprès de Myriam et Sarah. Il leur a déjà annoncé leur intention d'aller prier à la synagogue: ils se retrouveront par la suite. Myriam ajoute, à l'intention de Marc, qu'elle ne les accompagnera pas; ses jambes fatiguées ne le lui permettent plus. Et puis, le chef de la synagogue n'apprécie guère sa venue depuis qu'elle a osé prendre la parole et rendre un témoignage trop appuyé à Jésus de Nazareth. Inutile d'apporter le trouble dans une communauté qui tend à se fermer sur elle-même. Elle reste avec Sarah. Tout à l'heure, ils prendront ensemble le repas. Marc se rappelle également que le sabbat est un jour d'action de grâces pour le don que Dieu a fait à l'homme en créant le monde avec la multiplicité et la richesse de ses bienfaits.

Les deux hommes s'en vont à la synagogue du village et participent à l'office du jour. Ils écoutent la section de la Torah qui est proposée à la lecture et à la méditation de chacun, ainsi que le commentaire qui en est fait par le lecteur; ils prient et chantent avec l'assemblée. Le rituel suivi est connu; il est le même partout. Tout en participant à la prière, Marc laisse son esprit vagabonder. La question du sabbat a été au centre des polémiques et des attaques organisées contre Jésus. Deux récits de Pierre lui reviennent en mémoire.

Le premier fait suite à un banal incident. Alors qu'ils traversent un champ de blé, certains des disciples font un geste presque machinal. Pour calmer leur faim, ils cueillent quelques épis de blé, les frottent entre les paumes de leurs mains, pour faire sortir les grains et les manger. Jésus ne dit rien et continue sa route. Quelques pharisiens ont observé la scène. Dès qu'ils le peuvent, ils le prennent violemment à partie et lui reprochent de ne rien dire à ses disciples qui brisent le repos du sabbat. Pour eux, ce geste s'identifie au travail du moissonneur. La tradition l'interdit. Jésus s'est arrêté. Il leur fait observer que les Livres saints parlent d'un acte de David et de ses compagnons, qui, poussés par la faim, ont fait davantage encore. Ils ont pris les pains réservés aux seuls prêtres et les ont mangés, sans que ce geste leur soit reproché. Après quoi il ajoute cette phrase que tous ses disciples devraient graver dans leur cœur: «*Le sabbat a été fait pour l'homme, et non pas l'homme pour le sabbat.*» Marc se dit que, malheureusement, les hommes utilisent souvent la Loi, qu'elle soit religieuse ou non, pour enfermer leurs frères dans une sorte de prison et non pour les émanciper ou les libérer...

Un autre jour de sabbat, Jésus est venu dans une synagogue se joindre à l'assemblée locale. Mais sa réputation l'avait précédé et un infirme se tenait là, en pleine assemblée, attendant visiblement qu'il intervienne en sa faveur. Tous les regards étaient tournés vers lui avec une question sur les lèvres: va-t-il oser le guérir en ce jour? Encore une fois, il y avait un groupe de scribes et de pharisiens qui le suivaient pour essayer de le prendre en défaut et le faire condamner. Alors Jésus s'est tourné vers eux et leur a posé une question: «*Qu'est-il permis de faire un jour de sabbat? Est-il permis de faire le bien plutôt que le mal; de sauver une vie plutôt que de la laisser livrée à la maladie et à la mort?*» Personne n'avait osé ni voulu répondre. Le groupe s'était fermé à toute discussion. Alors Jésus les avait dévisagés, les yeux pleins de colère, puis s'était tourné vers l'infirme et l'avait guéri. Cette guérison avait été le début d'une haine féroce qu'un groupe de scribes, pharisiens et hérodiens lui vouaient. Ils s'étaient alors réunis pour trouver ensemble les moyens de le perdre... Décidément, se dit encore Marc, le style de vie de Jésus remet en cause beaucoup trop de choses. Son rapport aux lois de pureté et sa manière de comprendre et de vivre le repos du sabbat ne lui ont pas fait que des amis. Ce qu'il dit paraît tellement évident! Quand on ne veut pas voir la lumière, on s'enferme en soi-même et on refuse toute ouverture, et rien ni personne ne peut vous obliger à accueillir la clarté du jour.

Un dernier Psaume marque la fin de la réunion. Pour éviter toute discussion vaine et polémique, Shimon et Marc s'en retournent discrètement rejoindre Myriam et sa maisonnée qui les attendent pour le repas. Ils saluent les personnes qui se sont ajoutées au groupe. À nouveau, la joie est au rendez-vous. Même si de nombreuses questions se posent à eux depuis leur retour, ils décident, d'un commun accord, de les remettre à plus tard. Tous sont désireux de vivre sereinement ce moment de communion en partageant ce que Sarah a pris soin de préparer. Un Psaume d'action de grâces conclut le rassemblement. Chacun se retire pour se reposer en attendant que la pleine chaleur du jour baisse à nouveau. Marc et Shimon s'enfoncent dans le jardin en quête d'un arbre qui leur fournira l'ombre bienvenue. Une douce somnolence s'empare d'eux... Le lieu est calme. Seul le chant des cigales et de quelques oiseaux résonne alentour.

– *Marc!* dit au bout d'un moment Shimon, *tu me sembles très soucieux depuis ce matin. La réunion à la synagogue ne t'aurait-elle pas convenue? Ou bien a-t-elle remué en toi une foule de réflexions ayant trait à notre Seigneur Jésus? Je suis bien conscient de toutes les difficultés qu'il a rencontrées, précisément le jour du sabbat. La liberté dont il a usé avec la loi du repos a été l'un des déclencheurs principaux de la haine que certains groupes ne cesseront de lui manifester. Sur ce plan-là, il est resté incompris, encore aujourd'hui, et certains frères s'interrogent sur le bien-fondé de ses choix...*

— *Tu as bien saisi le sens de mes préoccupations, Shimon!* Marc se relève et s'assied, le dos contre le tronc de l'arbre, en se tournant vers son compagnon. *La réunion de ce matin m'a remis en mémoire deux paroles fondamentales de l'enseignement de Jésus sur la loi du sabbat. Tu les connais peut-être, ainsi que le contexte dans lequel elles ont été prononcées: «Le sabbat a été fait pour l'homme, et non l'homme pour le sabbat.» La deuxième en est très proche: «Qu'est-il permis de faire le jour du sabbat? Est-il permis de faire le bien plutôt que de faire le mal? Est-il permis de sauver une vie ou faut-il ignorer la personne et la laisser mourir?» Alors que la réponse semble évidente à quiconque a lu la Torah, les adversaires de Jésus ont refusé de lui répondre. Ce qui les intéressait vraiment, c'était de trouver un prétexte pour être en mesure de faire condamner un homme qui les dérangeait dans leurs certitudes. Jésus sait parfaitement qu'il va se mettre à dos scribes et pharisiens; il défend ses disciples et guérit l'infirme. Pour lui, le sabbat est par excellence le jour où il faut faire le bien, accomplir des gestes de miséricorde, même si ces derniers ne sont pas totalement en accord avec les préceptes de la Loi. Comment concilier liberté et loi? Comment vivre la fidélité aux préceptes d'une loi certainement nécessaire pour rassembler un peuple, avec la fidélité aux préceptes de l'amour, tels que Jésus nous les a révélés? Toute la question est là! Voilà ce qui me préoccupe depuis ce matin et je suis heureux de pouvoir en parler.*

Marc s'est exprimé d'une traite, sans laisser à Shimon la possibilité de l'interrompre. Il désire mettre à plat ce problème qui se pose à lui et à tous les responsables de communautés. Il se rend bien compte, depuis quelques années, que la tendance est de fixer des préceptes, de poser des règles précises sur la conduite à suivre. Dès qu'on sort des chemins balisés, la peur réapparaît: peur devant l'obligation de changer ses habitudes, peur d'avoir à inventer des réponses aux situations nouvelles, peur du grand large… La fidélité au message du Rabbi de Nazareth est, décidément, plus risquée qu'il n'y paraît. Elle met constamment le croyant en porte-à-faux avec les formes habituelles de la foi qui est la sienne… Ses paroles vont dans le sens d'un appel précis: *«Lève-toi, marche, ne crains pas, avance au large, passons sur l'autre rive…»* Il nous invite à courir les risques que lui-même a pris… Shimon rompt le silence qui s'est à nouveau installé:

– *Je crois comprendre ce que tu ressens, parce que moi-même, j'ai vécu ce sentiment lorsque je me suis mis à suivre la voie sur laquelle Jésus m'invitait. J'ai ressenti une profonde angoisse face au changement que je devais accepter; j'ai eu peur de cette liberté qui fut la sienne. Comme Jérémie face au Seigneur, j'ai été séduit au point de devenir incapable de prendre un autre chemin ou de revenir à mes anciennes fidélités. Vois-tu, la découverte de la Parole de Jésus avait été pour moi une nouvelle naissance. Elle est si proche de celle de nos plus grands Prophètes! N'ont-il pas, eux aussi, rencontré une profonde hostilité de la part de leurs contemporains? Se remettre en cause n'est facile pour personne et cela ne se fait pas d'un jour à l'autre. Il faut, comme disait Jésus à ses disciples, prendre sa croix chaque jour et accepter d'aller de l'avant...* Après un moment de silence, il ajoute: *Je te partage mes pensées parce que je découvre que nous avons connu des préoccupations identiques. Je me trompe peut-être?*

— *Non,* reprend Marc, *c'est bien dans cette direction que vont mes réflexions, mais, jusqu'à ce matin, je n'avais jamais pris conscience que le message de Jésus peut perdre toute sa dynamique, parce que les croyants de tous bords ne rêvent que d'une chose: avoir une liste de commandements et de traditions à suivre aussi fidèlement que possible et éviter d'être mis devant des choix à faire ou à refaire en permanence. Dans les Écritures retentit souvent la longue plainte du Seigneur: «Ce peuple m'honore du bout des lèvres, mais son cœur est loin de moi!» En Jésus, il est à nouveau venu à la rencontre de son peuple, mais il a été rejeté, incompris. Il propose une Nouvelle Alliance, une relation vivante entre lui et l'humanité. Les hommes ont manifestement d'autres préoccupations qui les obsèdent; ils n'ont pas beaucoup de temps à perdre avec un Dieu qui les invite à la fête. Ils reviennent à lui quand ils ont quelque chose à lui demander, comme on va chez le boutiquier du coin. Dieu est venu habiter parmi nous et ils n'en sont pas conscients! Tu comprends? Tout cela me navre au plus haut point! Le même danger guette nos communautés. Elles désirent accomplir des rites dans lesquels elles puisent la force d'en haut. Je n'en dénie pas l'importance! Mais sauront-elles rester vivantes, sensibles à l'humain blessé, ouvertes à la nouveauté devant laquelle les place en permanence l'Esprit du Seigneur? Je t'avoue que la peur m'a saisi, la peur d'être incapable d'aider les communautés auxquelles je m'adresse à ouvrir résolument leur cœur à la nouveauté qu'apporte Jésus. J'ai peur que l'on ne tombe dans les dérives que notre peuple a trop souvent connues au long des siècles et que les prophètes n'ont cessé de dénoncer.*

Marc se tait. Shimon ne répond rien: il profite du silence pour méditer ce qu'il vient d'entendre. Il constate que son compagnon est entré en prière et décide d'en faire autant. Il sait que tous deux ont besoin de l'Esprit de force et d'intelligence. Quand ils se relèvent, la paix éclaire leurs visages. De retour du jardin, ils rencontrent Sarah venue les appeler pour la prière de fin de sabbat. Ils se rendent en hâte vers le groupe qui les attend. Le vieux Jérémie est là. Myriam l'invite à assurer la dernière célébration, ce qu'il accepte volontiers. Tous s'associent à son Psaume de louange et se retrouvent près d'une table basse autour de laquelle ils prendront le repas du soir, au terme duquel sera célébré le souvenir de Jésus le Christ, dans le partage du pain et du vin. Assise à sa place habituelle, Myriam observe Marc depuis un bon moment. Elle l'invite à venir s'asseoir à côté d'elle. Immédiatement, elle pose la main sur son épaule et, le regardant droit dans les yeux, l'interroge:

— Dis-moi, Marc, qu'est-ce qui te rend particulièrement soucieux ce soir? Depuis ton retour de la synagogue, j'ai fortement ressenti tes préoccupations intérieures et même un peu de tristesse et d'angoisse. As-tu, comme notre Maître, rencontré la contradiction sur ton chemin? Veux-tu nous en parler? Nous pourrons alors confier tes problèmes au Seigneur lui-même.

Marc tente de sourire et de prendre un air plus détendu, puis il demande à Shimon de s'exprimer à sa place, arguant qu'il a été le témoin de ses démêlés intérieurs et de ses questions sur l'avenir des communautés de croyants. La célébration vécue à la synagogue a jeté le trouble dans son esprit. Shimon ne se fait pas prier. Il explique avec beaucoup de clarté comment Marc s'est remémoré les oppositions farouches qui se sont dressées contre Jésus à cause de son prétendu «irrespect» de la loi du sabbat en certaines occasions. Une profonde angoisse l'a saisi à propos des communautés de croyants, la peur de les voir se scléroser elles aussi dans des pratiques rituelles et d'oublier l'essentiel: porter le souci de l'être humain, en particulier du pauvre, de celui qui est blessé dans sa chair. L'homme n'est pas appelé à la vie pour se mettre au service de la loi, qu'elle soit religieuse ou non, mais au service de l'amour. Le service du frère ou l'attention à l'autre, voilà bien ce que Dieu apprécie au plus haut point. Mais le risque de laisser tomber dans l'oubli cette règle fondamentale, comme celui de ne se focaliser que sur les pratiques à accomplir, ne guette-t-il pas toutes les communautés? Pendant la longue explication de Shimon, chacun écoute attentivement, bien conscient de la réalité du problème soulevé par Marc, hochant la tête à certains moments en signe d'approbation. Myriam et Jérémie écoutent, leurs yeux fermés, ou plutôt tournés vers l'intérieur. Sans doute revivent-ils le souvenir de certaines scènes évoquées. Puis le silence se fait. Myriam reprend soudainement la parole en s'adressant plus directement à Marc, mais chacun sait qu'elle parle pour toute l'assemblée.

– Marc! Marc! N'oublie jamais une chose. Jésus est ressuscité! Il est vivant; il habite désormais parmi nous au cœur de notre assemblée. Son Esprit nous a été donné pour guider nos pas et nous aider à trouver les chemins nouveaux sur lesquels nous devons nous engager. Christ est vivant et il est là pour revivifier nos cœurs et nos forces défaillantes. Imagines-tu vraiment que tout sera facile et que nous ne connaîtrons pas les problèmes et les dérives de notre peuple? Faire le choix du chemin suivi par Jésus est un choix à reprendre sans cesse. Comme la route qui conduit jusqu'à Jérusalem, il faut passer par des endroits difficiles, caillouteux ou escarpés, oser affronter l'opposition et la haine, ne pas craindre le dernier combat avec la mort, sur le Golgotha, là où il fut crucifié. Sa Parole reste à jamais une parole qui réveille, nous met en route, mais nous révèle aussi nos propres contradictions. En même temps, elle ouvre un chemin de vie; elle est une invitation permanente à croire à la puissance de l'amour qui nous relève et nous sauve. Sur la croix, l'amour s'est montré le plus fort; il est sorti vainqueur de toutes les puissances de mort qui s'acharnaient contre lui. Elles voulaient le faire taire à jamais et croyaient triompher de lui. Ce jour-là, l'amour a triomphé. «Père, pardonne-leur, ils ne savent pas ce qu'ils font!» J'étais là toute proche de la croix, avec Marie, sa mère, et un petit groupe des femmes qui le suivaient depuis qu'il avait décidé d'entreprendre son voyage à Jérusalem. Chacun des coups qui le frappaient m'arrachait des gémissements de douleur. J'étais complètement révoltée et je criais vers Dieu, lui demandant pourquoi…

Quand j'ai entendu sa demande de pardon, j'ai compris qu'en lui l'Amour de Dieu était plus fort que la haine et que la mort. Les moqueries de ses adversaires le broyaient et le déchiquetaient et, pendant ce temps, il trouvait la force de confier à Dieu son destin, sans que toute cette haine soit en mesure de l'atteindre en profondeur. *Avant de rendre son esprit, il a fait monter vers Dieu un dernier cri, celui du juste en désarroi:* «Mon Dieu, mon Dieu, pourquoi m'as-tu abandonné?» *Comme le juste persécuté, Jésus crie sa souffrance et remet entre les mains de son Père son esprit et le destin qui est le sien... Je voudrais que tu comprennes ce qu'a signifié ce moment, pour nous, les disciples.*

L'effondrement était total. Les plus proches de ses amis avaient disparu, transis de peur, comme tu peux l'imaginer, hébétés de douleur... Ils ne voulaient ou ne pouvaient pas voir... Ils n'y comprenaient tout simplement plus rien. Nous les femmes, nous savions que nous ne risquions pas grand-chose. Nous sommes restées à côté de lui. Par bonheur, Joseph d'Arimathie était là. Il a pu faire jouer de son influence auprès de Pilate et obtenir que Jésus soit descendu de sa croix avant la fin du jour. En toute hâte, nous avons nettoyé son corps meurtri, couvert de plaies, de poussière, de crachats et de mouches. Nous l'avons enveloppé dans un linceul et porté dans le tombeau que Joseph avait fait préparer pour lui. Avant que commence le grand sabbat de la Pâque, la lourde pierre avait été roulée devant l'entrée du tombeau et scellée. Alors nous sommes parties, nous n'étions plus que des ombres qui erraient dans les rues de Jérusalem. Nous sommes restées groupées dans la maison de l'une d'entre nous, assises les unes contre les autres et pleurant en silence. Commençait pour nous le contrecoup de ce que nous avions vécu depuis l'arrestation de Jésus et sa mort. Nous avions tenu bon, durant tout ce temps, pour le soutenir. Maintenant qu'il était mort, le monde s'effondrait autour de nous. Mon Rabbi bien-aimé, qui m'avait fait décou-vrir la tendresse de Dieu pour la femme que j'étais, était muré dans son tombeau. La haine avait eu raison de lui et, à présent, ma vie perdait son sens. L'amour est mort, ne cessais-je de répéter en moi. Je n'en pouvais plus de douleur. Je crois que je suis restée prostrée à terre, sans boire ni manger durant tout le temps du sabbat. Dehors résonnaient les chants de fête alors qu'au fond de moi ne demeuraient que les cris, les lamentations et les chants de deuil...

J'insiste sur ce point, Marc. Je veux que tu com-prennes bien la situation qui était la nôtre, ce sentiment d'échec total qui nous laissait pantelantes, sans plus au-cune force, avec ces questions sans réponse. Pourquoi le mal prend-il toujours le dessus? La violence, la peur et la mort ont-elles donc le dernier mot?... Marc, n'est-ce pas ce genre de question qui monte du fond de ton être, lorsque tu découvres les lourdeurs qui sont celles de nos assem-blées trop vite habituées à leurs rituels et oublieuses de la relation à vivre avec le Seigneur?

Marc veut intervenir, apporter quelques préci-sions à ce que Myriam a si bien ressenti en lui. Mais, d'un geste de la main, celle-ci l'invite à attendre. Elle boit de l'eau et poursuit:

— Excuse-moi, mais tout ce que je t'ai dit, jusqu'à maintenant, est en lien étroit avec la suite de mon récit. Le lendemain du sabbat, nous nous sommes relevées avec le même désir. Nous voulions retourner au tombeau et achever la toilette du mort, que nous avions faite en hâte. Ce désir était devenu irrépressible. Nous avons mangé quelques fruits et galettes de pain pour nous redonner des

forces, et nous sommes parties. Le jour se levait à peine. C'est alors que l'une de mes compagnes nous fait remarquer que nous n'aurions pas la force de faire rouler la pierre pour ouvrir le tombeau. «On verra bien!» ai-je répondu sans grande conviction... Le désir de retourner au tombeau était le plus fort. Nous avons hâté le pas. Les premiers rayons du soleil pointaient à l'horizon lorsque nous avons vu, au loin, l'entrée du champ où plusieurs tombeaux avaient été creusés dans le rocher. Et dans le fond, à droite, la grotte dans laquelle avait été déposé le corps de Jésus.

Brusquement l'une d'entre nous est restée figée, dans un sentiment de peur, ajoutant dans un cri déchirant: «Regardez! Quelqu'un a déjà ouvert le tombeau!» Nous avons vu et nous ne savions que penser. Nous avons couru jusqu'à l'entrée de la grotte, elle était vide. Le linceul était là, plié et déposé à l'endroit où reposait sa tête, mais le corps avait disparu. Tu peux t'imaginer le choc que cela a produit en nous, et en moi tout particulièrement! J'ai dit à mes compagnes que je partais avertir Pierre et les autres. J'ai couru jusqu'à la chambre haute qui était devenue leur lieu de rassemblement et de la cour j'ai crié: «Pierre, Jacques, Jean! On a enlevé le corps du Seigneur!» Je suis montée à l'étage et les ai bousculés un peu pour les tirer de leur sommeil et leur redire plusieurs fois: «Quelqu'un a enlevé le corps du Seigneur!» Ils ont dû me prendre pour une folle.

Je sais que Pierre et Jean se sont levés, mais moi, je voulais retourner au lieu de l'ensevelissement. En rentrant, j'ai croisé quelques-unes des femmes qui étaient avec moi. Elles m'ont dit qu'elles avaient vu un ange, que ce dernier leur a annoncé qu'il était ressuscité et qu'il attendait ses disciples en Galilée. Elles étaient toutes trem-

blantes, hébétées d'incompréhension et de peur. Elles re-partaient chez elles, ne comprenant rien à ce qui avait bien pu se passer... Sans attendre j'ai continué à courir vers le tombeau de mon Rabbouni... Je suis entrée dans le jardin et je me suis effondrée devant le seuil de la chambre funéraire. Quand Pierre et Jean sont arrivés, je me suis retirée et assise sous un vieil olivier tout proche. Trem-blante de tous mes membres, je subissais le choc de ce que je venais de vivre. Je me suis mise à pleurer toutes les larmes de mon corps. Je n'en pouvais plus de douleur et j'en étais à soupçonner les autorités du Temple d'avoir organisé la mascarade pour mieux le discréditer, lui et son message... Effacer toute trace de son existence et faire disparaître ainsi son influence sur le peuple...

Tout à coup, j'ai senti une présence à côté de moi. J'ai levé les yeux et, derrière le rideau de mes larmes, j'ai vu un homme qui me regardait et m'a adressé ces mots: «Femme, pourquoi pleures-tu? Qui cherches-tu?» Je l'ai pris pour un jardinier venu travailler. Alors je me suis entendue dire: «Seigneur, si c'est toi qui as enlevé le corps de mon Rabbi, dis-moi où tu l'as mis et je m'occuperai de lui!» Je ne voyais tout simplement pas qui était cet homme; je me souviens que son regard était chargé d'une infinie tendresse. La douleur m'empêchait de le recon-naître. Alors il m'a simplement dit: «Myriam!» Il n'y avait qu'une personne au monde qui pouvait m'appeler par mon prénom de cette manière-là. D'un seul coup, tout a basculé. Je me suis levée d'un bond pour me précipiter à ses pieds en criant: «Rabbouni! Rabbouni!» Je voulais le saisir et le serrer contre moi. D'un geste, il m'a arrêtée en me disant: «Ne me touche pas! Il me faut d'abord monter chez mon Père.» Puis il m'a parlé et tandis que je l'écoutais, je sentais la vie renaître en moi, j'étais comme inondée par une source de bonheur et de joie dans laquelle je pouvais me baigner.

La lourde pierre du tombeau qui s'était aussi refermée sur mon cœur volait en éclat. Il est vivant! La mort n'a pas eu raison de lui. Dieu a tranché entre lui et ceux qui le raillaient au pied de la croix en le mettant au défi d'en descendre, puisqu'il était, disait-on, le Fils de Dieu. La réponse était là, devant moi. Le Juste était celui qui avait accepté sa mort sur la croix sans entrer lui-même dans le cycle de la haine. Le Juste était celui qui avait cru à l'Amour plus fort que la violence et la mort. Il est celui qui s'était remis tout entier entre les mains de son Père. Une grande lumière illuminait mon esprit et mon cœur, libérant avec elle une joie débordante. Mon Rabbouni n'a pas été vaincu par la mort, il est vivant, il se tient à mes côtés. Je l'ai entendu me dire: «Va trouver mes frères, et dis-leur: je monte vers mon Père et votre Père, vers mon Dieu et votre Dieu.» Alors je suis partie ivre de bonheur en dansant et chantant ma joie.

Myriam s'est tue. Elle a besoin de retrouver son souffle et de laisser se calmer les battements de son cœur. Personne ne parle. Tous sont fascinés par son visage qui, en ce moment-même, rayonne de lumière, la lumière du Ressuscité. Sarah veille sur elle. Elle a trempé un linge dans un peu d'eau et lui rafraîchit le visage. Après un discret merci, elle reprend son récit:

– Chacun doit bien se rendre compte que les heures et les jours qui ont suivi ont tout bousculé dans nos esprits de disciples. Je parle de la rencontre que j'ai faite avec Jésus vivant, mais je suis loin d'être la seule. Les onze Apôtres restant font une expérience identique. Certains ne

parvenaient pas à croire à la possibilité de l'événement. Thomas ne se gênait pas de dire que ce n'était là que des histoires de bonnes femmes incapables de supporter la douleur de la séparation. Il le dira haut et fort jusqu'au moment où lui aussi tombera à genoux devant Jésus en disant: «Mon Seigneur et mon Dieu!»

Ce qui caractérise cette période, c'est que chacun fait une expérience de rencontre personnelle avec Jésus. Celui qui se manifestait devant les uns et les autres était bien le même Jésus, mais un Jésus désormais insaisissable, appartenant à un autre monde, reconnaissable dans l'acte de foi que nous faisions devant lui. Nul ne pouvait fournir une preuve tangible de ce que nous affirmions. La vérité de notre témoignage est apparue dans le changement qui s'est opéré en chacun. J'ai insisté sur le désespoir dans lequel la mort horrible du Rabbi nous avait plongés. La peur nous tenaillait; les Onze restaient enfermés à double tour dans la chambre haute; certains commençaient à quitter Jérusalem pour rentrer chez eux, découragés et meurtris. Qui aurait pu les blâmer? Toutes les espérances que Jésus avait semées dans chacun de leur cœur s'étaient effondrées…

Puis, brusquement, les uns et les autres vivent une expérience similaire: ils rencontrent Jésus vivant et ils expérimentent en eux une force qui les saisit et balaie toute forme de peur et d'hésitation. Devant qui veut les entendre, ils ne cessent de répéter: «Jésus est vivant! Il est là à nos côtés! Dieu l'a ressuscité d'entre les morts; il l'a fait Christ et Seigneur!» Son Esprit a été répandu dans nos cœurs et nous savions que nous avions à poursuivre son œuvre au milieu des hommes. Sans l'avoir prévu et organisé, nous avons été projetés sur les routes de Judée, Samarie, Galilée, et nous avons commencé à proclamer *son message, à reprendre son enseignement et à nous rassembler régulièrement pour faire mémoire de lui. Tout ne s'est pas fait sans problèmes. Pierre et les autres Apôtres ont été arrêtés, interdits de parole, mais ils n'avaient plus peur désormais. Pierre en particulier osait parler ouvertement et annoncer à un peuple ébahi que Jésus, le crucifié du Golgotha, était bien le Messie promis, celui que Dieu avait envoyé porter au monde sa parole. J'ai même entendu ce qu'il a répondu au grand-prêtre qui voulait l'interdire de parole: «Il vaut mieux obéir à Dieu plutôt qu'aux hommes!» Là j'ai su que la force d'en haut était en nos cœurs et que nous n'avions plus rien à craindre. Tout était désormais entre les mains de notre Seigneur et Maître, le Vivant.*

Avec son Esprit, nous étions devenus capables de transporter les montagnes et de vaincre toute forme de peur. Cet Esprit, que nous avons reçu, nous fournit, aujourd'hui encore, la force d'en haut. Nous pouvons y recourir, lorsque nous en avons besoin. Il ne supprime pas pour autant ce que nous sommes dans notre humanité. Nous continuons à vivre avec nos fragilités et pauvretés, un tempérament plus ou moins difficile, des angoisses qui montent en nous, certains jours. Tels que nous sommes, nous avons, les uns et les autres, à marcher sur la route suivie par Jésus, la route où l'on peut rencontrer l'abandon, l'hostilité, la haine, la violence et parfois le reniement et la trahison. Les pesanteurs et difficultés que traversent aujourd'hui certaines assemblées te font peur, Marc. Je le comprends, mais je crois, avec Paul, que «je peux tout en celui qui me fortifie». Garde en toi la force et le courage de l'Esprit du Vivant! Il t'accompagnera dans ton travail. Ne crains pas les échecs! Toi, tu es chargé de semer la Parole; n'oublie pas que Dieu seul est le maître de la moisson.

Myriam se tait. Elle n'en dira pas plus. Marc s'approche d'elle et la serre longuement dans ses bras pour la remercier de son témoignage bouleversant et de l'encouragement qu'elle lui procure. Répondant à son geste, Myriam le prend contre elle. Chaque participant se rend compte qu'elle est en train de prier pour lui, d'appeler sur lui l'Esprit du Ressuscité. Pendant ce temps, sur un signe du vieux Jérémie, Sarah se lève et part dans la pièce voisine. Elle en ressort avec une galette de pain et une coupe de vin qu'elle dépose devant le vieux scribe du groupe. Myriam prend conscience de ces préparatifs; elle invite Marc à retrouver sa place. L'émotion qui a saisi l'assemblée est palpable. Nul n'ose rompre le silence; Jérémie prend la parole:

– *Frères et sœurs, Myriam m'a demandé de présider l'assemblée de ce soir. Je l'en remercie. Nous venons d'entendre le long témoignage qu'elle a fait d'abord à l'intention de Marc, mais il était important qu'ensemble nous l'entendions tous. Jésus est vivant; il est le premier-né d'entre les morts et ouvre, à qui vit dans la foi, les portes de la Maison du Père. Rappelez-vous: «Si nous souffrons avec lui, avec lui nous vivrons; si nous mourons avec lui, avec lui nous règnerons.» En nous rassemblant autour de sa Parole, nous mettons en lui notre espérance. Nous pouvons maintenant revivre le signe qu'il nous a donné. Je vous le rappelle. La veille de sa Passion, Jésus avait réuni autour de lui ses disciples pour célébrer la Pâque avec eux. L'atmosphère était pesante et la peur s'était installée dans les esprits et dans les cœurs. C'est alors qu'il a pris du pain, l'a béni, rompu et donné à ses disciples en disant: «Prenez et mangez! Ceci est mon corps livré pour vous!»*

Chacun en a pris un morceau et l'a mangé sans trop comprendre la signification de ce geste. Après quoi, il a pris la coupe de vin, l'a bénie et donnée à nouveau à ses disciples en disant: «Prenez et buvez-en tous! Ceci est la coupe de mon sang, le sang de l'Alliance nouvelle et éternelle, versé pour vous et pour la multitude en rémission des péchés!» Il a donné la coupe et chacun a bu. Quand tous eurent fini, il a ajouté: «Vous ferez cela en mémoire de moi!»

Oui, Dieu notre Père, en Jésus ton Fils, tu nous as manifesté ton amour et ouvert le chemin qui conduit vers toi. En partageant ce pain et en buvant à cette coupe, nous retrouvons parmi nous la présence de ton Fils ressuscité. Il vient nourrir nos vies de ta vie et nous faire boire à la source d'eau vive. Garde-nous fidèles à l'écoute de sa Parole et disponibles pour suivre le chemin qu'il a tracé devant nous. Dans le pain et le vin partagés en son nom, le Christ vivant vient à notre rencontre aujourd'hui et parle à notre cœur. C'est vers toi, Dieu notre Père, que nous nous tournons en revivant entre nous le signe que Jésus nous a donné. Mettons-nous en prière et chantons ses louanges.

Sur un signe de tête du vieux scribe, Shimon entonne un Psaume. Après quoi, Jérémie commence une grande prière d'action de grâces. Il confie au Seigneur les vivants et les morts, puis rappelle le geste que Jésus a fait, juste avant sa mort, en reprenant les paroles qu'il a prononcées et laissées. Il prie pour que chaque communauté retrouve au milieu d'elle la présence active du Ressuscité, en gardant vivant en elle ce souvenir. Après la prière du Seigneur, Jérémie partage le pain, en donne un morceau à chacun, puis il invite les uns et les autres à boire à la coupe de vin, signe de l'Alliance nouvelle conclue, dans le don que Jésus fait de sa vie, entre Dieu et l'humanité. Après une nouvelle prière prononcée par le vieux scribe, tous disent ensemble la prière du Seigneur et se donnent le baiser de paix. La joie est sur tous les visages et Marc est heureux d'avoir eu la chance de célébrer, au milieu de ces frères et sœurs, le souvenir vivant de Jésus ressuscité.

Vers Jéricho

La réunion s'est achevée et chacun est reparti rejoindre sa demeure. Le calme est revenu dans la maison. Seule Sarah veille pour quelques rangements. Myriam, encore chargée d'émotion, s'est retirée dans sa chambre, après avoir pris le temps de discuter avec Shimon. Elle veut connaître ses projets pour le lendemain. Avec Marc, ils ont décidé de partir pour Jéricho, à deux jours de marche au minimum de Magdala. Ils prendront la route la plus directe et la plus sûre, celle qui passe par les villes romaines de Tibériade et de Scythopolis. Myriam donne à Shimon quelques adresses et indications précieuses et demande à Sarah de prévoir les provisions de routes pour les deux voyageurs. Ils partiront aux aurores. Marc est heureux de retrouver le calme et le silence de la nuit. Il a besoin de se reposer après cette journée lourde en émotions. Pendant un moment, les paroles de Myriam résonnent dans son esprit, mais très vite il sombre dans un sommeil paisible et réparateur. L'assurance de la présence du Ressuscité à ses côtés a calmé ses angoisses. Il prend conscience qu'il accompagne ses pas et s'en remet paisiblement à lui.

Shimon est déjà debout, lorsque Marc se réveille. Les premières lueurs de l'aube éclairent le paysage. Ils sortent sans faire de bruit de leur chambre. Mais Sarah est là qui les attend avec un baluchon pour chacun. Ils prennent leur manteau et leur bâton de pèlerin, et s'apprêtent à partir après avoir pris un peu d'eau et de nourriture. Myriam s'est réveillée entre-temps et les appelle avant qu'ils s'en aillent. Elle tient à prier pour eux.

– *Seigneur Jésus, je te confie ces deux frères. Ils vont faire une route que tu as parcourue souvent et souhaitent te retrouver dans la parole d'autres frères. Accompagne leurs pas au long du chemin et protège Marc, tout particulièrement, dans sa démarche.*

Puis, après un court instant de silence, elle les prend contre elle et leur dit simplement:

– *Allez en paix! Le Seigneur lui-même vous accompagne! Je vous attends pour la fin de la semaine.*

Les deux hommes rejoignent la route qui longe le bord du lac. Depuis que les Romains ont bâti Tibériade et, plus loin, Scythopolis, pour les vétérans de leurs légions, les voies de communication se sont améliorées et sont plus sûres. La population locale et les caravanes en profitent largement. Le jour s'est levé, le ciel est dégagé. Il fera chaud durant la journée. D'un commun accord, les voyageurs profitent de la fraîcheur matinale pour parcourir le maximum de route avant le plein midi. Tout est calme. Pas très loin d'eux, une caravane, comptant une dizaine de dromadaires, les précède. Ils font en sorte de rester dans sa proximité. Pour eux, c'est un gage de sécurité. Marc regarde le paysage qui l'entoure, la Galilée et ses collines. La végétation est luxuriante. Dans les champs qu'ils longent, des cultivateurs se sont mis au travail et préparent la terre où ils ne tarderont pas à semer leur grain. Des paraboles de Jésus lui reviennent en mémoire. Le Rabbi les racontait à partir de ce qu'il voyait autour de lui: «Le semeur est sorti pour semer...»

La terre qu'il foulait sous ses pieds fournissait au Rabbi le point de départ de son enseignement, avec les pierres qui affleurent, le sentier qui la traverse, ses buissons d'épines, mais aussi les petites parcelles qui donneront du fruit à coup sûr. Il pense à ce qu'il a vécu hier à la synagogue et chez Myriam. Le découragement et l'angoisse l'ont saisi durant un moment. Le semeur ne se préoccupe pas du grain qu'il va perdre en ensemençant son champ, mais de la récolte qu'il fera dans la bonne terre. Ne doit-il pas en tirer un enseignement pour lui-même et pour tous les fidèles que l'adversité et l'échec découragent? Il sourit en pensant à cela. Il entend encore résonner en lui le témoignage de Myriam, l'angoisse et la peur qui ont gagné les disciples à la suite de la mort de Jésus et cette force qui les a tous retournés à la suite de la rencontre avec le Ressuscité. Oubliés le deuil et la peur, un Esprit de force et d'audace a pris possession de leur être et ils sont devenus capables de déplacer des montagnes, de franchir des limites qui leur semblaient impossibles à dépasser. La semence du Semeur a produit son fruit et lui, Marc, va contribuer à lui permettre de continuer à le faire, plus loin encore, hors de cette terre de Palestine.

Après trois bonnes heures de marche, les deux voyageurs arrivent à Tibériade. Le soleil est au zénith. Ils s'arrêtent pour boire de l'eau et manger la nourriture que Sarah leur a donnée. Shimon est reconnu par quelques personnes qui viennent discuter avec lui. Marc en profite pour s'asseoir à l'ombre d'un auvent. Ce moment de repos est le bienvenu. La vie romaine ne l'a pas vraiment préparé à ces longues marches. Shimon revient vers lui au bout d'un moment et lui dit en souriant.

– Je viens de rencontrer un frère que je connais bien. Il m'a indiqué où nous pourrons passer la nuit. C'est à Scythopolis, une ville qui se trouve presque à la moitié de notre voyage. Es-tu prêt à reprendre la route?

Marc se relève un peu fatigué, mais la reprise de la marche fait disparaître ses premières courbatures. En passant le long des villas romaines, les deux hommes rencontrent des soldats un peu nerveux et sur leurs gardes. Depuis quelques années, un groupe de résistants juifs appelés «sicaires» répandent la terreur dans la population en égorgeant les personnes qui ne leur plaisent pas. Tout Romain, quelle que soit son importance, est une cible potentielle et surtout les Juifs qui s'accommodent du pouvoir impérial et collaborent avec lui. Ils tuent et s'en vont. On les trouve surtout à Jérusalem, mais également dans les villes d'une certaine grandeur. Marc et Shimon ne sont pas inquiétés. Ils traversent l'agglomération sans difficulté et poursuivent leur route. Le «lac de Tibériade», comme l'appellent les Romains, se rétrécit progressivement à partir de cet endroit jusqu'au moment où en ressort le Jourdain qui l'alimente en eau et s'en échappe, creusant son lit dans la vallée qui descend jusqu'à Jéricho, pour, finalement, mourir dans la mer Morte.

Sur les conseils de l'ami rencontré au marché de Tibériade, les deux hommes n'entreprendront pas tout de suite la longue descente qui les conduira jusqu'à Jéricho. Ils s'arrêteront à la sortie d'une autre ville romaine, Scythopolis, l'antique Beith Shean. Un frère peut certainement les recevoir pour la nuit; il y possède une maison proche de la sortie. C'est un ancien centurion à la retraite qui, à la suite d'un parcours admirable, a choisi la voie tracée par Jésus. Son nom est Claudius Gallus. Shimon ajoute simplement qu'il en a entendu parler et qu'il se réjouit de le connaître. Il devrait être très heureux de les recevoir chez lui. Il semble même qu'il ait rencontré Jésus en personne. Cette perspective leur plaît à tous deux. Sans se concerter, ils hâtent le pas. La route que le gouverneur romain a fait aménager, pour mieux assurer les transports de troupes ou de marchandises, leur facilite la marche. Marc en profite pour regarder le paysage qui change peu à peu. Si la végétation des abords du Jourdain est toujours aussi verte et luxuriante, les montagnes environnantes prennent une autre couleur. L'herbe devient plus rare, séchée par le soleil et le manque d'eau; les buissons éparpillés çà et là sont à présent des épineux. Au fur et à mesure qu'ils avancent vers le sud, la terre devient plus désertique. Marc se souvient d'avoir entendu dire qu'au niveau de la mer Morte on ne trouve que du sel; il n'y a plus de vie possible, sauf en quelques rares oasis qui jalonnent la route. D'un geste machinal, il vérifie qu'il n'a pas oublié sa gourde et qu'elle est encore pleine.

Après une courte pose qui leur permet de manger et de boire, les deux voyageurs continuent leur route. Une caravane, venue de Jéricho, les renseigne. Désormais, ils ne sont plus très loin. Scythopolis est à moins d'une heure de route. De fait, arrivés au sommet d'un petit promontoire, ils distinguent la ville en contrebas. Le jour descend. Ils ne sont pas fâchés à l'idée de trouver un lieu qui les abritera pour passer la nuit. La ville a été édifiée à la romaine et offre aux anciens légionnaires un lieu de résidence où passer leur retraite. Ils se retrouvent sans trop de peine, après s'être renseignés, devant le portail d'entrée de la demeure de Claudius Gallus. Ils s'arrêtent devant une porte qui donne accès au jardin intérieur; ils s'annoncent.

Un vieux serviteur reçoit les deux hommes. Quand il apprend qui sont les deux visiteurs, le motif de leur visite et le nom de celui qui leur a indiqué la maison, il s'en va en hâte avertir son maître. Un court moment passe et il revient. Un autre homme, aussi vieux que lui, est sorti de la villa romaine et se tient sous une véranda tout ornée de fleurs. Le vieux serviteur les invite à entrer:

– *Venez les amis! Claudius Gallus vous attend à l'entrée de sa demeure. Mais, si vous le souhaitez, vous pouvez d'abord vous rafraîchir et vous laver de toute la poussière de la route. Une fontaine est là, après le bouquet d'arbres. Ce sera plus agréable et vous aurez, par la suite, tout le temps de parler avec mon maître.*

Les deux hommes ne se font pas prier. En secret, ils n'attendaient que le moment où ils pourraient enfin se laver et se rafraîchir. La fontaine du jardin capte une source d'eau courante. C'était inespéré, l'assurance d'un moment de détente bienvenu. Ils peuvent même secouer leurs habits de toute la poussière qui s'y est accrochée. Le vieux serviteur est revenu avec du linge frais et leur propose de changer de tenue, le temps qu'il prenne soin de leurs habits de voyage. Les deux hommes ne s'attendaient pas à un pareil accueil. Un peu pris au dépourvu, ils acceptent sa proposition. Voyant qu'ils ont terminé leurs ablutions, l'homme revient les chercher et les conduit vers le maître de maison qui est assis sur son fauteuil, sous la véranda. À leur arrivée, il se lève et leur ouvre largement les bras; puis, un grand sourire éclairant son visage, il les interpelle en leur disant:

— Shimon! Marc! Soyez les bienvenus. Si mon ami et frère Josaphat de Tibériade vous a recommandés à moi, c'est qu'il avait une bonne raison de le faire. Venez vous asseoir ici. Vous avez sur la table tout ce qu'il vous faut pour étancher votre soif et calmer votre faim. D'après ce que m'a dit Matthias, mon vieux serviteur et ami, nous partageons la même foi en Jésus de Nazareth, qui fait sauter les murs de suspicion et de haine qui se dressent entre les hommes de différentes origines et religions. Je vous offre avec joie l'hospitalité de ma maison et suis très heureux de découvrir des frères venus d'ailleurs. Vous

savez que, durant de longues années, j'ai servi dans l'armée romaine. Je connais donc bien la Palestine, pour l'avoir parcourue de long en large. Mais au fait, pour quelle raison êtes-vous venus dans cette direction?

Shimon se décide à intervenir le premier et lui explique les motifs de leur passage par Scythopolis.

– Claudius, je veux d'abord t'exprimer notre gratitude! Quand nous sommes venus frapper à ta porte, tu nous as accueillis comme des princes. Je suis Shimon, scribe de la jeune assemblée de frères et sœurs qui se réunit régulièrement dans la maison d'André à Capharnaüm. Et je travaille en lien avec un autre scribe, le vieux Jérémie de Magdala, ainsi que Myriam que nous considérons comme notre mère, tant sa foi et son amour pour le Christ Jésus sont grands. Voici Marc, je devrais dire Marcus, qui nous vient de Rome. Lui aussi est scribe! Il a servi de secrétaire à Pierre et ce dernier l'a chargé d'une mission importante: rassembler, dans un livre qui sera commun aux assemblées chrétiennes, les paroles et l'enseignement de Jésus de Nazareth. Avant de le faire, il est venu en Galilée pour entendre les témoins encore vivants. Peut-être en connais-tu et pourrais-tu nous conseiller. Josaphat m'a dit que tu es des nôtres et que tu as certainement des choses importantes à nous révéler…

Shimon s'est tu et profite d'un moment de silence pour se désaltérer et manger quelques figues. Claudius ne répond pas tout de suite. Les paroles de Shimon réveillent en lui des souvenirs importants. Il veut parler, tout en étant sûr d'utiliser les mots justes. Il finit par se décider:

– Cela fait si longtemps… Pierre… Myriam… et les autres… Bien sûr que je les ai connus! Mais je ne voulais pas les gêner par ma présence, connaissant tous les problèmes de cohabitation entre Juifs et Romains… Et puis, lorsqu'on est centurion dans l'armée romaine d'occupation, on ne peut pas faire tout ce que l'on veut… Le jour où j'ai été affecté en Palestine, j'ai été nommé responsable d'une garnison proche de Capharnaüm. Malgré mon engagement dans l'armée, je restais un homme avec une tête pleine de questions. Mon but n'était pas de tuer ou de massacrer des gens. Au contraire, je rêvais parfois de pouvoir aider les personnes à résoudre les problèmes concrets qui se posaient à elles. J'ai facilité la construction d'une synagogue lorsque l'occasion m'en fut donnée; j'ai allégé certaines taxes, quand j'en avais l'occasion. J'essayais de rester humain dans un monde où la violence est la règle qui régit tout.

À l'époque, j'avais des problèmes avec la religion de mes ancêtres, je rejetais le culte rendu à certaines divinités et les fêtes organisées en leur honneur finissaient par me dégoûter. Au fil des années, j'ai pu connaître des personnalités juives et j'avais même un réseau d'amis. C'était l'époque où j'ai commencé à m'intéresser à leur foi et au message des Écritures. J'étais passionné; j'ai pu me procurer la traduction grecque des Écritures, venue d'Alexandrie. Certains m'ont offert la possibilité de devenir un sympathisant et même un prosélyte, si j'acceptais la circoncision en signe d'alliance. Je n'étais pas prêt à faire ce dernier geste, mais je continuais ma lecture des Écritures dont le message est radicalement différent des histoires de coucheries entre divinités et déesses, telles que les racontent les poètes grecs ou romains… Des divinités bien trop à l'image de ce que sont les humains. J'ai appris à connaître *le Dieu d'Abraham, un Dieu tout-autre, sur lequel nul ne peut mettre la main, qui parle, s'intéresse au sort de l'homme, prend le parti des plus faibles et des plus petits, réprouve le mal et condamne l'injustice... Ce Dieu-là me fascinait. Et, certains jours, je sentais sa présence en moi, et je pouvais à mon tour le prier et lui parler. C'est à cette époque que j'ai entendu parler de Jésus de Nazareth qui sillonnait les routes de Galilée et provoquait des mouvements de foule autour de lui. Bien entendu, j'ai reçu l'ordre de voir ce qu'il en était de lui. Était-ce un illuminé de plus, comme on en comptait beaucoup? Ou bien ce Jésus développait-il un message religieux et politique qui pouvait relancer une lutte armée? Était-il un simple prédicateur ou un chef de bande qu'il fallait neutraliser? Voilà les questions auxquelles je devais répondre pour calmer les angoisses d'un procurateur romain désireux d'éviter tout désordre dans son secteur. J'ai donc fait mon enquête.*

Claudius Gallus s'interrompt brusquement et fait venir le vieux serviteur qui travaille dans la maison à préparer la chambre qui accueillera les deux voyageurs. À l'appel du maître de maison, il revient sous la véranda et s'installe auprès des trois hommes. Claudius reprend la parole après avoir invité ses hôtes à se servir.

– Je veux continuer mon récit, mais uniquement en présence de Matthias qui va jouer un grand rôle dans tout ce qui nous est arrivé. Reprenons. Je devais enquêter sur ce Jésus de Nazareth. Vous devez savoir que l'armée romaine possède un très bon service de renseignements en Palestine. Avec les difficultés qu'elle y rencontre, elle sait que toute révolte doit être étouffée au plus vite, avant

qu'elle ne s'étende au pays. Mes différents agents travaillant entre Tibériade et Capharnaüm m'ont très vite rassuré. Comme ils sont Juifs, pour la plupart, ils n'ont eu aucune peine à se mêler à la foule et à écouter Jésus. Ils m'ont fait leur rapport. Certains avaient été complètement séduits par le Rabbi de Nazareth et me rapportaient fidèlement les paroles extraordinaires qu'ils entendaient. Moi aussi, j'ai été touché au cœur quand j'ai appris le souci qu'il portait pour les plus faibles, les pauvres, les exclus. Et un jour, un de mes informateurs est revenu en riant. Il m'a tout de suite dit:

«Claudius, tu ne risques rien avec le Nazaréen! C'est un doux rêveur. Je l'ai écouté parler de la Loi, l'autre jour. Il disait à peu près ceci: "On vous a dit: Œil pour œil, dent pour dent. Moi je vous dis de ne pas tenir tête au méchant. Au contraire, quelqu'un te donne-t-il une gifle sur la joue droite, tends-lui l'autre joue!" Tu te rends compte! Cet homme est un grand naïf! Je ne vois en tout cas pas ce que Rome peut craindre d'un idéaliste comme celui-ci! Et puis il a insisté: "On vous a dit: Tu aimeras ton prochain et tu haïras ton ennemi. Moi je vous dis: Aimez vos ennemis, faites du bien à ceux qui vous persécutent…" Son message est de cet acabit. Pas de quoi faire peur à une mouche. Rome peut dormir tranquille; ce n'est pas lui qui viendra combattre les légions romaines.»

J'ai remercié mon informateur et l'ai renvoyé en lui disant que j'en savais désormais assez sur Jésus. Je l'ai payé pour son renseignement et il est reparti chez lui. Les paroles que je venais d'entendre m'avaient touché au cœur. Cet homme prenait Jésus pour un grand naïf, moi j'ai tout de suite su que le Rabbi avait raison. La violence n'apporte que la violence et met en marche un cercle vicieux, un jeu de violence et de contre-violence qui n'en finit pas. «Tendre l'autre joue…» C'est aussi tendre la main plutôt que le poing, ouvrir une brèche dans le mur de la haine, faire tomber la prévention automatique du Juif contre le Romain et du Romain contre le Juif… C'est grâce au Rabbi de Nazareth que vous vous êtes arrêtés chez moi le Romain, et que nous sommes assis à la même table à discuter paisiblement. La puissance de l'amour est plus grande que celle de Rome et – ce que j'ai compris plus tard – la mort sur la croix de Jésus signe la victoire de l'amour contre la haine et la mort… Vous imaginez bien que les paroles du Rabbi, rapportées par mes informateurs, ont aussi fait leur chemin en moi. Je me suis passionné pour lui et j'ai compris que la route qu'il enseignait était le chemin de vie que je cherchais depuis longtemps.

Et puis un jour, Cornélius, mon fils, est tombé gravement malade; il gisait paralysé sur sa couche et souffrait atrocement. Ma femme Aurélia et moi-même, nous n'avions plus aucun espoir dans sa guérison. L'emprise de la mort était déjà sur lui, mais nous étions prêts à tout pour ne pas le perdre. Dans le même temps, j'ai appris que Jésus était revenu à Capharnaüm. Je savais qu'il guérissait les malades et j'étais certain qu'il pourrait faire quelque chose pour mon enfant. Sans plus attendre, je suis parti avec quelques hommes à sa rencontre. Je l'ai trouvé sur la plage, entouré d'une foule de gens qui se sont écartés quand nous sommes arrivés. Personne ne savait ce qui se passait, sauf Jésus, peut-être, qui n'a pas bougé quand je me suis arrêté devant lui. À peine descendu de cheval, je me suis précipité à ses pieds et je lui ai parlé de mon enfant, de sa maladie et de ses souffrances. Il m'a regardé et remis debout. Je l'ai vu de mes yeux: il n'y avait que de l'amour en lui et je crois que c'est à ce moment que j'ai compris quelle peut être la force de l'amour présent au cœur de l'homme. Il s'est alors adressé à moi et m'a simplement dit: «Je m'en viens jusque chez toi!» Je dois vous dire que ces mots m'ont bouleversé. Il était prêt à venir chez moi, qui représentais le pouvoir romain, prêt à se compromettre devant tout le monde pour sauver mon fils bien-aimé. Cela m'apparaissait tellement fou! Alors je l'ai regardé et je l'ai appelé par le seul nom qu'il méritait à ce moment-là en lui disant: «Seigneur, tu le sais bien, je ne mérite pas que tu viennes sous mon toit; mais si tu le veux, dis seulement une parole et mon fils sera guéri!» Puis j'ai ajouté: «Moi, qui ne suis qu'un subalterne, je commande des soldats auxquels je dis ce qu'il faut faire et ils le font. Mais toi…» Pour moi, il était devenu évident que la puissance de sa parole était comparable à celle de la divinité qui rayonnait dans tout son être. À cet instant, il m'a regardé d'un regard brûlant d'amour. La joie rayonnait dans ses yeux. Il s'est tourné vers ses disciples et la foule qui le suivait en disant: «En vérité je vous le dis: Je n'ai jamais rencontré un homme capable d'une telle foi sur cette terre d'Israël.» Puis il s'est tourné vers moi en ajoutant simplement: «Va! Que tout se passe selon ton désir et ta foi.» Je me suis relevé aussitôt et, avec mes hommes, je suis revenu au galop jusque chez moi. C'est mon fils qui est venu m'accueillir à la porte. Il était debout et guéri. En Jésus, je venais de découvrir le visage du Dieu vrai, unique et bon. Depuis lors, je ne cesse de chanter ses louanges. Toute ma maisonnée fait partie de ceux et celles qui croient en lui. Avec quelques autres de Scythopolis, nous nous réunissons ici chaque fin de semaine et Matthias, qui s'est formé auprès de Jérémie, guide notre prière et préside la fraction du pain, telle qu'elle est vécue à Magdala. J'ai trouvé en Jésus la puissance de l'amour qui fait tomber les murs et accomplit des merveilles.

Claudius se tait. Marc laisse apparaître un visage chargé d'émotion. Il ne cesse de murmurer des louanges et des «*Merci, Seigneur!*» Il se lève, ainsi que Shimon et s'en vient serrer longuement dans ses bras son hôte et Matthias qui s'est joint à leur rencontre. Une vieille dame vient également s'installer sous la véranda. Claudius la présente à ses hôtes. Ils saluent Aurélia, l'épouse du vieux centurion, qui, elle aussi, vit dans la foi en Jésus, Christ et Seigneur, depuis ce moment où elle a compris qu'elle lui devait la guérison de son fils. Shimon s'étonne en lui-même de constater que son maître Jérémie ne lui a rien dit de cet épisode. Voulait-il éviter que ce souvenir ne hérisse encore davantage des frères juifs contre le Rabbi de Nazareth? Il garde la question en son for intérieur, pour le retour, sachant fort bien que Marc n'oubliera rien de ce récit, tant son importance est grande pour le milieu auquel il s'adresse. Ce dernier intervient:

– *Claudius et Aurélia, je vous remercie pour votre foi. C'est un exemple dont toutes les assemblées de croyants doivent pouvoir se souvenir. Vous le savez! Depuis que Paul s'est tourné vers les païens, lorsque la communauté juive d'Antioche de Pisidie a refusé violemment son message, on a vu naître, dans les grandes villes de tout l'Empire romain, des assemblées chrétiennes où se rassemblent des hommes et des femmes d'origine juive ou gréco-romaine. Tout ne se passe pas sans quelques problèmes d'adaptation qu'il faut gérer peu à peu. Pourtant, au fil des années, ces assemblées ont grandi et vivent plus sereinement leur mixité d'origine. Je suis heureux que Jésus soit le premier à avoir fait le pas en accueillant ta demande, en se montrant prêt à entrer dans ta maison. Il est bien le seul ou l'un* des rares rabbis juifs à oser pareille transgression. *Pour lui, la valeur de l'homme ne peut venir que de l'intérieur de son cœur. Tout le reste n'est que bavardage religieux… Il a reconnu en toi la foi. L'essentiel est à ce niveau! Le reste, la tradition culturelle, les habitudes locales n'ont qu'une importance relative. Jusqu'au bout de sa vie, il est resté fidèle à la Loi mosaïque, mais il n'a jamais pris prétexte de la tradition des anciens pour se murer dans le rejet de l'autre.*

– Merci, Marcus, reprend Claudius. *Je reconnais en toi le digne disciple de Pierre dont j'ai pu faire la connaissance à Césarée, chez Corneille, lorsque celui-ci l'a invité à venir parler du Rabbi de Nazareth. Ce qui s'est passé ce jour-là, je ne l'oublierai jamais.*

– *Tu étais chez Corneille, lorsque Pierre a répondu à son invitation et qu'il a quitté Joppé pour aller à Césarée avec les quelques frères qui l'accompagnaient?* s'étonne Marc.

– *J'étais en visite chez lui et il s'est fortement intéressé à ce que j'avais vécu avec Jésus. Il faisait partie de ces soldats de Rome, peu nombreux, qui avaient découvert dans la foi juive une source de vie intérieure sans comparaison avec celle qu'ils trouvaient dans les temples grecs ou romains. Je l'interrogeais également sur les raisons de la condamnation de Jésus à la crucifixion. J'étais profondément perturbé depuis que j'avais eu connaissance de cette mort, mais lui m'a dit que quelque chose de nouveau était né et que Pierre était le responsable d'un groupe qui ne cessait de rassembler de nouveaux adeptes. Quand il a su qu'il se trouvait à Joppé, il a envoyé des émissaires pour l'inviter à venir jusqu'à Césarée. Nous* avions peur qu'il refuse, comme c'est le cas des juifs très religieux qui veulent rester fidèles à la loi mosaïque de pureté.

Contre toute attente, il est venu avec quelques frères de Jérusalem, dont il s'était entouré et qui lui serviraient de témoins aptes à justifier son comportement. Corneille l'a invité à entrer et a fait servir un repas durant lequel tous étaient assis à la même table, circoncis et non-circoncis. Il m'a regardé et peut-être reconnu. Un bon sourire éclairait son visage et il a mangé de bon appétit de tout ce qui avait été servi. Là je me suis dit que le message de Jésus était passé et, dans les paroles de Pierre, j'ai reconnu les thèmes de l'enseignement du Maître. À la fin du repas, Corneille lui a expliqué les raisons de son invitation, son désir d'en savoir un peu plus sur Jésus dont il ne cesse, semble-t-il, de parler partout où il va. Alors Pierre s'est levé et il a commencé à parler. Toute la maisonnée s'était rassemblée pour l'écouter, avec quelques amis grecs et moi-même. Aurélia faisait également partie du voyage ainsi que Matthias qui ne me quitte jamais. Il nous a dit à peu près ceci:

«Frères et sœurs, je constate aujourd'hui que Dieu ne fait pas de différence entre les personnes. Dans toutes les nations, il manifeste son amour à quiconque cherche la vérité et pratique la justice. C'est le message que son Fils Jésus, le Christ, nous a transmis. C'est lui le Seigneur de tous. Vous le savez! Jésus a parcouru la Galilée et la Judée, animé de la force de l'Esprit Saint. Dans ses paroles et ses actes de guérison, il nous a révélé le visage d'un Dieu Père qui veut le salut de tout être humain. Nous en sommes devenus les témoins directs. Pourtant son message n'a pas été bien reçu. Par jalousie peut-être, ou par souci de garder intacte la tradition des anciens, nos autorités *religieuses l'ont livré à Pilate pour qu'il soit condamné et crucifié. Nous ses disciples, nous étions complètement effondrés. La peur nous tenait au ventre et certains commençaient à quitter Jérusalem pour rentrer dans leur village. Mais le surlendemain du jour de sa mort et de sa mise au tombeau, certaines femmes sont venues nous avertir que le tombeau était vide et qu'un ange leur avait dit qu'il était vivant. Nous n'y avons pas cru tout de suite, jusqu'au moment où il s'est lui-même manifesté à nous. Celui qui était mort, avec qui nous avions vécu, mangé et bu, Dieu l'a ressuscité des morts! Nous l'avons reconnu et il a répandu sur nous son Esprit. C'est par lui que tout homme qui croit reçoit la Vie en plénitude et le pardon de ses péchés. »*

Pendant que Claudius parlait, Marc le regardait et découvrait son visage inondé de lumière. Aurélia présentait les mêmes caractéristiques ainsi que Matthias. Tous les trois avaient fait une expérience similaire. Il connaissait la version de Pierre et la suite du récit, mais il était heureux de comprendre ce que l'événement avait suscité dans le cœur de ces témoins directs. Après avoir bu un peu d'eau ou de vin, Claudius se remet à parler. Pendant ce temps, Aurélia est venue s'asseoir tout près de lui en le prenant par la main, comme si elle désirait porter avec lui l'émotion qui les étreint chaque fois qu'ils reparlent de l'événement capital de leur vie.

– *Nous étions là, saisis par la Parole que nous entendions, quand tout à coup l'un de nous s'est mis à prier dans une langue que nous ne connaissions pas et tous nous lui avons répondu avec les mêmes mots qui faisaient monter en nous une grande chaleur ou énergie. Nous* étions animés d'une joie immense. *Nous nous sommes embrassés et nous avons embrassé Pierre et ses compagnons de route. Nous étions comme ivres de bonheur et de joie.* De mon côté, je répétais sans cesse: Jésus Christ, Seigneur! Jésus Christ, Seigneur! Je crois en toi, Seigneur Jésus, tu es la source de la vie! Nous ne comprenions pas ce qui nous arrivait, mais pas davantage Pierre et ses compagnons. *Ils restaient interloqués, sans voix, regardant de tous côtés ce qui était en train de passer.* Puis je l'ai distinctement entendu dire à ses compagnons: «Peut-on refuser le baptême à des personnes qui, aussi bien que nous, ont reçu l'Esprit Saint?» Ils n'ont posé aucune objection. Pierre nous a baptisés au nom de Jésus, Christ et Seigneur.

Ce fut un jour que nous n'oublierons jamais. Nos vies s'en trouvaient transformées. Pierre nous a invités à prendre la mesure de ce qui nous était arrivé. Il nous a rappelé qu'un engagement à la suite du Christ ne peut être pris que dans la durée, en acceptant de passer parfois par des chemins caillouteux. Étant Romain d'origine et ne parlant que très peu l'araméen, mais plutôt le grec ou le latin, ce ne fut pas toujours facile de s'entendre avec les frères d'origine juive de la région... L'enseignement de Jésus est lumineux, mais sa mise en application concrète ne va pas sans poser des problèmes. Ici à Scythopolis, nous formons un groupe très actif avec d'anciens légionnaires à la retraite comme moi. Nous souhaiterions approfondir le message qu'il a laissé et, surtout, mieux comprendre les Écritures. Heureusement que Matthias est resté avec moi! Nous l'avons choisi, parmi nous, pour qu'il soit notre ancien. Il connaît les Écritures et peut nous éclairer sur les paroles que nous comprenons mal et sur les traditions dont nous ne saisissons pas toujours la pleine signification.

Si Marc ne paraissait pas étonné par le récit qu'il venait d'entendre, il en allait autrement pour Shimon qui découvrait un pan d'une réalité nouvelle pour lui. Il savait bien ce qui s'était passé à Césarée, mais le récit de la rencontre de Jésus avec le centurion, il ne se souvient pas de l'avoir entendu. Un abîme sépare les choses vaguement évoquées dans le récit de l'un ou de l'autre de ce que l'on découvre dans le témoignage d'un homme qui a vécu tout un parcours. Shimon en est émerveillé. Il avait entendu dire qu'un petit groupe de disciples de Jésus se réunissait dans cette ville romaine, mais n'imaginait pas y trouver un tel accueil et une foi aussi vivante. Maintenant il regarde Matthias et se rappelle qu'un homme était venu, de Scythopolis, voir le vieux Jérémie pour commander un rouleau des paroles de Jésus. Il décide d'en avoir le cœur net:

– *Dis-moi, Matthias! Ne serait-ce pas toi qui es venu dans l'atelier de Jérémie à Magdala, pour y commander un rouleau des paroles de Jésus? Il me semble te reconnaître. J'y travaillais à l'époque comme copiste. Nous avions été grassement dédommagés pour notre travail et les peaux que tu avais apportées étaient particulièrement bien préparées...*

Matthias sourit. Il se lève et rentre dans la maison en faisant un signe de la main pour l'inviter à la patience. Quand il revient, Shimon reconnaît immédiatement le coffret dans lequel il avait déposé le rouleau. Matthias ouvre le coffret, sort le rouleau et le lui tend en disant:

– *Regarde, Shimon! Voilà ton magnifique travail. Et si tu fais bien attention, tu remarques que le rouleau a acquis la souplesse d'un livre que l'on ouvre fréquemment pour en proclamer le contenu. Nous ne cessons de rendre grâces à Dieu pour le travail que vous avez effectué. Sans cela, nous ne connaîtrions que peu de chose sur notre Rabbi Jésus. Je proclame la Parole en araméen, puis mon frère Claudius en donne la traduction grecque aux assistants qui ne comprennent pas l'araméen. Et cette traduction, nous l'avons mise par écrit. Nous avons donc maintenant deux livres de la Parole du Maître. Nous gardons précieusement le vôtre, comme l'original auquel nous nous référons sans cesse. Quant à toi, Marc, quand tu retourneras à Rome, informe-toi! Il y a quelques années, l'un des nôtres y est rentré, mais avant de partir, il a tenu à avoir une copie de la version grecque. Je crois qu'il se nomme Flavius Gracchus. Nous n'avons aucune nouvelle de lui. Tu devras te renseigner. C'était l'un des plus fidèles de notre assemblée. Nous sommes plusieurs à nous être lancés dans ce travail de traduction, mais je t'avoue que ce n'est pas simple. Il est difficile de traduire en grec les résonances particulières à l'araméen.*

Hautement intéressé par ce qu'il vient de voir et d'entendre, Marc intervient en disant:

– Je le sais trop bien! De plus, les frères et sœurs d'origine gréco-romaine n'ont aucune idée de la Loi mosaïque et ils peinent à comprendre certains récits et les enseignements de Jésus, qui portent sur des questions de la Tradition juive, comme la loi du pur et de l'impur, les problèmes liés au repos du sabbat ou les liens que Jésus fait entre la Loi juive et son propre enseignement. Je sais que je devrai donner quelques indications pour que les fidèles de nos assemblées comprennent la Parole. Je vois que c'est le travail que vous faites déjà avec l'effort de

traduction en grec et l'explication que vous donnez im-
manquablement. Ce que tu me dis là est intéressant, Mat-
thias. Je projetais d'écrire en grec, même si ce n'est pas
ma langue maternelle. Les frères qui m'ont confié cette
tâche, à la suite de Pierre, ne comprennent pas l'araméen.
Et parmi eux beaucoup sont d'origine juive, mais instal-
lés à Rome depuis trop longtemps pour connaître encore
leur langue d'origine. Je me réjouis de retrouver Flavius
Gracchus et de lire, à tête reposée, la traduction que vous
avez faite. J'ai reçu l'original de Jérémie et Shimon. Je
pourrai ainsi me faire une idée sur la manière de travailler.

L'atmosphère est détendue et la douceur du soir
vient apaiser les corps fatigués par la marche. Claudius écoute attentivement l'échange qui a lieu sous
son toit. Il sourit, manifestement heureux de montrer à ses hôtes le travail qu'il a réalisé. Il sait que les
relations entre communautés chrétiennes d'origine
juive et les quelques communautés d'étrangers vivant en Palestine restent tendues. Les problèmes liés
à la situation politique du moment ne les facilitent
pas, d'autant plus que des groupes d'extrémistes font
régner la terreur dans les milieux juifs qui vivent,
de près ou de loin, en contact avec la puissance oc-
cupante. Tout à coup, prenant conscience du risque
pris par ses deux hôtes, il intervient et change entièrement de sujet de conversation:

— Marc, Shimon! Vous êtes venus chez moi et vous
allez dormir dans ma demeure. Je ne voudrais pas qu'il
vous arrive malheur à cause de moi! Même si je suis à
la retraite, j'ai toujours l'esprit attentif à ce qui se passe
dans le pays. La révolte gronde dans le milieu des zélotes
et des sicaires. J'ai appris qu'ils n'hésitent pas à égorger

les personnes qui leur apparaissent comme des traîtres. Ils le font même sur l'esplanade du Temple, avec au cœur la certitude de rendre gloire à Dieu par ce geste. Je sais que Rome est exaspérée par cette situation de guerre permanente et que la répression se prépare. Je sais que les légions de Vespasiens vont bientôt déferler dans le pays. Cela risque d'être terrible pour les communautés juives de Judée. Je vous conseille de faire très attention à vous, et toi, Marc, de repartir au plus vite à Rome. La vie ne vaudra pas cher pour beaucoup dans la région. Et toi, Shimon, je ne sais pas si tu désires partir avec Marc. Il aura certainement besoin de l'aide d'un scribe compétent comme toi. Je peux même m'arranger pour vous trouver à tous deux un passage sur un bateau en partance pour Rome. Par ailleurs, ma retraite me permet de vous payer les peaux nécessaires à un nouveau manuscrit… Certains membres de notre communauté seront certainement fiers d'y participer, si nécessaire. J'y pense, vous aviez un projet en passant par Scythopolis? Peut-être est-il bon d'en discuter d'abord. Quel est votre programme pour demain?

Shimon prend la parole. La proposition de Claudius lui plaît et il tient à le remercier.

– Claudius, je veux d'abord te dire un tout grand merci pour tes propositions. Nous tiendrons compte de tes avertissements. Il est vrai que plusieurs rumeurs alarmantes sont parvenues à nos oreilles, mais nous n'imaginions pas que la guerre soit imminente et que nous allions voir bientôt les légions de Rome débarquer en nombre dans la région. L'avenir du pays est fortement compromis et nous risquons tous d'être disséminés aux quatre vents. Il faudra que je parle de cela avec Myriam. Quant à

partir avec Marc et l'aider dans son travail, c'est une perspective à laquelle je n'avais pas pensé. On aura l'occasion d'en discuter demain durant la longue marche qui nous conduira jusqu'à Jéricho. Marc désire suivre cette route que Jésus a parcourue avant de commencer la longue montée vers Jérusalem, là où tout s'achève et où tout commence. Je crois savoir que Bartimée, le jeune aveugle guéri par Jésus, est toujours là. Il représente pour moi le disciple qui ouvre les yeux, proclame sa foi et prend la route de Jérusalem avec Jésus. C'est un chemin symbolique que les uns et les autres nous avons à faire à un moment de notre vie. Si tu le permets, nous prendrons congé de toi aux premières lueurs de l'aube. Nous serions heureux d'avoir quelques provisions de route. Nous aurons une longue journée de marche.

– *C'est entendu*, reprend Claudius après un moment de réflexion. *L'un de mes serviteurs, Jacques, vient de Jéricho. Il vous accompagnera. Il vaut mieux être plusieurs sur cette route qui passe souvent dans des zones désertiques propices à toutes les embuscades. Certains endroits sont infestés de bandits et de détrousseurs de pèlerins. Je vous attends à votre retour et vous me communiquerez votre décision. Il est temps pour vous d'aller vous reposer. Demain vous devrez marcher d'un bon pas, si vous ne voulez pas devoir passer la nuit dans le désert. Ne vous inquiétez pas pour le réveil. Les trompettes de la garnison s'en chargeront.*

D'un commun accord, chacun se retire dans sa chambre pour la nuit. Le récit de Claudius résonne dans la mémoire de Marc. Il a le temps de rendre grâces à Dieu pour son œuvre d'amour découverte en ce lieu, puis tout s'estompe dans la nuit. Rien ne vient rompre le silence qui enveloppe la ville. De son côté, Claudius a plus de peine à trouver le sommeil. Il médite longuement sur le long échange qu'il vient d'avoir avec ces deux frères venus de Magdala. Il est heureux d'avoir pu les accueillir, mais une sourde inquiétude ne le quitte pas. Il aimerait tellement pouvoir protéger ce peuple qu'il a appris à connaître et qu'il aime profondément, ainsi que la communauté qui s'est formée à la suite de Jésus dont il fait partie désormais...

Aux premières lueurs de l'aube, la trompette résonne dans la nuit. On se lève tôt dans les garnisons romaines! Marc et Shimon comprennent qu'est venu le moment de partir. Ils se lèvent, font leur toilette et Matthias leur apporte leurs habits de voyageurs qui ont eu le temps de sécher et de respirer l'air de la nuit. Jacques les attend. Il a préparé des provisions de route et rempli les gourdes de l'eau de la source. Claudius les invite à prendre une collation matinale. Ils doivent, dit-il, prendre des forces avant le départ. Au moment de les laisser partir, il prie avec eux et invoque la protection divine. Matthias les accompagne. Il s'est entendu avec une caravane de marchands qui prennent la même route. Ils auront ainsi la protection du groupe.

Ils rejoignent la caravane alors que les dromadaires, chargés de leurs marchandises, commencent à se lever. Marc sait qu'il devra s'accrocher pour suivre le rythme imposé par ces hommes habitués à de longues routes. Le départ est donné, la lourde colonne d'hommes, de bêtes et de marchandises quitte Scythopolis. Le jour commence à peine à se lever. À la sortie de la ville, la route se rétrécit et poursuit sa longue descente dans cette faille où va mourir le Jourdain. Le rythme du groupe est soutenu et les voyageurs qui accompagnent la caravane doivent s'y adapter. Marc et Shimon le font sans trop de difficultés. Plus on avance, plus on pénètre dans une zone désertique. Les seuls arbres et la verdure que l'on voit encore poussent le long des rives du Jourdain. La route surplombe légèrement le fleuve pour éviter de passer dans des zones marécageuses. Par ailleurs, ce dernier change souvent de lit, au gré des crues de printemps, quand fondent les neiges qui recouvrent le mont Hermon. De temps à autre, la caravane traverse le cours d'une rivière qui descend des monts de Judée. Là encore, le désert impose sa loi et assèche rapidement ces cours d'eau qui renaissent au gré des pluies qui tombent plus ou moins régulièrement.

Vers le milieu du jour, profitant de la proximité du fleuve, les hommes et les bêtes font une pause pour boire et se restaurer à l'ombre des grands arbres qui bordent le Jourdain. Au bout d'une heure, sur un signe de son chef, la caravane se remet en route. Jacques explique à ses deux compagnons qu'ils sont à mi-chemin de Jéricho. Marc peine un peu à reprendre sa marche. Les muscles de ses jambes sont douloureux, mais au bout de quelques pas il parvient à suivre le rythme imposé. Trop occupés par l'effort physique, les trois hommes parlent peu. Marc s'imprègne du paysage et demande parfois à ses compagnons des informations sur les régions qu'ils traversent. Au loin, sur sa droite, il peut entrevoir le sommet du mont Garizim, la montagne sainte des Samaritains. Un peu plus loin, Jacques lui fait découvrir, de l'autre côté du fleuve, le Yabboq, un affluent du Jourdain, le lieu où, selon la tradition biblique, Jacob lutta avec Dieu, durant la nuit qui précéda son retour sur sa terre natale. Le jour avance et le soleil amorce sa lente descente vers l'horizon. La caravane garde son rythme soutenu. Jacques avertit ses deux compagnons pour leur dire que Jéricho n'est plus très loin et qu'ils y arriveront avant la nuit. Tout en marchant, ils profitent de boire et de se rafraîchir le visage. Après une nouvelle heure de route, au détour d'un rocher, ils peuvent apercevoir, légèrement en contrebas, l'oasis de Jéricho, le lieu mythique de la tradition biblique, là où Josué et le peuple hébreu traversèrent le Jourdain à pied sec, prirent la ville en faisant tomber les remparts, au son des trompettes et par la seule puissance de Dieu, puis entrèrent en possession du pays promis à Abraham et à sa descendance.

Tout en marchant, Marc regarde. Il ne reste rien de l'antique cité. Aucune muraille ne la protège. Les maisons sont disséminées au milieu des palmiers et des sycomores. La rencontre de Zachée avec Jésus, que Pierre avait souvent racontée, lui revient en mémoire. Le Rabbi est passé à Jéricho et, à partir de là, a pris la route de Jérusalem. Marc devine son point de départ. À la sortie de la ville, elle quitte le fond de la vallée pour remonter dans les montagnes de Judée, jusqu'à Jérusalem. Ce doit être à cet endroit que Bartimée a rencontré Jésus et a été guéri de sa cécité. Si les renseignements sont exacts, il est toujours vivant, mais ne sait rien de leur venue. L'épisode, qu'il connaît en partie, a toujours été, pour Marc, emblématique de la vie du disciple. C'est l'une des raisons qui l'ont poussé à vouloir le rencontrer. Alors que les souvenirs remontent en sa mémoire, les voyageurs entrent dans Jéricho. Jacques connaît bien Bartimée. Il fait partie de sa parenté et c'est son témoignage qui l'a mis, lui aussi, sur la route de Jésus. Alors que les dromadaires se sont arrêtés près du puits situé au nord de la ville, devant le petit poste des douanes, le jeune serviteur de Claudius prend congé du chef de caravane et le remercie en lui donnant une pièce d'argent, pour avoir accepté de les prendre sous sa protection. Pendant ce temps, Shimon et Marc ont pu se désaltérer et se rafraîchir. L'air est plus chaud et tout effort coûte son lot de sueur. Jacques s'inquiète en découvrant, sur le visage de Marc, les traces de la fatigue de la marche:

– *La maison de Bartimée n'est pas loin d'ici. Es-tu prêt à fournir un dernier effort ou veux-tu te reposer un moment?*

Marc préfère partir tout de suite. Les trois hommes prennent congé des caravaniers et, après les salutations d'usage, quittent l'endroit pour entrer dans la ville. Près de la sortie opposée, Jacques prend un petit chemin qui les conduit légèrement à l'écart. Au détour d'un bouquet de palmiers, ils découvrent une maison entourée d'une palissade de paille. Jacques les avertit qu'ils sont arrivés chez Bartimée. Il était encore jeune à l'époque où il a rencontré Jésus, mais les années ont passé. Dans un enclos, quelques chèvres et brebis ont été rassemblées pour y passer la nuit. Jacques frappe dans ses mains pour signifier leur présence. La tenture qui ferme l'entrée dans la maison se déplace légèrement, laissant apparaître le visage d'une jeune femme. Elle examine les trois voyageurs et brusquement un grand sourire illumine sa face:

– *C'est toi, Jacques? Ton maître t'a laissé libre de venir jusqu'à nous? Mais qui sont tes compagnons de route?*

– *Je te salue, Rachel,* répond Jacques. *Tu es toujours aussi belle. Comment se fait-il que ton père ne t'ait pas donnée en mariage? Je pourrais peut-être m'inscrire dans la liste des prétendants!* Après un éclat de rire, il continue: *Je plaisante! Cela est ton affaire, et tu as, paraît-il, d'autres projets...*

Les deux jeunes gens se regardent en souriant. Un silence s'installe entre eux, puis Jacques ajoute:

– *Nous sommes venus rencontrer ton père. Est-il là?*

Une voix grave répond, de l'intérieur de la maison et, brusquement, la tenture de la porte d'entrée s'écarte entièrement laissant passer un homme en pleine force de l'âge, avec un visage qui peine un peu à trouver son chemin, entre une chevelure noire et une barbe grisonnante bien fournie. L'homme vient à la rencontre des visiteurs, les regarde l'un après l'autre et ajoute, s'adressant à Jacques:

– *Pour que Claudius Gallus te libère de ton travail et te laisse venir jusqu'à Jéricho avec ces deux messieurs, il doit sûrement y avoir une bonne raison. Je vous en prie, entrez chez moi. Rachel, tu veux bien les conduire jusqu'auprès du puits et leur fournir le nécessaire pour qu'ils puissent faire leurs ablutions? Et, par la suite, si tu le veux bien, tu leur prépareras quelque chose à manger. Prends aussi leurs manteaux salis par la poussière de la route. Ils ont certainement besoin d'être nettoyés.*

Marc est à nouveau frappé par la qualité de l'accueil qu'ils reçoivent, lui et Shimon, avant même de connaître leurs noms et le motif de leur voyage. Alors que Rachel s'occupe d'eux et leur apporte une petite corbeille de dattes, Jacques est parti retrouver Bartimée, sous la véranda qui abrite l'entrée de la maison. Visiblement, il répond aux questions que ce dernier doit se poser à propos des deux compagnons de son cousin. Son visage se détend quand il apprend leurs noms. Marc voit les yeux du maître de maison d'abord fixés sur lui, puis son regard se perd dans le vague; l'évocation de Pierre fait remonter en lui de lointains souvenirs...

Après le temps passé autour du puits, Shimon et Marc sont à nouveau frais et dispos. Le soir commence à tomber sur Jéricho; ils prennent la corbeille de dattes apportée par Rachel et, tout en continuant à en manger, viennent s'asseoir près de Bartimée. Jacques en profite pour se retirer et aller à son tour se rafraîchir. Marc devine qu'il est surtout désireux de voir Rachel et de pouvoir parler avec elle, sans témoins... Bartimée engage la conversation:

— *Jacques m'a appris vos noms et le but de votre visite. Vous êtes les bienvenus dans ma maison et de plus votre visite m'honore. Je n'imaginais jamais revoir un jour, un proche de Pierre. J'ai bien pensé que c'était toi, Marc. L'air de Rome finit par changer ceux qui le respirent. Tu parles encore araméen, cela me rassure! Ta venue éveille en moi le souvenir d'une période de vie bien*

213

lointaine. Désormais j'ai peine à me souvenir de tout ce qui s'est passé alors. Mais je suis sûr qu'en en reparlant, l'essentiel reviendra facilement à la surface. Quant à toi, Shimon, je suis heureux de te connaître. J'ai souvent entendu parler de ce que tu fais auprès du vieux Jérémie et de Myriam de Magdala. Si je comprends bien, c'est à toi que nous devons d'avoir un rouleau des enseignements et des paroles de Jésus que Jérémie avait mis par écrit. C'est un travail magnifique que tu as fait là! Chaque fois que je l'ouvre, je rends grâces à Dieu de pouvoir y retrouver une grande partie des enseignements du maître. Ma mémoire est défaillante et ce rouleau permet à notre petite communauté de croyants d'entendre régulièrement son enseignement et de se rassembler autour de sa Parole pour prier et grandir dans l'amour qu'il nous a manifesté.

Marc écoute et regarde Bartimée. Il reconnaît en lui un homme droit et décidé, un homme qui sait ce qu'il veut; il se rend compte également que le premier livre des enseignements et paroles de Jésus est déjà largement diffusé. Pendant que Shimon donne à son hôte des nouvelles de Myriam et de Jérémie, Marc constate à nouveau l'importance de ce premier livre pour les différentes communautés. Il permet à des hommes et à des femmes de rester unis et de marcher dans la même direction. Grâce à lui, l'héritage laissé par Jésus sera bientôt offert à l'ensemble du monde. Une interpellation de Bartimée le ramène à la réalité du moment:

– Marc, tu es merveilleux! Tu n'as pas eu peur de faire ce long voyage pour venir jusqu'à moi. Que désires-tu savoir exactement? J'ai connu Jésus, je l'ai suivi, après ma guérison, jusqu'à Jérusalem, mais Myriam peut t'en

dire beaucoup plus sur lui que moi… Elle, devant lui, elle était comme une éponge, elle buvait littéralement ses paroles, moi j'étais encore jeune. J'avais un peu de peine à tout comprendre, mais je me suis mis en route avec lui et nous sommes plusieurs, dans la région, à croire en lui. Il est le Messie de Dieu et son Esprit a été répandu en nos cœurs. Au fait, Pierre t'a-t-il parlé de moi et de ce qui m'est arrivé?

— Oui, Bartimée, et plus que tu crois! Ce qu'il disait s'adressait surtout aux personnes qui s'intéressaient à la foi et demandaient à être baptisées. Il voyait, dans ta guérison et ton cheminement, le symbole de la route que tout disciple doit prendre à un moment de sa vie. Cette route passe par l'illumination de la foi et la longue montée vers Jérusalem. Avant son arrestation et sa mort, il m'a souvent répété cela et il ajoutait: «Quand tu rédigeras le livre de la Bonne Nouvelle de Jésus le Christ, n'oublie pas de faire comprendre que le chemin de tout disciple est à l'image de celui de Bartimée.» J'ai pu échapper aux massacres de chrétiens perpétrés par l'empereur Néron et trouver un bateau en partance pour Césarée. Un frère m'a conduit à Capharnaüm où a commencé mon périple en Galilée, avec le soutien de Shimon. Avant de commencer le livre, je tenais à me baigner dans le milieu où Jésus a vécu, à passer là où il est passé, à m'imprégner des témoignages de ceux qui l'ont connu… Tu es l'un de ceux-là et je suis venu te rencontrer.

Bartimée écoute attentivement les explications de son visiteur. Il ne répond pas tout de suite, prend le temps de réfléchir. Marc devine qu'il hésite entre différentes solutions. Il boit un peu d'eau, mange quelques dattes, puis se décide à parler:

– Je t'ai écouté, Marc, et je pourrais te raconter mon histoire maintenant. Cela nous emmènerait trop loin. Vous avez eu une longue route et vous êtes fatigués. Vous ne repartez pas avant deux jours, alors voici ce que je vous propose. Demain matin, nous prenons la route de Jérusalem. Marcher sur une partie de cette route t'en dira plus que toutes les belles paroles. Nous nous arrêterons à l'auberge du Samaritain puis nous reviendrons. Nous aurons tout l'après-midi pour parler de moi. Il est l'heure de prendre du repos. Rachel vous a préparé une place où vous pourrez dormir; Jacques est parti saluer sa famille; il y passera la nuit.

Les deux voyageurs approuvent la proposition de leur hôte. Avant de se retirer, ils chantent les Psaumes du soir, rendent grâces à Dieu pour la journée écoulée et se mettent sous sa protection. Marc ressent la fatigue de la marche. Une journée moins ardue sera la bienvenue. Rachel apporte des lampes allumées qu'elle donne aux voyageurs. D'un geste, elle les invite à la suivre. Shimon et Marc s'attendent à rencontrer l'épouse de leur hôte, mais elle leur explique qu'il est veuf, que sa mère est morte en lui donnant naissance. C'est la raison qui l'a poussée à vouloir rester auprès de son père. Les deux hommes rentrent dans la pièce qui les abritera pour la nuit. Ils ne mettent guère de temps à s'endormir.

La route de Jérusalem

Le soleil est levé lorsque Marc émerge de son sommeil. Toute la vallée est inondée de lumière et la chaleur commence à monter. Il regarde vers la couche de Shimon, constate que son compagnon est déjà sur pied. Il se lève à son tour; par bonheur, ses muscles ne sont pas restés endoloris. Il s'en réjouit, heureux de retrouver la forme physique qui lui manque un peu dans un pays où il faut beaucoup marcher. Sortant de sa chambre, il rejoint Bartimée discutant paisiblement avec Shimon, sous la véranda.

Après les salutations d'usage, Bartimée demande à Marc s'il a bien dormi. Il se réjouit d'apprendre qu'il a pu se reposer correctement et qu'il est en forme pour aller découvrir les premiers contreforts de la route qui conduit à Jérusalem. Jacques arrive à son tour et salue tout le monde. Pendant ce temps-là, Marc reprend quelques forces avec les fruits mis à sa disposition. Il sait, pour en avoir parlé avec Shimon, que la route de Jérusalem est rude et caillouteuse. Curieux de nature, il attend avec impatience le moment d'en faire la découverte. Le soleil est déjà haut lorsque le signal du départ est donné. Bartimée prend la tête du groupe et s'avance sur la route que beaucoup de pèlerins juifs de Galilée utilisent lorsqu'ils se rendent en pèlerinage vers la Ville sainte. Pour eux, c'est le seul moyen d'éviter de traverser le pays des Samaritains.

Ayant retrouvé la route principale, le groupe traverse la ville jusqu'à une place où sont installés les collecteurs d'impôts. À Jéricho, passent nécessairement les caravanes venues de la Pérée et de la Décapole, ainsi que de l'Arabie. Pour tout ce qui entre en Palestine ou en sort, une taxe est prélevée, ce qui donne lieu à des discussions et des marchandages interminables. Passé la place où attendent les dromadaires, une bifurcation se présente au voyageur. Bartimée s'engage sur la route de droite. Les marcheurs quittent peu à peu la plaine du Jourdain pour entrer dans la montagne. En quelques minutes de marche, le paysage change du tout au tout. Passé les dernières habitations, la végétation de la vallée disparaît. Marc se rend compte que la route de Jérusalem traverse une zone désertique.

La Ville sainte est à un jour de marche environ, mais depuis Jéricho il faut effectuer une longue montée, sortir de la faille creusée par le Jourdain et gravir les monts de Judée. Au bout d'une heure, la petite route se transforme en un chemin de montagne. Le pied bute contre les pierres et risque de se tordre au moindre faux pas. Aucun courant d'air ne vient rafraîchir les marcheurs et la chaleur du soleil s'accumule dans la roche, transformant le sentier en une véritable étuve. Les corps sont très vite couverts de sueur. En regardant autour de lui, Marc se souvient de la parabole de Jésus et se rend compte que chaque rocher peut cacher des bandits de grand chemin et détrousseurs de pèlerins. À l'ombre du rocher qui les dissimule au regard du passant, ils peuvent attendre et se tenir prêts à fondre sur leur proie.

Voilà trois heures qu'ils marchent sans s'arrêter et, tout à coup, la route débouche sur un plateau qui leur offre une vue magnifique sur la vallée du Jourdain. Toute proche, une grande plaque de verdure se présente au regard du voyageur.

Bartimée explique qu'une source jaillit ici du rocher et permet à la végétation de pousser. Un de ses amis s'est installé là et tient une auberge qui accueille les pèlerins de passage. Il ajoute en riant que depuis que Jésus a raconté sa célèbre parabole, il l'appelle «l'auberge du Bon Samaritain». Il ajoute qu'ils n'iront pas plus loin. Ici s'arrête leur marche vers Jérusalem.

Bartimée laisse ses compagnons au bord d'une falaise rocheuse d'où ils peuvent contempler le paysage. S'ils distinguent la mer de Galilée loin vers le nord, ils découvrent, plus au sud, la grande étendue de la mer Morte. Pour y parvenir, depuis Jéricho, la distance ne semble pas trop importante, mais sur la route qui la longe, aucune végétation ne pousse. Jacques indique des lieux bien connus: un ensemble de maisons abrite la communauté de Qumrân; plus haut dans la montagne, la forteresse de Massada qu'Hérode le Grand, autrefois, avait fait construire et aménager. La forteresse est occupée actuellement par une garnison romaine. Mais on dit, dans les milieux extrémistes, que les organisateurs de la révolte contre Rome projettent de la prendre dès le début de l'insurrection pour en faire une base de repli. Au bord de la mer, on devine une oasis. Jacques les informe que c'est Ein Guedi, connu depuis la haute antiquité pour ses bains, où les grandes dames de la cour de Pharaon venaient soigner leurs maladies de peau en se baignant dans l'eau particulièrement salée de la mer Morte.

Pendant que Jacques fournit les explications qu'il peut donner à ses deux compagnons, Bartimée discute avec le tenancier de l'auberge. Ce dernier installe des nattes et une table basse à l'ombre d'un grand sycomore qui a poussé là et s'en va préparer quelque chose à boire et à manger. Sans attendre, il dépose une corbeille de dattes. Sur un appel de leur guide du jour, tous viennent se rassembler autour de lui.

Ils se désaltèrent et se rafraîchissent le visage et les bras. L'aubergiste arrive avec un plat de pain et de fromage de brebis. La marche a creusé les appétits et chacun prend le temps de refaire ses forces. Quelques mots sont échangés, mais ne donnent lieu à aucune discussion. Bartimée ne parlera qu'au moment voulu. De fait, au terme du repas, il se tourne plus directement vers les deux voyageurs et, bien calé sur le coussin qui lui soutient le dos, il commence le récit de sa propre histoire:

– *Je m'en souviens comme si c'était hier. J'étais jeune encore; j'approchais probablement de mes 10 ans. Un matin, je me suis réveillé, je n'y voyais presque plus rien; j'étais devenu aveugle. J'ai beaucoup pleuré en secret dans mon coin. Pendant plusieurs jours, je ne voulais plus rien manger et j'avais peur de tout. Puis mon père m'a parlé. Il estimait que je devais faire un effort pour me sortir de ma situation et rapporter un peu d'argent à la maison. Les gens auraient pitié d'un jeune aveugle. La famille n'était pas riche, et ma mère et lui devaient s'occuper également de mes frères et sœurs. Pendant longtemps, je n'osais plus m'aventurer dehors par peur des moqueries et des sarcasmes de mes anciens camarades de jeux…*

Et puis, un jour, mon père m'a mis l'extrémité d'un bâton en main et il a donné l'autre extrémité à un petit frère auquel il a dit de me conduire sur la place du marché. Il était chargé de me trouver un endroit le long de la route où passent les gens qui font leurs achats, les caravanes et les pèlerins. Comme les autres infirmes qui venaient là, je devais demander l'aumône d'une pièce d'argent ou de quelque chose à manger. C'est ainsi que, durant plusieurs années, j'ai été mendiant. Mon petit frère me conduisait sur la place et, en début d'après-midi, il revenait me chercher. Peu à peu, je me suis adapté à cette vie d'aveugle et de mendiant, et les femmes qui venaient vendre leurs produits m'avaient pris en affection. Je ne quittais jamais ma place sans quelque chose à apporter à la maison.

Un jour, la rumeur est parvenue jusqu'à moi. J'écoutais les conversations des passants. Un nom revenait souvent dans la bouche des personnes qui accompagnaient les caravanes: le nom de Jésus de Nazareth. Au début, je n'y ai pas prêté attention, puis j'ai entendu qu'il guérissait les infirmes. Celles et ceux qui parlaient de lui le présentaient surtout comme un homme bon et compatissant pour tous. Alors une grande espérance s'est levée dans mon cœur. Je me suis dit que s'il est bien le Messie que tout le monde attend, il pourra me guérir et me faire sortir de ma prison!

Bartimée se tait quelques instants, laissant aux souvenirs le temps de revenir en sa mémoire. Marc et Shimon attendent qu'il reprenne son récit, sans poser de questions. Lorsqu'une personne raconte les événements qui ont bouleversé sa vie, il vaut mieux la laisser aller jusqu'au terme de ses souvenirs. Bartimée boit un peu d'eau; son regard fixe l'horizon comme pour y retrouver les événements de ce temps-là.

– *Oui! J'en suis sûr! Au fil de ce que j'entendais à son sujet, une certitude s'est faite en moi: Jésus est le Messie annoncé par les Prophètes. Certaines paroles d'Isaïe entendues à la synagogue, avant que je ne devienne infirme, remontaient dans ma mémoire. Elles parlaient de la venue d'un envoyé divin qui apporte une bonne nouvelle pour les pauvres, annonce aux prisonniers la délivrance et aux aveugles le retour à la vue… N'était-ce pas ce que Jésus était en train de faire? Je me disais: il peut me sauver! Oui, il peut me sauver! Je savais que des gens venaient de loin pour le rencontrer et le supplier de les guérir. J'en ai parlé dans la famille, mais personne ne m'écoutait… Un jour, ce que je n'osais plus espérer s'est produit: Jésus est arrivé avec ses disciples à Jéricho. Pour moi, ce jour était comme les autres; assis à l'ombre d'un arbre, je criais toujours la même rengaine: «Pitié pour un pauvre aveugle!» Tout à coup, l'atmosphère a changé, j'ai* entendu les gens accourir de partout. Certains passaient en courant devant moi. Je me demandais ce qui se passait, lorsque j'ai entendu un homme crier à sa femme qui était au marché: «Il est arrivé! Jésus de Nazareth est entré dans Jéricho!» Je ne savais où aller, mon petit frère était reparti. J'attendais; j'étais certain qu'il finirait par passer devant moi. L'émotion m'étreignait et mon cœur battait à tout rompre. Je n'avais aucun doute; j'allais enfin rencontrer le Rabbi de Nazareth. Je tendais l'oreille et restais attentif à ce qui se passait autour de moi.

Plus personne ne courait; j'entendais simplement le bruit d'une foule qui marchait. Des questions et des demandes fusaient de tous côtés et une voix très particulière leur répondait. Désormais, je l'entendais plus distinctement et je pouvais comprendre ce qu'il disait aux personnes qui l'entouraient. Mon cœur battait de plus en plus fort. Finalement, il est arrivé à ma hauteur. Alors, sans réfléchir, je me suis mis à crier de toutes mes forces: «Jésus, fils de David, aie pitié de moi!» Et je répétais sans cesse mon appel. Une personne essayait de me faire taire, en me disant que je ne devais pas l'appeler comme cela, que ce titre de fils de David était réservé au Messie attendu. Moi, je n'écoutais pas, je continuais à crier: «Jésus, fils de David, aie pitié de moi!» Soudainement, je me suis rendu compte que la foule s'était arrêtée, et une main s'est posée sur mon épaule. L'homme qui voulait me faire taire, tout à l'heure, me disait maintenant: «Aie confiance! Lève-toi, il t'appelle!» Je n'ai fait qu'un bond. Je me suis mis sur mes pieds et me suis tourné dans la direction où j'avais entendu sa voix. Je ne me suis préoccupé ni de mon manteau ni de la petite cassette où je mettais les pièces d'argent que je recevais. Je suis venu à Jésus. Sa main m'a arrêté et je l'ai entendu me dire: «Que veux-tu que je fasse pour toi?»

J'ai compris d'emblée que sa question portait sur davantage que ma seule guérison. Je me suis mis à ses pieds et lui ai simplement dit: «Rabbouni, que je recouvre la vue!»

Je l'avais appelé «mon Maître», parce que je savais qu'il était aussi celui qui pouvait éclairer l'ensemble de mon existence. Je désirais tout à la fois voir avec mes yeux et comprendre ses paroles avec mon cœur. Il m'a simplement dit: «Va! Ta foi t'a sauvé!» Sa parole a suffi. Brusquement mes yeux, mon cœur, mon être se sont ouverts. D'aveugle que j'étais, je suis devenu «clairvoyant».

Une telle joie m'inondait le cœur, une telle lumière, que j'ai immédiatement décidé de faire partie du groupe de ses disciples. J'ai embrassé mon petit frère que j'ai vu au milieu de la foule et je lui ai dit que j'allais partir. Je voulais devenir l'un de ses disciples et je me mettais, avec un immense enthousiasme, à la suite de Jésus. Pendant quelques jours, il est resté à Jéricho. J'avais tout le loisir de l'écouter, et ce que j'ai entendu n'a fait que conforter une décision qui m'a inondé de lumière et de joie. J'étais heureux.

Bartimée se tait. L'évocation du passé fait rejaillir en lui l'émotion qui a été la sienne, ce fameux jour où sa vie a basculé. En un instant, par la grâce d'une rencontre, l'aveugle mendiant est devenu Bartimée le disciple, et sa décision reste un modèle de ce que peut déclencher, dans un cœur d'homme, une rencontre authentique avec Jésus. Marc voit bien en lui la figure de l'homme qui abandonne tout pour prendre la route suivie par Jésus. Le bond qu'il fait pour se mettre debout, l'abandon même de son manteau, le seul bien qui lui appartient et qui le protège de la pluie ou du froid, le fait de marcher dans la nuit jusqu'à Jésus... Autant de gestes symboliques qui décrivent le cheminement de celui qui désire vraiment devenir disciple. Et la route de Jérusalem dans tout cela? Marc regarde leur guide du jour, pense au chemin qu'ils ont parcouru. Comme s'il avait compris la question qui se pose à lui, et son attente, Bartimée reprend la parole:

– *Un soir, Jésus a rassemblé ses disciples les plus proches. Je me suis glissé parmi eux. J'étais curieux de l'entendre. Il leur a dit à peu de chose près ceci: «Demain nous montons à Jérusalem. Ne croyez pas que le Fils de l'homme y sera accueilli en héros! Il va au-devant de nombreuses difficultés. Le rejet, la haine et la violence l'y attendent. Celui qui veut m'accompagner sur la route que je vais prendre doit être en mesure de porter sa croix...» Là, je vous l'avoue, j'étais pris de cours! J'avais décidé de suivre un homme qui était ce héros à qui les Prophètes promettaient le triomphe; et voilà qu'il parlait de rejet, de haine et de souffrance... La route qu'il allait prendre, celle de Jérusalem, était, disait-il, semée d'embûches. Je n'y comprenais plus rien. Comment pouvait-il nous mettre devant une perspective d'échec – au moins apparent – et correspondre à ce messie triomphant qu'on nous promettait depuis toujours? Sans parvenir à saisir le sens de ses paroles, j'ai décidé de lui faire confiance et, le lendemain, je l'ai suivi pour monter à Jérusalem... Si je vous ai proposé de faire ensemble une partie de cette route, c'est pour que vous saisissiez, y compris avec vos pieds, ce qu'elle est et signifie. Rien à voir avec celles que les Romains ont construites pour faciliter le passage de leurs légions et de leur approvisionnement! C'est plutôt, en beaucoup d'endroits, un sentier abrupt, semé d'embûches, avec des rochers qu'il faut franchir ou contourner, des dangers qu'un homme seul a souvent peur d'affronter. C'est la route la plus directe, mais aussi la plus difficile. Quand on l'a découverte une fois, on comprend mieux ce que signifie la décision de Jésus. Il ne désirait pas faire un pèlerinage vers la Ville sainte; il voulait mener sa vie jusqu'à son terme, faire retentir sa Parole au cœur même de la Judée, tout en pressentant fort bien le prix qu'une telle décision allait lui coûter. Certains de ses proches cherchaient à le dissuader, connaissant les polémiques que son enseignement avait déclenchées. Lui ne voulait rien entendre. Il leur a même dit qu'il ne convient pas qu'un prophète meure hors de Jérusalem. J'avoue que j'avais de la peine à comprendre, et même les plus anciens de ses disciples ne saisissaient pas ce qu'il voulait dire. Je restais malgré tout décidé à rester à ses côtés. Au plus profond de moi-même, une chose s'imposait: auprès de lui, j'avais retrouvé la vie en même temps que la vue.*

Nous ne sommes pas allés directement à Jérusalem. Jésus avait des connaissances à Béthanie. Il désirait s'arrêter chez Marthe, Marie et leur frère Lazare. Mais la nouvelle de sa venue s'est répandue très vite, Des gens arrivaient de toute la Judée et il les enseignait, comme il l'avait fait en Galilée, et j'ai pu constater que son message dérangeait le milieu des scribes et des pharisiens. Que venait faire ce Galiléen en Judée? Je crois surtout que beaucoup étaient jaloux de son succès. Il n'avait aucun problème à rassembler des foules autour de lui, alors qu'eux devaient se contenter de quelques disciples obtus, particulièrement enfermés dans leurs certitudes et leur refus de tout ce qui dérangeait leurs habitudes et manières de voir. Ce fut le début des polémiques et des questions pièges que des délégations venaient lui poser. Sans chercher à se dérober, il leur répondait toujours et finissait par les mettre dans l'embarras au point que, parfois, tout le monde riait et se moquait d'eux... Vous imaginez la scène!

Après quelques jours dans la région, Jésus a décidé d'entrer dans Jérusalem. Nous avons marché jusqu'à Bethphagé et là il a demandé qu'on lui amène un petit âne. Il voulait finir sa marche vers Jérusalem sur son dos. Ses disciples ont couvert l'animal de leurs manteaux et Jésus s'est assis dessus. Tous se sont souvenus alors de ce que dit le prophète Zacharie: «Exulte avec force, fille de Sion! Crie de joie, fille de Jérusalem! Voici que ton roi vient jusqu'à toi. Il est juste et victorieux, humble, monté sur un âne.» Si vous aviez vu le spectacle! La foule s'est mise à l'acclamer; certains allaient couper des palmes pour les brandir à son passage, d'autres lui faisaient un chemin avec leurs manteaux et accompagnaient son entrée dans la ville en chantant: «Hosanna au plus haut des cieux! Béni soit le Royaume qui vient, de notre père David!» Entendant les cris, une escouade de soldats romains est venue voir ce qui se passait, mais comme tous se dirigeaient vers le Temple, ils ont dû nous prendre pour un groupe de pèlerins. Quelle ambiance! Certains scribes ou pharisiens essayaient d'en savoir plus ou s'efforçaient de tempérer notre enthousiasme et notre joie, mais ils n'avaient aucun moyen de nous faire taire. Finalement, tout est rentré dans l'ordre lorsque Jésus s'est retiré de la ville pour aller passer la nuit du côté de Béthanie.

Moi, j'avais oublié ses mises en garde au moment de prendre la route de Jérusalem. Je me disais que tout allait être plus facile qu'il ne le pensait. L'enthousiasme populaire avait fait illusion. Nous n'étions qu'au début de son ministère en Judée. Le lendemain, le Rabbi a décidé de retourner au Temple. Comme chaque jour, l'esplanade *était très agitée. Les pèlerins arrivaient d'un côté et passaient entre les boutiques des marchands. Ils avaient besoin de la monnaie du Temple pour acheter leur offrande. Cela donnait lieu à des palabres interminables. Les changeurs d'argent en profitaient pour faire des affaires plutôt florissantes et la police du grand-prêtre venait mettre au pas les récalcitrants. Dans un autre endroit, les marchands de petit bétail proposaient leurs bêtes. Cela ressemblait plus à un immense marché qu'à l'esplanade du Temple de Jérusalem, où l'on vient pour prier et offrir à Dieu un sacrifice. Je n'avais jamais mis les pieds dans la Ville sainte; je regardais de tous côtés et j'admirais ce que je voyais. Je pensais que tout était normal. J'étais loin de m'imaginer ce qui allait suivre.*

J'ai observé le Rabbi et son visage m'a frappé. Il regardait tout autour de lui et j'ai vu dans ses yeux une immense souffrance et une grande colère devant le spectacle qu'il découvrait. Puis, brusquement, il a pris des cordes qui traînaient près d'une échoppe et s'est mis à chasser les marchands hors de l'esplanade en disant d'une voix forte: «Ce lieu est une maison de prière et vous en avez fait un repaire de voleurs!» Si vous aviez vu la débandade. La police du Temple a voulu l'arrêter. Quand ils sont arrivés devant lui, il les a regardés et eux n'ont plus bougé. Un groupe de responsables est venu à sa rencontre et lui, devant tout le monde, les a accusés d'être des voleurs et d'avoir mis l'institution religieuse au service de leurs intérêts personnels… Quel spectacle! Après l'entrée triomphale de la veille, nous pensions que les choses sérieuses commençaient et que le roi messie était venu à Jérusalem pour mettre de l'ordre dans la Maison de Dieu. Pour nous, son action faisait écho à celles des Prophètes qui dénoncent si souvent la corruption des chefs d'Israël et le règne de l'injustice.

Puis Jésus est reparti. Nous l'avons suivi hors de Jérusalem. Il avait retrouvé son calme et reprenait son enseignement. Mais il nous mettait de plus en plus souvent en garde contre les apparences trompeuses. Il insistait sur la vérité du geste que l'on fait devant Dieu. Pour lui, il était évident que la valeur de l'acte religieux n'est pas liée à la grandeur de l'offrande, mais à l'ouverture du cœur qui l'accompagne. Tenez, je me souviens d'un épisode significatif vécu à cette époque. Nous étions revenus dans le Temple. Jésus ne s'est pas arrêté sur l'esplanade où les marchands avaient repris leurs activités. Nous sommes entrés dans la salle des offrandes et de nombreuses personnes venaient déposer leur don dans les paniers prévus pour les recevoir. Le défilé était permanent et les plus riches prenaient le temps de bien montrer à tous qu'ils offraient à Dieu plus que les autres. Puis est venue une vieille femme qui a jeté deux pièces de monnaie dans la corbeille. Nous l'avions à peine remarquée, mais Jésus souriait de bonheur en la voyant, un peu plus loin, prostrée au sol dans la prière. Il nous a dit alors: «Vous avez vu cette vieille femme avec ses deux petites pièces d'argent? C'est tout ce qu'elle avait comme offrande, rien de bien extraordinaire par rapport à ce que certains autres ont versé dans la corbeille. Mais elle, en donnant ses pièces, elle a tout donné et s'est remise elle-même entre les mains du Seigneur. Pour lui, l'essentiel était là. Si tu lui donnes un peu de ton superflu, cela ne va pas te coûter grand-chose. Le Seigneur espère une seule chose: que tu lui offres ton cœur, que tu poses ce geste inouï que vient de faire cette vieille femme: s'en remettre entièrement à lui. Voilà ce qu'on appelle un acte de foi!»

En écoutant Jésus, je m'apercevais que j'avais beaucoup de chemin à faire pour devenir un homme capable de regarder le monde tel qu'il le voyait. Les jours suivants, nous avons vu arriver des hommes chargés visiblement de le surveiller ou d'essayer de trouver une faille dans son enseignement ou la possibilité de l'accuser. Alors, devant la foule, ils lui posaient des questions embarrassantes, pour le mettre en contradiction avec la Loi mosaïque ou celle de l'occupant romain. Et chacune de ses réponses leur fermait la bouche et les remettait à leur place. Ils s'en allaient tout penauds, comme des enfants que l'on vient de prendre en faute.

Mais cette situation ne faisait qu'attiser la haine de ses adversaires. Ils cherchaient le moyen de le faire taire définitivement. Nous avons commencé à le comprendre et la peur s'insinua peu à peu au tréfonds de nous-mêmes. Le moment de triomphe s'éloignait de plus en plus ; mais tant que Jésus avait la foule pour lui, personne n'osait mettre la main sur lui. Je pense que c'est à ce moment qu'ils ont commencé à travailler Judas. Visiblement, il était le plus déçu dans le cercle des proches de Jésus. Il avait espéré autre chose et Jésus ne répondait plus à ses attentes. Nous ne l'avons compris que bien après...

Le regard perdu dans le vague, Bartimée se tait. Son récit réveille des souvenirs qui le laissent songeur. Marc cherche à le recouper avec celui de Pierre et ce que Jérémie et Shimon ont mis par écrit. Bartimée reprend brusquement:

— Vous connaissez la suite ! Je le sais. Elle a été mise par écrit et nous nous y référons durant nos assemblées du premier jour de la semaine. Il y a pourtant un aspect que j'ai voulu souligner en vous emmenant sur cette route. Malgré mon jeune âge, en suivant le rabbi durant cette

longue et dure montée qui conduit à Jérusalem, j'ai commencé par souffrir à cause des aspérités de ce chemin pierreux, de la chaleur du jour, de la soif après de longues heures de marche. J'ai compris par la suite que la route de Jérusalem, prise courageusement par Jésus, était le symbole de toute sa vie au milieu de nous. Il a accepté de se battre contre toutes les difficultés qu'il a rencontrées : la haine des uns et leur refus d'entendre sa Parole, l'incompréhension des autres qui venaient chercher une guérison auprès de lui et repartaient dans l'indifférence la plus totale pour son message. Il aurait aimé être entendu et compris, mais beaucoup de ses disciples eux-mêmes trouvaient ses paroles trop exigeantes et l'ont quitté, incapables de le suivre là où il aurait voulu les amener.

Son rejet de l'hypocrisie religieuse et sa dénonciation des pratiques de piété vécues sans âme ou d'une religion pratiquée par des personnes fermées sur elles-mêmes, indisponibles à Dieu et aux autres, restaient le plus souvent incompris. Il montrait un souci permanent pour les hommes et les femmes qu'il rencontrait, particulièrement pour les plus pauvres, les exclus, ceux qui sont classés parmi les pécheurs. Ses choix de vie lui ont valu l'incompréhension de la classe dirigeante de la société. Son coup d'éclat sur l'esplanade du Temple a été l'élément qui a dressé définitivement contre lui les autorités religieuses de la ville, peu désireuses de voir les pratiques en cours changer, même un tant soit peu… Jésus a toujours pressenti quel serait le point d'aboutissement de son enseignement et de ses actes en faveur des plus faibles. En montant à Jérusalem, il savait qu'il allait au-devant de la mort, alors que nous étions bien incapables de le comprendre. Nous avons pris cette route avec lui, vécu douloureusement les moments terribles et les souffrances qu'il a endurés. Nous avons *connu la peur et le découragement total... Ensuite, ce fut le temps d'une joie inouïe, le surlendemain de sa mort, quand nous l'avons rencontré en personne et entendu... Nous avons compris qu'il était vivant à jamais, que Dieu l'avait ressuscité d'entre les morts et établi Christ et Seigneur. La route de Jérusalem est celle que tout disciple authentique suit d'une manière ou d'une autre. Elle traverse les souffrances et la mort, mais finit par ouvrir à la plénitude de vie.*

Bartimée se tait. Il n'en dira pas plus. Marc en profite pour le remercier et se faire préciser quelques détails qu'il veut confronter avec ce que Pierre lui a dit personnellement. Chacun se relève pour se détendre, boire un peu d'eau du rocher ou manger quelques fruits. Puis Bartimée donne le signal du retour vers Jéricho. Le soleil amorce sa descente vers l'horizon, la chaleur est moins forte et, pour des hommes habitués à marcher et sans bagages, le retour est rapide. Jacques en profite pour remercier l'aubergiste et lui payer son service. Claudius tenait à participer au voyage, financièrement s'il le fallait... Le petit groupe se met en route. Tout se passe sans incident. Ils arrivent à Jéricho une heure avant la tombée du jour. L'horizon est illuminé de pourpre. Marc et Shimon se sont retirés pour faire leurs ablutions et discuter du retour. En partant tôt le lendemain, ils pourront dormir à Scythopolis et être de retour à Magdala pour le jour du sabbat, comme prévu avec Myriam. La longue marche entreprise depuis Capharnaüm a redonné à Marc des jambes solides. Il ne craint plus le gros effort qui l'attend. Ils en discutent avec Jacques, qui a prévu le même horaire. Ils pourront à nouveau se joindre à une caravane qui prend la route en direction de Tibériade. La soirée est calme. Ils échangent quelques réflexions sur ce qu'ils viennent de vivre, trouvent leur voyage plus que fructueux. Il faudra maintenant prendre le temps de mettre un certain nombre de choses par écrit. Marc décide de demander l'aide de Jérémie et de Shimon et de profiter de son écritoire pour commencer sa rédaction. Toutes ces précisions étant mises au point, ils retrouvent Bartimée et le repas que Rachel a préparé.

Après la prière d'action de grâces, le maître de maison se montre un peu plus curieux. Il se rend peut-être compte qu'il a beaucoup parlé et ne sait pas grand-chose de ce qui se passe ailleurs dans les autres assemblées de disciples. Marc et Shimon ne se font pas prier pour combler ses lacunes en matière d'information. Son visage s'éclaire, il est manifestement heureux d'apprendre ce qui se passe dans le monde et de constater les progrès de la Bonne Nouvelle de Jésus de Nazareth. Elle se répand un peu partout. Reprenant le thème symbolique de la route de Jérusalem, Marc ne cache pas les difficultés rencontrées ailleurs. Les disciples sont également confrontés à la souffrance et aux contradictions de toutes sortes. Shimon avertit Bartimée de la menace qui plane sur l'ensemble du pays, avec l'arrivée prochaine des légions de Vespasien. La guerre est imminente et il faut prendre ses dispositions pour échapper si possible à la folie meurtrière qui risque de s'emparer des uns et des autres. Que ce soient les insurgés ou les légions romaines, ils déferleront à un moment ou à un autre sur Jéricho, semant partout la désolation et la mort. Bartimée ajoute:

– Il y a quelque temps déjà que je pressens cela. De nombreux frères et sœurs ont quitté Jérusalem où l'ambiance est exécrable, tant le meurtre est monnaie courante, simplement pour intimider, terroriser et contraindre les habitants à la guerre contre l'occupant. Nous allons tenter de laisser passer l'orage en priant que vienne enfin ce Royaume de paix annoncé par notre Rabbi Jésus.

Cette perspective le laisse soucieux. Il se tait. L'annonce d'une guerre imminente le trouble, car elle ouvre une période de désolation pour l'ensemble de la population. Il murmure simplement: «*Il n'en restera pas pierre sur pierre…*» Marc sait que ces mots ont été prononcés par Jésus sur l'esplanade du Temple, alors que des disciples se pâmaient d'admiration devant la majesté de l'édifice. Jésus a pressenti l'aboutissement de cette haine latente dans laquelle vit l'ensemble de la population. La violence ne conduit qu'à la destruction et la mort. Pour ne pas achever leur discussion sur cette perspective terrible, les trois hommes échangent quelques nouvelles des uns et des autres, puis Marc et Shimon se retirent pour la nuit.

Sur la route du retour

Comme pour leur venue à Jéricho, Jacques a pris contact avec un chef de caravane qui a accepté de prendre les trois voyageurs avec eux jusqu'à Scythopolis. Le départ est prévu aux premières lueurs de l'aube. Bartimée et sa fille se sont levés pour les accompagner auprès de la caravane de dromadaires qui part en direction de Damas. Rachel a tout prévu. Elle donne à Jacques les provisions de route et, à chacun, une gourde pleine d'eau. La route est longue et, comme elle monte en permanence, elle ne laisse guère de répit. Le moment de partir est arrivé. Bartimée salue chaleureusement ses hôtes de deux jours et souhaite à Marc une bonne réussite dans son entreprise. Jacques regarde encore une fois Rachel avec beaucoup de tendresse et cherche à placer une demande dans un dernier échange avec son père. Mais, sur un signe de celui-ci, il comprend qu'il doit attendre encore un peu et qu'il faudra en reparler plus calmement lorsque le temps sera venu. Les dromadaires sont debout. Le moment de partir est venu. Les premiers pas se font presque dans l'obscurité; les marcheurs ont besoin de toute leur attention pour éviter les obstacles. En quelques minutes, le rythme est donné par les bêtes qui avancent à leur pas. Ces journées de marche en compagnie de Shimon permettent à Marc de mieux comprendre le sens des longues pérégrinations faites par Jésus en Galilée. On ne peut le suivre, au fond, qu'en acceptant de prendre une route que l'on ne connaît pas, où il faut se laisser surprendre par les paysages qu'elle révèle, accueillir sans se décourager les difficultés qu'elle recèle, faire bon visage à une rencontre imprévue au détour d'un chemin... Rien à voir avec l'imitation servile d'un maître qui rassemble une cour autour de lui et n'admet que les courtisans qui le flattent et l'adulent en permanence. Lorsque Jésus propose à quelqu'un de venir à sa suite, il ne lui adresse pas un commandement, mais un appel auquel la personne est libre de répondre ou non.

Marc pense à ce que Jésus a proposé à ses disciples. En lui résonnent à nouveau des paroles qu'il a entendues au cours de son voyage: «*Va, lève-toi, marche, va vers le large...*» Et toujours, au terme d'une guérison, d'une rencontre, ce constat porté sur son interlocuteur: «*Ta foi t'a sauvé...*» Cela ne ressemble en rien à l'attitude de ces thérapeutes qui se font valoir eux-mêmes, cherchent leur propre gloire, en guérissant des malades. Ces gens-là n'ont souvent que très peu le souci des personnes elles-mêmes.

Jésus semble libérer en l'homme des forces qui viennent du plus profond de son être et qui lui permettent de se sortir de sa prison ou du tombeau dans lequel il s'est enfermé. Voilà bien ce qui caractérise l'action du Rabbi. Il n'agit pas à coups de baguette magique, mais réveille, en celle ou celui qui vient à lui, les sources de l'eau vive. Marc est songeur; il se dit que le Dieu de Jésus ne s'impose pas à l'être humain de l'extérieur, du haut de la montagne sainte, mais bien de l'intérieur. Il découvre un Dieu différent, enfoui au plus profond de l'être de l'homme. Il surgit soudain comme une source de vie et d'amour, lorsque ce dernier ose poser un acte de foi authentique.

Les heures passent et le rythme de la marche reste aussi soutenu. Pas un nuage dans le ciel; le soleil inonde de lumière l'ensemble de la vallée du Jourdain. La chaleur se fait sentir de plus en plus et la sueur coule sur tous les visages. Chacun a sa réserve d'eau et l'utilise pour étancher sa soif ou se rafraîchir un peu. De nouveau pris par l'effort que demande la marche, les trois voyageurs gardent le silence. Tout au plus échangent-ils à nouveau quelques informations. Originaire de la région, Jacques peut satisfaire les demandes de ses compagnons. Quand la route le permet, Marc regarde le paysage et cherche à relier ces lieux avec certains grands récits des Écritures. Il imagine Abraham arrivant d'Ur en Chaldée, avec sa famille et ses troupeaux. Quelque part, dans cette région, se produisit un litige entre la famille de son neveu Lot et la sienne, à propos de l'eau. La séparation des deux clans fut nécessaire. Il laissa à son neveu le choix de la direction qu'il voulait prendre. Lot partit en direction de la vallée verdoyante et fertile qui, pensait-on, existait tout autour de la mer Morte, à cette lointaine époque. Abraham prit la route la plus difficile, celle des hauts plateaux, et s'en alla vivre dans les collines de Samarie, dans la région d'Hébron...

Commence alors une longue histoire d'Alliance entre Dieu et un homme âgée accompagné de son épouse Sarah, vieille et stérile de surcroît... Dieu lui promet de faire de lui le père d'un peuple innombrable. Pendant des années, Abraham vit sans enfant et la stérilité de Sarah n'arrange rien. Il n'en démord pas pour autant du chemin qu'il a choisi. Malgré toutes les raisons légitimes qu'il avait de douter, il met jusqu'au bout sa confiance en ce Dieu qui l'appelle. Aux yeux de Marc, il est, par excellence, l'homme de la foi, cet homme qui ne se laisse jamais détourner de ses choix de vie et croit fermement en la Parole divine qu'il a entendue. Il le fait malgré toutes les raisons qu'il aurait pu légitimement avoir, certains jours, de douter de sa possible réalisation.

Marc poursuit ses réflexions en faisant un parallèle entre Abraham et Jésus. Le Rabbi de Nazareth n'a-t-il pas suivi un chemin similaire? Même confiance totale en Celui qu'il appelle «mon Père», entière détermination à faire sa volonté, fidélité à toute épreuve dans ses choix de vie, alors qu'ils le conduisent sur un chemin de souffrances et de mort... Les promesses faites à Abraham sont en passe d'être réalisées: en Jésus sont bénis tous les peuples de la terre. Des hommes et des femmes de toutes langues, peuples et nations se sont mis en marche à sa suite et forment désormais la nouvelle assemblée des enfants de Dieu, qui ne connaît pas de frontières. Les enfants d'Abraham ne sont plus un peuple historique précis, mais le peuple de tous les croyants.

Alors que la caravane poursuit sa route, Marc retrouve dans le lointain la vallée du Yabboq. Un autre souvenir monte en lui, celui de Jacob qui, après des années d'exil, revient au pays de ses ancêtres qu'il a quitté pour échapper à la colère de son frère Ésaü. Au moment de toucher au but, il doit franchir la rivière. Là il rencontre Celui qu'il n'a cessé de chercher tout au long de son existence et avec lequel il va lutter jusqu'au petit matin. Mais quand la lumière revient, Jacob est à jamais changé et son nom est désormais «Israël», car il s'est montré fort avec Dieu et les hommes. N'est-ce pas, encore une fois, la figure symbolique du combat que Jésus a dû mener durant tout son ministère? Rester fort devant des adversaires qui ne le lâcheront pas tant qu'ils ne l'auront pas fait condamner à mort... Rester fort dans la foi en ce Dieu qui semble l'abandonner au moment de sa passion et de sa mort... Le disciple de Jésus ne doit-il pas accepter un combat similaire durant toute sa vie?

Le soleil est au zénith, la route redescend vers le Jourdain. Marc reconnaît l'endroit où ils avaient fait une pause, il y a deux jours. La halte est la bienvenue pour les bêtes et les marcheurs. Après six heures d'effort soutenu, il est important de se nourrir et de boire pour retrouver l'énergie nécessaire à la poursuite du chemin. Jacques partage avec ses deux compagnons ce que Rachel lui a donné avant de partir. Ils échangent quelques mots entre eux, mais la priorité du moment est de se nourrir et de se reposer. Ils n'ont parcouru que la moitié du chemin et la caravane ne les attendra pas. Scythopolis est encore loin. Jacques s'enquiert de l'état de fatigue de ses deux compagnons de route. Comme tout semble aller pour le mieux, il les rassure. Avant la fin du jour, ils retrouveront la maison de Claudius. Sur un signe du chef, tous reprennent la route. On ne s'arrêtera plus avant le terme de l'étape.

Comme prévu, le soleil n'est plus très haut dans le ciel, lorsque, au détour d'un chemin, ils aperçoivent, dans le lointain, les premières maisons de Scythopolis. Chacun s'en montre satisfait. L'un ou l'autre bâtiment officiel, blanchi à la chaux, brille davantage que les autres dans le soleil couchant. Rien n'a perturbé la marche. Tous vont pouvoir bientôt se rafraîchir et se reposer. Cette perspective provoque une accélération du mouvement. Pressentant, eux aussi, la fin de l'étape, les dromadaires, porteurs de lourdes charges, pressent le pas. Eux aussi sont contents d'arriver au terme du voyage. À l'approche de la ville, la vallée s'élargit et la lourde chaleur qui remonte de Jéricho fait place à une brise plus rafraîchissante. Marc et Shimon se regardent; ils montrent leur satisfaction. De son côté, Jacques est allé discuter avec le chef caravanier pour le saluer avant leur séparation, le remercier et le payer pour sa prise en charge des trois voyageurs. Même si rien de grave ne s'est passé, il valait mieux être regroupés à plusieurs pour effectuer un tel trajet en toute sécurité.

Alors qu'ils entrent dans la ville, Jacques invite ses deux compagnons à le suivre, tandis que la caravane se dirige vers le puits et son emplacement pour la nuit. Après un retentissant *«Shalom!»*, accompagné d'un geste de la main, adressé à l'ensemble des caravaniers, les trois hommes rejoignent la demeure de Claudius.

Marc est fourbu de fatigue, mais heureux de l'expérience qu'il vient de faire. La rencontre avec Bartimée, les réflexions partagées au sujet de la marche et de la rude montée vers Jérusalem lui ont ouvert de nouvelles perspectives. Il voit mieux désormais comment agencer l'ensemble du livre qu'il veut rédiger. Il reste un point à préciser avec Shimon: comment va-t-il participer à son travail? Claudius reviendra certainement sur la proposition qu'il leur a faite avant leur départ. S'il est désireux de l'aider, pourquoi ne pas accepter sa proposition généreuse? Il faut en reparler.

Claudius les attend sous la véranda, visiblement soulagé, lorsque le vieux Matthias les introduit dans le jardin. Après de brèves salutations, il les invite, comme la première fois, à commencer par prendre le temps de se rafraîchir. Alors que Jacques est parti de son côté, Marc et Shimon se dirigent vers la fontaine du jardin. Matthias a déjà préparé le nécessaire et déposé des habits propres Après cette longue journée, ils prennent le temps de goûter à la fraîcheur de l'eau et au sentiment de pureté que l'on ressent lorsqu'on peut s'y plonger tout entier. Alors qu'ils se sèchent, Marc interpelle Shimon.

– Shimon, nous n'avons pas reparlé de la proposition de Claudius. Il va nous demander quelle est notre décision. Je serais bien sûr heureux d'apprendre que tu acceptes de travailler avec moi et de pouvoir compter sur toi et Jérémie pour discuter de la structure générale du

premier livre de la Parole de Jésus. Et puis, si Claudius est d'accord de nous aider, voilà qui nous faciliterait la tâche... Il a des réseaux que nous n'avons pas. Ou alors, préférerais-tu venir à Rome avec moi? Qu'en penses-tu? Je ne veux surtout pas te forcer la main. Je sais que ta vie est ici. Je te laisse libre de ton choix.

– *Figure-toi que je voulais aussi reprendre avec toi cette question,* répond Shimon. *J'ai réfléchi en chemin et j'ai un peu de peine à trouver la meilleure solution. Tu écris pour des frères issus essentiellement du monde romain. C'est un travail qui me serait difficile. Je n'ai jamais vécu en dehors de la Palestine, alors que toi, aidé d'un autre scribe de Rome, tu auras plus de facilité à trouver les mots qui conviennent et à fournir les explications nécessaires à une bonne compréhension des paroles du Seigneur. Par ailleurs, je ne veux pas quitter ma communauté au moment où elle va connaître des temps difficiles. On peut accepter l'aide de Claudius, réfléchir ensemble à la structure du livre et en écrire peut-être les premières pages. Après quoi, tu devras repartir à Rome et achever le travail en y trouvant un autre copiste. Jérémie sera tout heureux de nous donner son avis, ainsi que Myriam. Que penses-tu de ma proposition?*

– *Elle est magnifique! Je suis heureux que nous ayons pu nous mettre d'accord avant d'en reparler avec Claudius. Je crois qu'il comprendra. Assez parlé! Il doit nous attendre. Allons le retrouver!*

Comme au jour d'arrivée, Claudius est assis sur son fauteuil de chef de famille. Son épouse Aurélia a pris place à côté de lui. Elle désire mieux connaître ces deux voyageurs qui l'ont marquée, la première fois qu'ils sont passés. Dès que chacun peut s'installer confortablement, Claudius intervient:

– *Permettez-moi d'abord de rendre grâces à Dieu qui vous a protégés tout au long de cette route!* Après une minute de recueillement, il ajoute: *«Béni sois-tu Seigneur, toi qui portes chacune de nos existences dans ta main! Béni sois-tu pour ton amour, ta bonté et ta fidélité! Tu n'abandonnes pas en chemin celui ou celle qui met en toi sa confiance. Merci d'avoir protégé Marc et Shimon, tout au long de leur route. Merci de nous les ramener en pleine forme et de leur donner la force de mener à bien la tâche que tu leur as confiée. Dieu le Vivant, béni sois-tu en ton Fils Jésus que tu as relevé d'entre les morts! Amen. Alléluia.»*

Marc et Shimon répondent à la prière de Claudius et la reprennent à leur compte en répétant la conclusion. Marc comprend que l'ensemble de son voyage a été placé sous le signe de l'Esprit de Jésus qui l'a conduit là où il pouvait trouver les personnes qui l'aideraient, chacune à son niveau. Sur un signe de Claudius, un serviteur a apporté tout ce qu'il fallait pour un bon repas. En plus des fruits et du pain, il y a même de la viande et du vin. Décidément, tout heureux de recevoir ses hôtes, Claudius veut les honorer et manifester la joie qui est la sienne. Et il ajoute en souriant:

– *Rassurez-vous, Matthias a choisi la viande! Vous pouvez en manger sans crainte. Je sais, par expérience, qu'il n'est pas facile de changer de coutumes culinaires, surtout lorsqu'elles font l'objet de prescriptions religieuses. Je ne force personne à transgresser les lois qui sont les* siennes. *Je m'en tiens à la réponse que Paul a donnée aux frères de Corinthe: « Tout est permis, mais tout n'est pas profitable. Tout est permis, mais tout n'édifie pas. Cependant, pour éviter de scandaliser un frère, j'éviterai de revendiquer ma liberté, par respect pour lui. » C'est un bon principe!*

– Merci Claudius, répond Marc. *Ton attitude très attentionnée est la meilleure qui soit. La liberté à laquelle nous sommes appelés ne doit jamais être vécue comme une provocation, en prenant le risque de scandaliser les plus faibles. Mais, en même temps, elle ouvre une attitude sur laquelle Paul ne transige pas. Lorsque Pierre vient à Antioche, il prend à son compte le principe de Paul et fraternise avec l'ensemble de la communauté chrétienne, d'origine juive ou païenne. Il n'établit plus de différences entre les personnes. Tous sont frères et sœurs. Peu de temps après, des membres de la communauté de Jérusalem viennent visiter l'assemblée d'Antioche. Pierre modifie alors son comportement et cesse de s'asseoir à la table des non-circoncis. Pour Paul, cette attitude est inadmissible et il le lui signifie vertement. La liberté à laquelle Jésus appelle ses disciples ne souffre pas qu'on établisse des différences de principe entre les humains. Nous sommes tous frères et égaux devant le Seigneur. Si cela n'est pas vécu au sein des communautés, le témoignage rendu au Seigneur Jésus est faussé. Alors ne crains rien, Claudius. Tu nous reçois comme des frères. Nous sommes heureux d'être dans ta demeure – je crois pouvoir parler en mon nom et en celui de Shimon – et de te considérer comme un véritable frère. C'est le Seigneur qui t'a placé sur notre route et, à travers toi et toute ta maisonnée, c'est encore lui qui nous accueille aujourd'hui et subvient à la nourriture de ce soir. Encore une fois, merci pour ton accueil, Claudius! Et puis, pour tout te dire, je meurs de faim et j'ai envie de goûter à toutes ces bonnes choses que tu as fait préparer.*

Tous partent d'un grand éclat de rire et chacun commence à manger. Shimon et Marc se servent largement de tous les plats que le maître de maison a mis à leur disposition. La viande grillée, accompagnée de légumes frais et d'une coupe de vin de la région, est particulièrement appréciée. Tout en mangeant, ils échangent quelques informations sur la rencontre qu'ils ont eue avec Bartimée; ils racontent leur journée passée sur la route de Jérusalem. Claudius se souvient l'avoir faite plus d'une fois. Il en connaît les difficultés. La discussion porte sur la signification qu'elle a prise dans la vie de Jésus. Marc partage à ses compagnons du soir les réflexions qui lui sont venues à l'esprit pendant le retour et il ajoute, comme pour lancer le débat:

— La foi en Jésus, Christ et Seigneur, ne s'exprime pas uniquement dans la parole qu'on lui dit en réponse à son amour. Elle prend aussi la forme du chemin que l'on accepte de suivre. Celui du Rabbi n'est pas facile; il passe par la souffrance et la mort. Qui veut devenir disciple doit accepter de le suivre quoi qu'il en soit. Il faut porter sa croix, accepter de donner sa vie, ne pas craindre la souffrance ni le rejet, même de ses proches. Ici le disciple de Jésus est de plus en plus rejeté par ses frères juifs; à Rome, il fait l'objet d'une accusation infâmante et se voit livré en pâture à la vindicte populaire. Pas facile d'être croyant et, certains jours, la croix est bien lourde à porter.

Matthias s'est tu jusque-là; il s'est contenté d'écouter simplement. Soudain son visage tout ridé s'anime; le vieil homme se décide à intervenir dans le débat qui s'amorce avec les réflexions de Marc.

– *Je suis entièrement d'accord avec toi. La route du disciple n'est pas facile. Le monde juif attend du Messie de Dieu un triomphe politique et le rétablissement de la royauté davidique, alors que le petit peuple, d'où qu'il soit, espère un envoyé divin qui viendrait le soustraire à la pauvreté, la misère ou la violence de manière miraculeuse. Les uns et les autres attendent un héros, capable de s'imposer par la force et de changer le monde par sa seule puissance... Je pense que ce rêve habite le cœur humain depuis la nuit des temps. Chacun aimerait tellement échapper à la condition de vie qui est la sienne! Lorsque Jésus vient, il prend tout le monde à contre-pied, à commencer par ses plus proches disciples. Dans les échanges qu'ils avaient entre eux, ils se disputaient parfois pour savoir qui était le plus grand. On dit même que Jacques et Jean ont demandé au Maître une place à sa droite et à sa gauche, dans son futur Royaume. Les autres étaient là et les ont entendus. Aussitôt une dispute a éclaté entre eux. Jésus est alors intervenu pour mettre les choses au point. «Cette querelle, a-t-il dit, est digne de ce qui se passe partout dans le monde. Les plus grands et les plus forts sont toujours en train d'imposer ou d'assurer leur pouvoir sur les autres. Pour vous, il ne peut en aller ainsi. Le plus grand parmi vous sera votre serviteur, celui qui se met au service de tous...»*

J'imagine la stupéfaction de certains. Ont-ils compris ce qu'il voulait leur signifier par là? Et nous-mêmes, sommes-nous capables de prendre la mesure d'un tel chan-

gement de perspective? On rêve de soumettre l'autre à sa propre volonté, d'imposer ses désirs et ses brusques envies. Jésus, lui, s'est fait le serviteur de tous, sans vouloir pour autant se mettre en avant. Au contraire, il faisait taire ceux qui lui donnaient des titres réservés au Messie. Il ne les a acceptés qu'à Jérusalem, lorsqu'il n'y avait plus d'ambiguïté possible, lorsque, sur la croix, il est devenu, aux yeux de tous, le Serviteur qui donne sa vie pour que les autres vivent. Il a marché jusqu'au terme de sa route, sur le Golgotha, en portant sa croix, n'attendant que de Dieu le jugement sur ses choix de vie. Et ce jugement est tombé au lendemain de Pâques: Dieu l'a ressuscité d'entre les morts. Dieu a fait de lui le Vivant, source de vie pour toutes celles et tous ceux qui mettront en lui leur espérance. Voilà ce que nous professons et espérons. La gloire que nous attendons ne nous viendra pas de ce monde que nous habitons. Il est voué à disparaître, périr ou renaître au gré des aléas de l'histoire. Nous avons cependant le pouvoir de le transformer, de le rendre meilleur, par les choix de vie que nous faisons. Nous pouvons accompagner les changements qui surviennent, y apporter le sel et la lumière qui viennent du Seigneur. Nous n'avons surtout pas à rêver de prendre la place de l'empereur et de ceux qui nous commandent. C'est du dedans que peuvent venir les changements, non par la force, mais par la puissance de l'Esprit qui agit en nous et par nous. Chaque fois que nous ne répondons pas à la violence qui s'acharne contre nous par une contre-violence, en acceptant d'en porter le fardeau, suivant la route tracée par Jésus, nous préparons le véritable Royaume à venir.

Matthias a parlé d'un trait, comme s'il ne désirait pas être interrompu. Tous l'ont écouté attentivement

247

et Claudius ne cache pas son étonnement. Son vieux serviteur, d'habitude si discret et peu bavard, s'est révélé sous un jour qu'il ne lui connaissait pas. Son témoignage le frappe et lui montre combien la foi en Jésus peut transformer un homme et lui donner une stature intérieure qui ne se manifeste pas ouvertement. Il a fallu le passage et l'intervention de Marc pour libérer en lui une parole qui l'habitait depuis longtemps. Professant avec Matthias la même foi, Claudius considère son vieux serviteur comme un frère, même si, dans la vie concrète, ils vivent les mêmes rapports qu'auparavant. Il découvre comment ces rapports évoluent, quel ferment la Parole du Rabbi de Nazareth est susceptible de mettre dans une société où les habitudes de vie sont le plus souvent régies par la structure maître/serviteur/esclave. Il attendait la réponse de scribes compétents et voilà que celle-ci vient de ce vieux compagnon de route qu'il croyait bien connaître. Encore tout étonné, il s'adresse à lui:

– *Matthias, mon vieux Matthias, tu viens de me donner de toi une image qui me surprend! Et en même temps, tu me fais découvrir sous un nouvel aspect la Parole du Rabbi. Je comprends aujourd'hui que son message recèle un ferment de renouveau, une force de remise en question de tout l'ordre social auquel nous sommes habitués. Pour la plupart de nos concitoyens, il est évident que le monde se partage entre gens civilisés et barbares, entre maîtres et esclaves, entre ceux qui commandent et ceux qui obéissent. Personne de sensé n'irait remettre en cause cette manière de voir. Il suffit pourtant de regarder le monde avec les yeux de Jésus pour le voir différemment.*

Pour lui, la seule vraie puissance est celle de l'amour; la capacité de se mettre au service d'autrui est plus importante que celle de commander; la vraie grandeur de l'être humain n'est pas déterminée par son argent, ses possessions ou son pouvoir sur les autres. Non, elle vient uniquement de ce qu'il accepte de donner de lui. Suivre Jésus, en définitive, c'est bien prendre un chemin sur lequel les hommes de toutes langues, peuples et nations font tomber les murs de préjugés et d'incompréhension qui les séparent et entreprennent de vivre en frères et sœurs. Ce projet ne s'impose pas par la force; il est accueilli librement par celui ou celle qui a reconnu dans la Parole du Maître la source où sa propre vie prend naissance. César ne peut que trembler devant une telle perspective. Ses légions ne peuvent rien faire pour éradiquer le ferment de liberté et d'égalité qui a été semé. Et je comprends mieux aussi pourquoi les autorités du Temple ont réclamé la mise à mort du Rabbi. Il fallait éradiquer une parole qui rend l'être humain libre par rapport à tous les pouvoirs.

Marc et Shimon écoutent attentivement l'échange qui a lieu entre les deux hommes. Ils y découvrent un aspect auquel ils n'avaient pas vraiment pensé; ils font en même temps l'expérience des effets que produit la Parole lorsqu'elle circule entre les personnes et que chacun peut livrer librement le fond de sa pensée, sans être aussitôt traité d'ignorant par celui ou celle qui a bénéficié d'un temps d'études plus poussé. Profitant du silence qui suit l'intervention de son mari, Aurélia se décide, elle aussi, à parler avec un large sourire sur les lèvres et un peu d'ironie dans la voix:

– *Et que deviennent les femmes, dans cette perspective ?* Elles constituent au moins la moitié de l'humanité ; pensez-vous qu'elles pourront un jour se libérer de la tutelle que leur père, leur mari, voire leur frère, font peser sur elles ? Peuvent-elles espérer accéder un jour à cette liberté que suscite la Parole de Jésus ? J'ai appris tout ce qui s'est dit à propos de Myriam de Magdala. En voici une que la rencontre avec le Rabbi a rendue libre. Et toutes les autres ? J'ose imaginer et espérer que dans le Royaume annoncé par Jésus elles bénéficieront d'une pleine reconnaissance d'elles-mêmes. Comme tu le dis très justement, Claudius, l'enseignement du Rabbi remet en question un ordre social tellement évident aux yeux de tout le monde, que personne ne peut imaginer qu'il en aille autrement. Je crois que c'est Paul qui écrit aux Galates qu'en Christ les divisions traditionnelles entre le Juif et le Grec, entre le maître et l'esclave, entre l'homme et la femme sont dépassées, parce qu'en lui nous vivons tous en communion les uns avec les autres. Si vous estimez qu'une telle Parole a sa place dans nos assemblées, il faudra bien en tirer les conséquences et donner à la femme la place qui lui revient…

Et, après un court moment de silence et un clin d'œil malicieux à son mari, Aurélia ajoute :

– *Claudius, ne prends pas mes paroles comme un reproche pour notre vie de couple. J'ai toujours été très heureuse avec toi ; tu es un époux attentionné, mais tu es tellement habitué à commander que tu oublies parfois que nous sommes deux et que je voudrais bien, en certaines occasions, avoir mon mot à dire.*

Aurélia se tait, considérant, amusée, un groupe masculin plutôt surpris par son intervention. Elle a gardé le même sourire. Claudius se lève pour venir l'embrasser tendrement. L'intervention de son épouse ouvre une perspective nouvelle que nul ne sait comment prendre. Les rapports hommes-femmes sont régis par de vieilles traditions culturelles et religieuses qui remontent loin dans le passé... Peut-on imaginer qu'il en aille autrement? Shimon intervient dans le débat:

– *Merci, Aurélia, de nous ouvrir à cette question qui te touche directement. Je sais que le rapport entre les hommes et les femmes a été particulièrement codifié, depuis si longtemps, que personne ne pense qu'il pourrait en aller autrement. La Parole de Jésus a fait tomber le mur de haine qui se dresse entre peuples d'origines différentes; elle nous invite à considérer l'autre, qu'il soit malade, pauvre, esclave ou étranger, comme un frère. Je suis conscient que la femme est vue, dans nos sociétés, comme une personne de second rang, une perpétuelle mineure qu'il faut protéger. Elle est souvent la première à faire les frais de la violence qui se déchaîne entre les hommes. Dans un monde qui exalte la force et méprise la faiblesse, la femme n'a pas vraiment sa place. Jésus nous ouvre la porte d'un monde différent, au centre duquel il met des valeurs essentielles: l'amour, le respect du plus faible, le service d'autrui. La femme peut y jouer pleinement son rôle. Je suis bien conscient que cette reconnaissance ne se fera pas du jour au lendemain. Pourtant, je suis certain qu'elle se fera. Le message de Jésus va dans ce sens. Qu'en penses-tu, Marc?*

Après avoir regardé Shimon, puis Aurélia, et pris le temps d'une courte réflexion, celui-ci se décide à répondre au défi qui est lancé.

251

– Notre discussion fait remonter en moi le souvenir de certaines femmes qui ont joué un rôle important dans la vie de Jésus. Elles sont plusieurs à s'être regroupées autour de lui et à faire partie du cercle des disciples. Le Rabbi ne les a jamais chassées hors de sa présence, comme c'est le cas de certains autres qui vivent dans une angoisse permanente de l'impureté liée – pour des raisons assez obscures – au sang périodique des femmes. Je crois savoir que certaines étaient des amies et confidentes du Maître. Marthe et Marie de Béthanie l'accueillaient dans leur maison. Une autre a discuté longuement avec lui, au bord du puits de Sichem, au point que les Apôtres, au retour du village, étaient plus que surpris de trouver leur Maître en discussion avec une Samaritaine, le symbole même de la femme impure... Du côté de Jésus, la porte est grande ouverte et elle ne l'est pas moins du côté de Paul: Lydia à Philippes, Damaris à Athènes, Priscilla à Corinthe, et tant d'autres avec lesquelles il a travaillé... Je reconnais que la liberté prise par certaines d'entre elles dans des assemblées a choqué et posé des problèmes que Paul a dû régler. Même si, à ses yeux, il n'existe plus en Christ de mur de séparation entre le Juif et le Grec, entre l'homme et la femme, il n'en reste pas moins réaliste. On habite dans un monde où le Royaume de Dieu n'est pas encore advenu. Nous sommes bien obligés de tenir compte des réalités sociales de l'endroit où nous vivons. Il faut faire avec et y semer la Parole qui fait germer le monde nouveau. Voilà ma conviction. Je sais qu'elle n'est pas satisfaisante pour les personnes impatientes de le voir naître sous leurs yeux. Lorsque la Parole a été semée, une certitude doit pourtant nous animer: elle portera son fruit. Le comment et le quand ne nous appartiennent pas. Je présume qu'il faudra beaucoup de temps pour que les ha-

bitudes ancestrales des peuples où grandissent nos communautés de croyants commencent à évoluer en pareil domaine. Je suis certain que la Parole de Jésus apportera des ferments de changement.

Marc se tait. De la têtc, le vieux Matthias approuve ce qu'il vient d'entendre; il ajoute, en guise de conclusion:

– *Tu as bien parlé, Marc! Avant que vienne dans notre monde la paix de Dieu, avant que sa justice inspire réellement nos pensées et nos comportements, avant qu'il n'y ait plus d'hommes ou de femmes réduits à la servitude, que plus personne ne soit traité comme de la vulgaire marchandise, que l'homme et la femme se retrouvent dans leur égale dignité, il pourra encore couler beaucoup d'eau dans le lit du Jourdain. Je ne serai certainement pas témoin de ces changements.*

Désireux d'apporter sa pierre au débat, Claudius intervient:

– *Tu as raison, Matthias! Mais ce constat ne doit pas nous empêcher de faire tout ce qui est en notre pouvoir pour que le Royaume vienne. Je comprends, à travers ces échanges, que nous avons, chacun à notre niveau, une contribution à apporter. Il en va de notre responsabilité de disciples de Jésus. Le monde dans lequel nous vivons ne changera que dans la mesure où notre propre comportement prendra les chemins nouveaux inaugurés par Jésus.*

Cette ouverture, sur l'avenir du monde et des différentes assemblées de chrétiens, provoque un long moment de méditation. Chacun imagine ce que sera l'avenir. L'attente d'un retour immédiat du Christ ne semble plus de mise. Il va falloir s'installer dans la durée, accepter de vivre dans une perspective à long terme. Marc se souvient de l'évolution de Paul en la matière et comment il a dû inviter les membres de l'Église à Thessalonique de ne pas céder à l'oisiveté sous prétexte que le Christ allait revenir bientôt. À la suite de cette confusion, il a modifié sa prédication et remis entre les mains de Dieu lui-même la date du retour de son Christ.

L'obscurité est tombée sur Scythopolis. Des lampes à huile ont été allumées sous la véranda. Un peu de fraîcheur descend du lac de Génésareth et annonce une nuit de repos paisible. Claudius voit que ses hôtes sont fatigués. Il ne veut pas prolonger la discussion, mais pense au programme du lendemain. La route est moins longue et plus facile. Se souvenant de la proposition faite, il y a deux jours, il les interpelle:

– *Dites-moi! Avez-vous réfléchi à ce que je vous ai dit avant votre départ pour Jéricho? Quelle est votre décision?*

– *Nous en avons discuté,* répond Marc. *En ce qui me concerne, c'est très volontiers que j'accepte ta proposition d'aide pour les peaux de moutons. Je vais prolonger mon séjour à Magdala et Shimon m'aidera à préciser la structure et le contenu du livre que je vais écrire. Peut-être pourrais-je même le commencer et réfléchir, avec lui et Jérémie, de quelle manière utiliser le document que vous avez déjà en main et l'intégrer dans un ensemble plus grand. Shimon ne viendra pas à Rome avec moi. Il veut rester avec sa communauté et la soutenir dans les heures difficiles qui s'annoncent. Quant à moi, je compte y repartir dans un ou deux mois. Tu auras le temps de me faire parvenir les peaux qui me permettront d'écrire le livre de la Bonne Nouvelle de Jésus, le Christ. Et si tu peux me trouver un bateau en partance pour Rome, je t'en serai très reconnaissant. Tu connais du monde à Césarée. Il te sera facile de trouver les indications nécessaires. D'avance, je te remercie pour ton aide. Ma rencontre avec vous tous a été particulièrement bénéfique.*

– Marc, reprend Claudius, *c'est nous qui te remercions pour le travail que tu vas réaliser. C'est le plus beau cadeau que tu puisses nous faire. Tu nous offres, à nous et à ceux qui te liront, la possibilité de découvrir un message de vie. Je me réjouis de pouvoir bientôt lire ou entendre la «Bonne Nouvelle de Jésus, le Christ». Il est normal que nous t'aidions dans ta tâche. Tu auras les peaux nécessaires pour plusieurs exemplaires. Quant à toi, Shimon, je comprends ta décision et la respecte pleinement. Comme le Bon Berger, tu ne veux pas abandonner tes brebis au moment de l'épreuve. C'est tout à ton honneur. Je veux vous laisser dormir maintenant et vous souhaite à tous deux une bonne nuit. Pour Aurélia, Matthias et moi, ce fut une joie immense de pouvoir vous accueillir ici.*

Claudius se lève, le cœur rempli d'émotion, ainsi qu'Aurélia et Matthias. Ils saluent longuement les deux voyageurs et leur donnent rendez-vous pour le lendemain. De retour dans leur chambre, Marc et Shimon constatent que les échanges entre frères et sœurs sont riches et doivent être privilégiés. Puis la fatigue du jour reprend ses droits. D'un seul coup, ils sombrent dans un sommeil réparateur.

Chemin d'écriture

Les premiers rayons du soleil pointent à l'horizon, quand les deux hommes émergent de leur sommeil. La fatigue des longues marches précédentes est la plus forte; la trompette du camp militaire n'a pas réussi à les réveiller au lever du jour. Après les ablutions matinales, ils rejoignent Claudius et son épouse qui les attendent pour un repas qui leur fournira les forces nécessaires pour le jour qui commence. Ils ne doivent pas traîner, s'ils désirent arriver chez Myriam avant le soir. Au moment de partir, Jacques les rejoint pour leur donner de quoi manger et des gourdes d'eau bien remplies. Le trajet entre Scythopolis et Tibériade est sans grand danger et ne comporte aucune difficulté particulière. Claudius assure une dernière fois Marc de son soutien. Il passera commande de peaux bien préparées dès aujourd'hui.

– Lorsque j'aurai trouvé ce que je vous ai promis, j'enverrai Jacques jusque chez Myriam à Magdala. Pour que tu disposes des peaux de moutons, cela ne prendra pas trop de temps. Pour te fournir des indications précises sur les possibilités d'un retour rapide jusqu'à Rome, il m'en faudra un peu plus. Je devrai envoyer un messager à Césarée et attendre la réponse. Mais je dispose encore de bons amis parmi les commandants de navires qui assurent le trafic maritime entre Rome et les différents ports de la côte méditerranéenne. L'un d'eux s'intéresse à l'enseignement de notre Seigneur Jésus. Je vais me renseigner sur sa venue prochaine à Césarée et je te tiendrai au courant.

Marc et Shimon prennent congé de leur hôte, remplis de joie. Son engagement en faveur de leur projet ne fait que renforcer leur détermination. Alors qu'ils quittent ce haut-lieu de l'histoire antique, entièrement transformé par la présence romaine, Shimon ne cesse de rendre grâces pour le travail que l'Esprit a réalisé dans le cœur de Claudius. S'il admet assez facilement, en théorie du moins, l'ouverture qui s'est faite, par Pierre d'abord, puis par Paul, au monde païen, il reconnaît ses réticences et ses préjugés. Le baptême au nom de Jésus ne l'a pas privé de ses origines, ni de certaines réactions étroitement liées à son éducation. Il reste juif dans toutes les fibres de son être et réagit dans le monde qui l'entoure comme un juif. Et voilà qu'il vient d'expérimenter ce que signifie la rencontre avec l'autre et toutes les richesses qu'elle peut apporter à quelqu'un qui accepte cette interpellation. Décidément, se dit-il, la Parole de Jésus produit du fruit. Cette réflexion le fait sourire. Comment aurait-il pu imaginer pareille évolution dans sa manière d'accueillir des personnes devant lesquelles il éprouvait toujours certaines réticences et parfois de la répulsion? Lui qui avait été éduqué dans le respect le plus strict des lois de pureté, le voilà heureux d'avoir pu découvrir, de manière très concrète, la signification de cette ouverture à laquelle Paul tient tellement. Tout en marchant, il en parle avec son compagnon, en s'excusant presque de ne pas avoir assez bien compris que l'ouverture à l'autre est essentielle au message de Jésus et à la vie des assemblées de frères et sœurs qui se réclament de lui.

Marc le regarde avec un bon sourire et ajoute des paroles rassurantes, puis il lui fait certaines confidences. Il évoque les difficultés qui furent les siennes, particulièrement dans sa relation avec Paul. Il ne parvenait pas à approuver les choix de celui qui s'est proclamé «apôtre des païens». Il était encore jeune à l'époque, encore trop imbu de son savoir et de ses certitudes. Avec Pierre, la relation était plus facile. Étant d'un naturel assez timoré, il évitait soigneusement tout ce qui pouvait irriter la communauté juive. Mais le milieu dans lequel il avait commencé son travail était celui de la Diaspora. Lorsque l'on doit vivre quotidiennement en milieu païen, il faut trouver des arrangements avec des principes que l'on croyait absolus, respecter les personnes que l'on rencontre, accepter l'idée que les non-circoncis aient d'autres coutumes, mangent du porc, tout en témoignant d'une vie exemplaire. Par leur comportement, leur soif de la Parole, les pauvres de Rome lui ont rappelé que l'amour de Dieu n'est pas lié à une qualité particulière de l'être humain ni à son origine ethnique, mais à l'ouverture de son cœur.

Tandis qu'ils avancent et qu'ils parlent de leurs questionnements et de leurs expériences personnelles, la route remonte en direction de la montagne, surplombant le lit du fleuve. Shimon montre du doigt un affluent qui vient alimenter le Jourdain et ajoute:

– *Nous voici arrivés en face du Yarmouk qui arrose les plaines de la Décapole. On dit que Jésus a rencontré les gens de la région et qu'il en a chassé les démons en leur enjoignant d'entrer dans un troupeau de porcs et de retourner là d'où ils venaient, dans le fond de la mer. Cette anecdote montre que Jésus ne s'est pas désintéressé des païens. Il est venu les soustraire à l'influence de l'esprit du mal.*

– *C'est vrai!* répond Marc. *Ton histoire me fait penser à une rencontre personnelle que Jésus a vécue en pays païen. Pierre l'a souvent racontée aux frères et sœurs de Rome. Elle est très significative pour eux. Cela se passe à la suite d'une longue période de prédication en Galilée. Souviens-toi! Dans un premier temps, Jésus a eu beaucoup de succès; les gens venaient nombreux pour l'écouter ou se faire guérir d'une maladie. Puis, le climat a changé, de nombreux disciples se sont désintéressés de lui. Ils ne le comprenaient pas ou alors ils étaient déçus dans leurs attentes. À leurs yeux, il n'était pas le Messie. Il est possible qu'il ait connu alors un passage à vide, qu'il ait eu envie de quitter ce milieu très versatile et de se retrouver loin de la pression populaire pour se reposer simplement, faire le point et prier le Père, trouver auprès de lui les forces qui lui faisaient défaut. Comme tu peux l'imaginer, il n'a pas fallu beaucoup de temps pour que la nouvelle de sa venue se répande dans la région. Tous avaient entendu parler du Rabbi de Nazareth et des guérisons qu'il* opérait. *Une femme de la région, une Syrophénicienne, l'apprend. Aussitôt, elle accourt vers lui et le supplie de chasser l'esprit impur qui tourmente sa petite fille. Dans un premier temps, le Rabbi ne fait rien; il ne répond pas à ses appels.*

Pierre se souvenait parfaitement de la scène et la racontait avec un peu d'humour, tant il est rare de voir Jésus refuser un appel de qui que ce soit. Mais la femme insistait bruyamment et Jésus ne voulait pas sortir de la maison pour aller à sa rencontre. Les disciples, lassés d'entendre ses cris, parlent en sa faveur. Il accède à leur demande et vient à la rencontre de cette femme à qui il dit un peu brusquement: «Laisse d'abord les enfants se rassasier, car il ne sied pas de prendre le pain des enfants et de le jeter aux petits chiens.» Il ne voulait pas que sa mission déborde le cadre des enfants d'Israël. La femme aurait pu partir, se décourager après cette réponse plutôt rude. Au contraire, elle lui a souri et lui a simplement dit: «Oui, Seigneur! Mais les petits chiens, sous la table, mangent les miettes des enfants!» Surpris par sa réponse, Jésus l'a regardée, lui a souri et lui a dit: «À cause de cette parole, va, le démon est sorti de ta fille.» Elle est repartie aussitôt dans sa maison. L'enfant dormait sur son lit, guérie, libérée du démon qui la possédait...

Après quelques instants de silence, il ajoute:

– *Tu constates, Shimon, que nous ne sommes pas seuls à avoir éprouvé des difficultés face au monde païen. Même Jésus réagit comme un Juif, éprouvant des réticences, avant de changer d'attitude. Cette femme lui rappelle la Parole dont il est porteur et le remet sur la route de sa mission. J'ai éprouvé quelque chose de similaire durant notre rencontre avec Claudius et Aurélia.*

Marc se tait et poursuit sa marche. Le lac n'est plus très loin. Ils seront bientôt à Tibériade et pourront s'y reposer un moment. Shimon veut commenter le récit que vient de lui rapporter son compagnon, mais celui-ci lui fait signe d'attendre. Il n'a pas fini de parler. Ayant repris son souffle, il poursuit:

– *Je voudrais ajouter à mon récit le commentaire que Pierre m'en a fait. Il m'a dit à peu près ceci:*

«Pour Jésus, cette rencontre fut comme un choc, un appel que le Père lui adressait à travers elle, pour qu'il n'oublie pas ces gens du monde païen qui venaient aussi à lui. D'ailleurs, sur le chemin du retour, il accomplira des guérisons, multipliera les pains et les poissons pour une foule d'hommes et de femmes rassemblés autour de lui. On était alors en plein territoire païen. Puis, un jour, nous sommes arrivés dans les environs de Césarée de Philippe, aux sources du Jourdain. Là est survenu l'événement qui reste gravé dans mon cœur. Depuis quelque temps, Jésus s'attardait plus particulièrement avec nous, le groupe des Douze, comme s'il voulait s'assurer que nous garderions son enseignement et serions en mesure de le transmettre. Un jour, il nous a interrogés en posant cette question: «Au dire des gens que vous rencontrez, qui suis-je?» Chacun de nous a tenté de répondre. «Les uns te prennent pour Jean-Baptiste; d'autres pour Élie; d'autres encore voient en toi un prophète.» Il s'est tu, nous a regardés longuement, et a ajouté: «Fort bien, mais vous, qu'en pensez-vous vraiment? Pour vous, qui suis-je?» Nous étions alors rassemblés autour de lui. Personne n'osait prendre la parole et moi, je sentais qu'il fallait parler et que le Rabbi avait besoin d'être conforté dans son action. Alors je lui ai répondu tout de go, parlant au nom de

tous: «Tu es le Christ, l'envoyé du Dieu vivant!» Nous l'avons regardé. Ma parole semblait le troubler. Il n'en a fait aucun commentaire, mais nous a ordonné à tous de n'en parler à personne.»

– *Je sais,* ajoute Marc, *qu'à partir de ce moment-là le Maître a commencé à évoquer les difficultés qui l'attendaient. Il parlait des souffrances et de mort qu'il devrait traverser, de ce chemin difficile que le disciple peut trouver devant lui. Il ne voulait pas d'ambiguïtés. Il acceptait la profession de foi de Pierre, mais refusait d'associer ce titre à tout ce qu'il recelait de fantasmes guerriers. Avant sa Résurrection d'entre les morts, personne ne le comprendra vraiment. Le rêve d'un messie politique était bien trop ancré dans les esprits. D'ailleurs, peut-on imaginer une libération autre que politique, lorsque l'on vit durement sous une domination étrangère?*

Ils arrivent à Tibériade, où les deux hommes ne font qu'une courte halte; ils n'ont qu'un désir: arriver au plus vite à Magdala. Après les paysages désertiques des abords de Jéricho, ils retrouvent avec joie la Galilée, le pays où ils se sentent à nouveau chez eux. Pourtant, depuis leur rencontre avec Claudius, ils comprennent d'une manière nouvelle le nom de «carrefour des nations», ajouté par les prophètes à leur province. Trop longtemps enfermé dans son identité et le sentiment d'être choisi par Dieu, le peuple d'Israël a un peu oublié les visions prophétiques d'Isaïe et des autres grands prophètes. S'il l'on peut légitimement souhaiter rester fidèle à l'Alliance proposée par Dieu à Israël, a-t-on le droit d'en déduire que tous les autres en sont exclus? Jésus, le premier, a poussé la porte; Pierre, ensuite, et surtout Paul ont su la garder largement ouverte. L'Alliance proposée par Dieu à Abraham vise tous les peuples de la terre, sans distinction de race ou de culture. Dieu aime les païens et son amour s'adresse à tout être humain, non en raison d'une appartenance ethnique, mais parce que son amour est gratuit. Cette prise de conscience, Shimon et Marc la font à leur tour d'une manière nouvelle. Après leur rencontre avec Claudius, leur vie ne sera plus tout à fait comme avant.

Le jour avance et le paysage devient plus familier. Magdala est proche; les deux hommes marchent rapidement. La route est désormais plus fréquentée. Tibériade, la ville romaine, doit être alimentée et les caravanes qui s'y arrêtent sont nombreuses. C'est aussi un centre d'affaires; des voyageurs venus de partout s'y rendent régulièrement. Le soleil est encore haut à l'horizon lorsqu'apparaissent dans le lointain, les premières maisons de Magdala. Shimon et Marc poussent un soupir de soulagement. Ils seront bientôt chez Myriam. Ils vont pouvoir faire le point sur leur voyage, leurs découvertes, les témoignages entendus de la bouche des uns et des autres. Ils pressentent que Myriam voudra tout savoir, dans les moindres détails. Ils auront le temps d'en parler demain, durant le jour du sabbat. Le village est tranquille. Revenus des champs, les hommes se reposent, attendant que leur femme les appelle pour le repas du soir. Près de la synagogue, un groupe d'hommes est réuni et leur discussion semble très animée. Ils commentent probablement les nouvelles rapportées par quelque personne à son retour de Capharnaüm, Césarée ou Jérusalem. Les distances qui séparent les villages entre eux n'empêchent pas la communication. Les événements du moment parviennent aux oreilles de chacun par le biais des voyageurs et des marchands, avec le risque d'être quelque peu déformés. Cela fait partie de la vie du village, pour lequel n'existe que ce moyen pour rester ouvert à ce qui se passe ailleurs, dans le monde qui les entoure.

Marc et Shimon saluent les hommes qui sont là, mais ne s'attardent pas. Ils n'ont qu'un désir, achever pour un temps leur périple. Les voilà sur le petit chemin qui conduit à la maison de Myriam. Ils ne sont pas arrivés qu'ils entendent une voix avertissant la maîtresse de maison: *Mère, ils arrivent!* Marc se rend compte qu'ils sont attendus. Tout en faisant son travail, Sarah gardait un œil ouvert sur le chemin. Elle et Myriam attendaient impatiemment leur retour. La porte du jardin s'ouvre devant les deux hommes; Myriam elle-même est venue, soutenue par Sarah, à leur rencontre, heureuse de les revoir. Et puis, elle les considère un peu comme ses fils. Après les salutations d'usage et les longues embrassades dont Myriam est coutumière, pour ceux qu'elle aime particulièrement, ils entrent dans le jardin et se dirigent immédiatement vers le puits. Le rituel d'arrivée chez quelqu'un leur est désormais familier. Avant de les laisser à leurs ablutions, Myriam ajoute:

– *Prenez le temps de vous rafraîchir et de vous reposer un peu. Vous savez où me trouver. Je vous attendrai et nous pourrons manger ensemble. Je suis impatiente d'apprendre comment s'est effectué votre voyage.*

Marc et Shimon ne se font pas prier. Sarah a déjà puisé de l'eau du puits. Ils en profitent pour se désaltérer et commencent leurs ablutions. Tout en se versant de l'eau sur la tête, Marc pense à ce qu'est devenu ce rituel indispensable au voyageur, et comment la tradition l'a investi de prescriptions religieuses qui n'ont fait que compliquer ce qui, au départ, était simple et naturel. Une constante dans l'histoire religieuse des peuples. On croit qu'en surajoutant des rituels et des prescriptions religieuses la divinité sera d'autant plus satisfaite... Jésus a ouvert une autre voie en mettant l'accent sur ce qui vient du cœur. Mais, se dit-il, la relation à Dieu qui passe par le cœur est beaucoup plus compliquée que le geste d'offrande ou le sacrifice offert dans le Temple. Vivre en relation avec Dieu suppose une réponse personnelle et libre à sa parole et à son amour. De nombreuses personnes voudraient qu'on leur dise simplement le geste qu'elles doivent faire et pouvoir s'en satisfaire... Shimon observe son compagnon et ami. Il voit son regard perdu dans le vague; il intervient tandis qu'il achève de s'habiller:

– *À quoi penses-tu, Marc? Tu as l'air bien songeur depuis un moment. Ai-je le droit de connaître les questions qui s'agitent en toi?*

– *Bien sûr,* répond Marc. *Alors que je me lavais de toute la poussière de la route, je pensais à ces rituels de purification que la tradition a fini par imposer en les sacralisant. Je constatais qu'à partir d'un acte humain très banal, comme le fait de se laver au retour de voyage, on en vient à créer un rituel religieux dont les préceptes se surajoutent les uns aux autres. Il a fallu beaucoup d'audace à Jésus pour prendre ses distances par rapport à ces pratiques et une grande force pour supporter la grogne permanente des ultra-religieux.*

– Je le crois volontiers, répond Shimon. *Lorsqu'on veut trop bien faire, on finit par devenir incapable de distinguer l'essentiel du secondaire. On veut accumuler les gestes religieux par souci de piété ou désir de vivre une grande fidélité à la loi mosaïque et à ses prescriptions; mais, à la fin, on oublie l'essentiel que les grands Prophètes n'ont cessé de rappeler et que Jésus a repris à son compte: «C'est la miséricorde que je veux et non les sacrifices!» Je sais par expérience qu'il est beaucoup plus facile de suivre à la lettre les prescriptions de la Loi, que de chercher comment réagir devant une situation dans laquelle un frère ou une sœur se trouve impliqué; il est plus facile de condamner que de tendre une main secourable...*

Les deux hommes ont fini de s'habiller; Shimon ajoute:

– *Nous aurons le temps de reprendre nos discussions. Myriam est impatiente de nous entendre. Si tu es prêt, nous pouvons la rejoindre.*

Après une dernière gorgée d'eau, ils font un balluchon avec leurs habits de route et quittent les abords du puits. Myriam est sous la véranda, à sa place habituelle. Quand elle les voit arriver, un large sourire éclaire son visage. De la main, elle les invite à venir s'installer auprès d'elle. Ils donnent à Sarah le paquet d'habits empoussiérés et viennent s'asseoir de part et d'autre de la maîtresse de maison. Sur la table basse, des fruits, des légumes et un peu de fromage de brebis ont été disposés. Ils vont pouvoir apaiser leur faim. Myriam a posé ses mains sur les épaules de Marc et de Shimon; elle ferme les yeux et se tient en silence. Sans qu'elle le précise, chacun devine qu'elle s'est mise en présence du Seigneur. Sa prière retentit soudain:

— *Je te rends grâces, Seigneur, d'avoir accompagné Marc et Shimon durant l'ensemble de leur voyage et de les avoir ramenés sains et saufs à leur point de départ. Je te rends grâces pour l'œuvre que tu vas accomplir avec eux. Rassemble en eux la Parole que tu leur as fait connaître; guide leur esprit et leur cœur pour qu'ils puissent la mettre par écrit et livrer à tous les croyants l'enseignement que tu nous as donné. Le monde se détruit par la violence qu'il génère et laisse grandir en lui; le monde a besoin d'entendre ta Parole de vie. Je veux te chanter, Seigneur, et te rendre grâces, parce que tu es là au milieu de nous et parce qu'à travers le travail de Marc et de Shimon tu vas continuer à parler aux hommes et aux femmes de tous les lieux et de tous les temps. Béni sois-tu pour ton amour et ta tendresse! Béni sois-tu pour l'Esprit que tu mets dans nos cœurs! Béni sois-tu parce qu'en toi est la source de la vie, de l'amour et de la joie! Amen! Amen! Alléluia!*

Laissant couler de ses yeux des larmes de joie, Myriam presse les deux hommes contre elle, comme si elle voulait leur communiquer à tous deux la force intérieure qui est la sienne. Le silence s'est installé depuis peu, mais sa prière continue et se transforme en un chant plein de douceur et de tendresse. Myriam laisse l'Esprit de Jésus prier en elle, et Marc et Shimon ressentent en eux comme une nouvelle effusion de l'Esprit. Ils comprennent que, par l'intermédiaire de Myriam, ils viennent de recevoir la force et l'inspiration nécessaires qui leur permettront de mener à bien leur travail. Combien de temps a duré ce moment de communion profonde? Ils sont incapables de le dire. Ils s'en souviendront simplement comme d'un «moment d'éternité» si intense qu'il donne le sentiment d'être sorti du temps et de la durée, comme si une plénitude d'être pouvait être vécue dans ce moment si particulier où chacun existe en totale présence et transparence à l'autre... Il faut pourtant réintégrer le présent, poursuivre ce que l'on a commencé. Myriam en donne le signal.

– *Mes enfants, vous avez certainement faim. Il est temps de faire honneur aux bonnes choses que Sarah a préparées spécialement pour vous. Installez-vous, mangez et reprenez des forces. Le Seigneur a besoin de toute votre énergie pour la mission qu'il vous a confiée dans le monde.*

Sans attendre davantage, Marc et Shimon commencent à puiser dans les plats apportés par Sarah. Celle-ci vient d'ailleurs se joindre à eux, mais reste attentive, prête à aider Myriam si nécessaire. Le soir descend et le soleil approche de la ligne d'horizon. À nouveau, la région s'habille d'or et de rouge pour quelques courts instants. Tout est calme et paisible. Tout en mangeant, Myriam s'enquiert de la santé de l'un et de l'autre, de la manière dont ils ont supporté les longues marches. Alors qu'une légère brise monte du lac et vient rafraîchir l'atmosphère, elle décide de lancer la conversation.

– *Alors, Shimon, tu as fait la connaissance de ce bon Claudius? Il a pris de l'âge, lui aussi, comme nous tous...*

– Comment sais-tu cela? répond Shimon. *Nous n'en avons pas encore parlé et je ne vois pas qui aurait pu te renseigner sur notre périple...*

– Tu ne vois pas, c'est vrai! reprend Myriam. *Depuis que j'ai mon Rabbouni en moi, j'en sais plus sur vous et vos discussions que vous ne pouvez l'imaginer. C'est un don de l'Esprit, mais une charge également. J'étais avec vous, dans la prière, tout au long de votre voyage, et j'ai senti la nécessité d'intervenir, à certains moments, pour que le Seigneur vous protège des pièges de la route... Ce qui me concerne n'est pas bien important. Racontez-moi plutôt vos découvertes!*

Marc est lui aussi stupéfait, mais ne le montre pas trop. Il commence le récit de ce qu'il a vécu tout au long de ce périple. Il comprend mieux désormais pourquoi dans les Écritures d'abord, puis avec Jésus, tout commence par une mise en route, une invitation au voyage, un appel qui se résume dans la formule de Jésus, si souvent utilisée de toutes sortes de manières: *«Lève-toi et marche!»* ou *«Va, ta foi t'a sauvé!»* Il parle également de l'admiration que Claudius a suscitée en lui, de son humilité, de son chemin qui, d'homme de pouvoir, le conduit à devenir un homme de service. Il évoque aussi sa générosité dans son accueil et ses promesses d'aide afin de lui fournir les peaux dont il aura besoin pour commencer son manuscrit. Il parle encore de la longue descente jusqu'à Jéricho, de l'accompagnement de Jacques, de la rencontre avec Bartimée. Il dit enfin qu'il a trouvé le fil rouge de son livre. Si le ministère de Jésus commence en Galilée, il va continuer par un bref passage sur l'autre rive, en pays païen, avant de revenir en

Galilée et de prendre la longue route qui le conduira jusqu'à Jérusalem. Auprès de Bartimée, il a compris l'importance et les difficultés de cette route qui devient désormais le parcours symbolique que tout disciple doit accomplir d'une manière ou d'une autre.

Marc évoque enfin les craintes et les mises en garde de Claudius; les risques apportés par une nouvelle guerre sans merci entre les fanatiques de Jérusalem et les armées romaines. Claudius sait que Vespasien rassemble ses légions et que, bientôt, il sera là. Rome est exaspérée par les révoltes à répétition. Il parle enfin de ses conseils de partir au plus tôt et du prochain passage de Jacques… En attendant, son projet est de commencer le travail qui lui a été confié et de profiter des compétences de Shimon et de Jérémie avec lequel il veut discuter de la manière d'écrire et de relier tous les récits qu'il a en mémoire et en sa possession.

Myriam écoute attentivement. Elle n'intervient pas; seul un léger mouvement de la tête marque son approbation. Le silence revenu, elle tourne son regard vers Shimon qui explique à son tour la signification que ce voyage a pris pour lui. Il parle aussi de Claudius, de la joie qui fut la sienne d'entrer dans la demeure d'un païen d'origine et de découvrir en lui un frère dont la foi est un exemple pour tous. Il évoque son témoignage, ainsi que celui de Bartimée, et son ignorance de certaines rencontres faites par Jésus. Il parle également de la proposition de Claudius, de son désir de le voir collaborer avec Marc, de la traduction en grec du rouleau qu'il s'est procuré auprès de Jérémie, de sa disponibilité à financer son propre voyage vers Rome… Shimon évoque également les paroles échangées avec Marc tout au long de la route, son propre désir de faire le maximum pour l'aider, mais son refus de quitter sa petite communauté au moment où la tempête risque de se déchaîner dans le pays. Il souligne que Marc peut compter sur lui tout le temps qu'il pourra rester et qu'il sera heureux de mettre par écrit les premières lignes de son livre. Ils peuvent trouver chez Jérémie quelques peaux disponibles, mais devront de toute manière attendre la venue de Jacques. Enfin, il ajoute, à l'intention de Myriam:

– *Ce voyage entrepris avec Marc a été pour moi très important. Tu me connais. J'ai toujours été très fier de moi et de mes capacités. Sans être devenu méprisant pour les autres, je pensais que je n'avais rien à apprendre d'eux. C'est un défaut de jeunesse ou une particularité des scribes et des théologiens qui ont acquis un savoir et pensent alors avoir atteint le but. Durant ce voyage, j'ai appris de Marc la patience et l'humilité; chez Claudius, j'ai découvert que l'amour de Dieu ne connaît pas de limite ethnique ou culturelle et que la Bonne Nouvelle de Jésus n'a pas besoin de spécialistes pour être annoncée. Il suffit qu'elle soit authentiquement vécue. Tout commence par le cœur. Ce n'est pas ce que je mange qui va me rendre impur, mais les mauvaises paroles qui sortent de ma bouche. Chez Bartimée, j'ai découvert le type de disciple que Jésus appelle à sa suite: des hommes ou des femmes prêts à tout risquer pour le suivre. Je rejoins Marc sur ce point. La route de Jérusalem est le lieu symbolique sur lequel tout disciple se retrouve un jour. Il faut la prendre à la suite de notre Rabbi, tout en connaissant les dangers, les embûches et les risques qu'elle comporte. Ce choix, on ne peut le faire que lucidement.*

Le visage de Myriam s'éclaire de joie et de bonheur, au fur et à mesure qu'elle écoute le récit des deux compagnons. Marc sait qu'elle est en prière et qu'elle rend grâces à Dieu pour ce qu'ils ont pu vivre. D'une manière mystérieuse, elle était avec eux tout au long de leur route et elle est heureuse de constater que tout s'est passé au mieux. Shimon s'est tu; elle s'adresse alors à tous les deux:

— *Si vous saviez comme je suis heureuse! Votre voyage a été béni et je sais que vous pouvez désormais commencer l'écriture du premier livre de la Bonne Nouvelle de Jésus, le Christ. Marc, tu n'as pas rencontré tout le monde. D'autres s'en chargeront un jour; ils continueront ton œuvre, y ajouteront des récits nouveaux. Ils pourront le faire en prenant appui sur ton témoignage. Les croyants de Rome comptent sur toi. C'est à eux que tu destines prioritairement ton livre et à toutes les assemblées qui sont constituées majoritairement de personnes venues du monde païen. Ne les fais pas trop attendre. Tu peux t'installer chez moi autant que tu voudras. Avec Sarah, nous pourvoirons à tous tes besoins. Il faudra un certain nombre de jours à Claudius pour rassembler les peaux qu'il t'a promises. Et toi, Shimon, tu es ici chez toi. Avec le vieux Jérémie, vous trouverez bien le moyen de fournir un écritoire à Marc, et tu peux lui servir de secrétaire. Je connais ton écriture, elle est parfaite. Mais vous êtes tous deux les premiers concernés, que pensez-vous de ma proposition? Aviez-vous en tête d'autres plans et projets? Peut-être que Shimon désire d'abord retrouver sa famille à Capharnaüm?... C'est à vous de me dire ce que vous pensez faire.*

Les deux hommes se regardent et éclatent de rire en même temps. Myriam a tout prévu dans sa tête. Ils ne peuvent qu'approuver une proposition qui était déjà implicite dans la discussion avec Claudius. Pour la remercier, l'un et l'autre se lèvent et viennent embrasser une Myriam qui ne cache pas son bonheur. Qu'est-ce qu'elle ne ferait pas pour la mise en place d'un projet qui concerne son rabbouni! Marc précise qu'il prendra d'abord une journée de solitude pour prier, se reposer et rassembler ses idées; puis il ira discuter avec Jérémie et lui demander conseil. De son côté, Shimon approuve l'idée d'aller d'abord retrouver sa famille à Capharnaüm et de revenir après deux ou trois jours pour faire son travail de scribe. Il apportera ses plumes et l'encre dont il dispose, mais à son retour, il ira emprunter l'écritoire de Jérémie qu'ils installeront sous la tonnelle de la maison. De cette manière, Myriam pourra réagir à tout ce qu'ils diront.

Le projet commence à prendre forme dans l'esprit des deux hommes. Ils savent ce qu'ils vont faire; ils peuvent prendre un peu de bon temps et envisager plus sereinement le lendemain. Comme l'a dit Jésus: *«À chaque jour suffit sa peine!»* La nuit est venue sans qu'ils y prennent garde. Seule Sarah est attentive aux nécessités du moment. Elle apporte des lampes allumées qu'elle dispose près de chacun d'eux. Le ciel est tout étoilé et la lune a fait son apparition. La nuit sera paisible et bienfaisante pour tous, à Magdala. Après un temps de silence, durant lequel chacun a médité ce qui s'est dit entre eux, Shimon avertit qu'il partira tôt le lendemain. Myriam le charge d'apporter ses meilleures salutations à la famille d'André et aux membres de leur assemblée. Chacun se retire dans sa chambre pour y passer la nuit. Marc est content de pouvoir prendre le temps de se reposer. Il a vécu et entendu tant et tant de choses en quelques jours! Il est urgent de remettre de l'ordre dans tout ce qu'il a gardé en mémoire.

Des bruits de voix et la lumière qui s'insinue dans les interstices de la paroi: le moment de se lever est arrivé. Jetant un regard en direction du lit de son compagnon, Marc constate qu'il est vide. Shimon est probablement en train de prendre congé de Myriam et de Sarah. Se levant rapidement, il le trouve dans une tenue toute propre, avec sur l'épaule sa gourde et son petit balluchon. Se tournant vers lui, Marc lui dit en riant:

– *Tu allais partir sans me saluer! Il est vrai que j'en ai profité pour dormir et me reposer, alors que toi, tu n'as qu'une hâte: retrouver les tiens pour quelques jours. Je te comprends et te souhaite une bonne route! Apporte mon salut à ta famille et à celle d'André.*

– *Je n'y manquerai pas,* répond Shimon en riant également. *Tu sais que tu vas me manquer. Ce n'est pas tous les jours que je peux avoir de grandes discussions, comme avec toi. Je veux être, avant le sabbat, à Capharnaüm. Et puis, d'ici quatre jours, je serai de retour. Je ne vais pas te laisser seul avec la responsabilité d'écrire le livre de la Bonne Nouvelle de Jésus, le Christ. Tu as besoin d'un scribe; je serai ton aide. Jérémie n'en a plus la force. Mais, d'ici là, va discuter avec lui. Il est plus habitué que toi et moi au langage des Écritures. Il a certainement son idée sur le sujet et peut, j'en suis certain, nous aider à trouver le style particulier à donner à notre livre.*

– *Va en paix!* reprend Marc. *Je vais réfléchir et je te ferai part de mes réflexions, dès ton retour. Pour l'heure, je vais laisser le Seigneur lui-même éclairer mes choix. Son Esprit doit venir habiter les mots que je choisirai. Je confie ce travail à la prière de la communauté, que vous aurez ensemble demain soir. Demandez à l'Esprit de venir par son souffle inspirer notre travail.*

– *Je n'y manquerai pas,* promet Shimon. *Mais toi, profite de cet intermède pour te reposer. Que la fatigue de la route ne perturbe pas les capacités de ton propre esprit.*

Tout en riant, les deux hommes échangent un baiser de paix. Shimon salue encore une fois Myriam et Sarah, les remercie pour leur hospitalité et leur accueil et part pour Capharnaüm. Sans le montrer, Marc ressent cette séparation avec un léger pincement au cœur. Les six ou sept jours passés ensemble les ont soudés l'un à l'autre. C'est un vrai frère qu'il a trouvé en lui. La voix de Myriam le sort de ses réflexions. Il revient auprès d'elle. La journée qui s'annonce sera belle, avec un peu de pluie peut-être, mais rien qui puisse vraiment le perturber. Il boit de l'eau, mange quelques fruits, ainsi qu'un peu de pain encore tout chaud, en fait la remarque à Sarah et lui demande comment elle fait pour préparer tout cela avant même le lever du jour. La jeune femme ne répond rien, se contentant de sourire. De son côté, Myriam garde les yeux fixés sur lui, depuis un moment; alors qu'il mange, elle s'adresse à lui et lui pose une question:

– *Tu m'as l'air particulièrement soucieux. C'est le départ de Shimon qui te rend triste?*

– *Myriam,* répond Marc, *ce n'est pas de la tristesse! Nous venons de passer de nombreux jours ensemble. Il est devenu pour moi un vrai frère auquel je me suis attaché. Je sais bien qu'il reviendra d'ici peu, mais ce que nous avons vécu est si riche que je ne peux pas le voir partir sans ressentir un pincement au cœur. Tu sais bien que je suis une personne très sensible. Mais, par ailleurs, que pourrais-je trouver de plus fort que de vivre à tes côtés, partager ton existence et celle de Sarah pendant quelques jours? Je ne suis pas triste; bien au contraire, je suis heureux de connaître le privilège de bénéficier de ta présence et de tes conseils.*

– *Marc,* intervient Myriam, *ce n'est pas ma présence qui est importante, mais celle du Seigneur, à travers moi. Lui va t'inspirer les mots que tu écriras et ces mots devront porter en eux sa Parole. Il ne te faudra jamais oublier que notre Rabbi est en plénitude l'expression humaine de la Parole de Dieu. À travers l'évocation de sa personne, de ses rencontres et de son enseignement en Galilée ou en Judée, c'est la Parole de son Père que tu feras retentir aux oreilles et au cœur de ceux et celles qui te liront. Commence par faire tes ablutions matinales. Après quoi, viens me retrouver. Nous prierons ensemble et Sarah t'indiquera l'endroit où tu pourras trouver la solitude et le calme nécessaire à ta réflexion. Personne ne viendra te déranger durant la journée.*

L'idée est bonne et correspond exactement au désir qu'il a exprimé la veille. Sans plus attendre, Marc se lève et part en direction du puits. Sarah y a déposé ses habits de la veille dépoussiérés et lavés. Il pense à ce que Myriam vient de lui dire et, tout à coup, sa tâche lui paraît immense, voire impossible. Comment les mots qu'il va choisir pourront-ils porter en eux la Parole que Dieu adresse à l'humanité en Jésus son Fils? Il décide de confier tout cela à Dieu lui-même. De retour auprès de la maîtresse de maison, il évoque devant elle la question que ses paroles ont éveillée en lui; puis il lui demande de prier pour que les mots et les images qu'il choisira parviennent à faire revivre fidèlement, dans le cœur du lecteur ou de l'auditeur, Jésus, la Parole du Dieu Vivant.

– *Marc,* lui répond Myriam, *n'aie pas peur! Le Seigneur est avec toi; il agit en toi et donnera, aux mots que tu choisiras, la saveur de Dieu. Ne lui fais pas obstacle! C'est tout ce qu'il demande. Laisse sa Parole remonter du plus profond de ton être et alors il pourra s'exprimer dans les mots que tu choisiras. Ton livre sera toujours ton livre, mais le lecteur ou l'auditeur pourra y trouver la source où il viendra puiser l'eau vive.*

Myriam se tait, lui pose les mains sur ses épaules, ferme les yeux et commence une longue prière silencieuse. Marc se joint à elle; il sait que depuis sa rencontre avec le Seigneur, sa prière d'intercession est efficace. Il s'ouvre à l'Esprit de Jésus, lui demande de venir guider ses réflexions et de réveiller en lui le souvenir de tout ce qu'il a entendu sur le Rabbi de Nazareth. Après quoi, d'un signe de la main, Myriam invite Sarah à lui montrer le lieu où il pourra passer la journée. Elle le conduit en direction des collines, au milieu d'un champ d'oliviers, jusqu'à un vieux pressoir à huile inutilisé. Sous l'avant-toit ont été placés une table basse et un siège. Sarah dépose sur la table la gourde d'eau qu'elle a prise avec elle, et quelques fruits. Ayant fini son travail, elle ajoute:

– *Voilà, Marc, l'endroit où Myriam venait autrefois méditer, prier et jeûner. Installe-toi et prends ton temps. Personne ne viendra te déranger. Tu reviens à la maison quand tu le désires. Sache simplement que Myriam sera en prière avec toi durant toute la journée. Elle te fournira la force qui l'habite. Courage! Que le Seigneur soit avec toi!*

Sans plus attendre, Sarah se retire et rentre à la maison. Laissé seul, Marc commence par faire le tour de l'endroit. Il découvre un vieux pressoir usé par les années de service. La maison est placée sur un petit promontoire qui offre une vue magnifique sur le champ d'oliviers et, en contrebas, la mer de Galilée. Au loin vers le nord, il distingue le mont Hermon qui alimente les eaux du Jourdain. Autour de lui ont repris le crissement des cigales et le chant des oiseaux qui peuplent les arbres des environs. Le temps de la couvaison est terminé; les parents ont fort à faire pour nourrir les oisillons qui viennent de naître. Marc s'émerveille de tout ce qu'il voit et commence par une prière de louange. Il rend grâces à Dieu pour la beauté de sa création et pour toutes les personnes qu'il a pu rencontrer depuis son arrivée en Galilée.

Bien installé sur le siège qui lui sert de fauteuil, calé contre le mur érigé autour du pressoir, il prend le temps de refaire mentalement le voyage entrepris depuis Capharnaüm. Une idée s'impose à son esprit. Son propre itinéraire a suivi le tracé de celui que Jésus a lui-même effectué. Tout commence pour lui en Galilée. Sa prédication, ses rencontres significatives, son activité de guérisseur, son enseignement ont débuté là. De ce lieu également viennent les principaux disciples, et c'est là que naissent les premières oppositions et critiques acerbes. Si Jésus a connu d'abord un grand succès auprès des plus pauvres, des exclus et des infirmes, le milieu des scribes et des pharisiens se détournera majoritairement de lui, au nom d'une certaine idée de la fidélité à la tradition des anciens. Ils ne lui pardonneront jamais la liberté qu'il a prise avec la loi de Moïse ou son accueil trop facile de ces hommes et de ces femmes qu'ils ont classés parmi les pécheurs... En même temps, ses disciples peinent à le suivre et à comprendre le sens de sa démarche. Alors qu'ils attendaient un libérateur politique, beaucoup seront déçus devant son refus d'endosser l'habit d'un messie guerrier et de se présenter comme un nouveau David marchant à la tête de son peuple... Alors ils le quitteront.

Marc médite sur ce que Pierre lui a dit de la difficulté de croire véritablement en Jésus et d'accepter l'idée de voir en lui le serviteur souffrant. Le souvenir du Rabbi découragé, qui se retire en territoire païen, revient en surface. Il a voulu faire quelques pas en direction des personnes venues de ce monde-là... C'est également là que Pierre, au nom des douze disciples les plus proches, fait sa profession de foi: «*Tu es le Messie de Dieu, son envoyé.*» Jésus a certainement été heureux de l'entendre, mais il se méfiait de tout ce qui se rapportait à un tel titre. Il comprend alors que, pour éviter toute ambiguïté, c'est à partir de ce moment-là qu'il a commencé à parler des souffrances et de la mort qui l'attendaient à Jérusalem. Toujours cette crainte de ne pas être compris par les siens... Lui-même manifeste une grande lucidité sur l'aboutissement de son choix. Même les disciples les plus proches ne comprennent pas. L'idée d'un envoyé divin, dont le destin passe par la souffrance et la mort, leur échappe complètement. Pour lui, comme pour eux, commence la longue montée vers Jérusalem qui s'achève sur le Golgotha et dans la chambre mortuaire d'un tombeau, avant qu'éclate le cri du matin de Pâques, encore plus difficile à accepter...

Marc a emporté avec lui le rouleau que Jérémie et Shimon ont rédigé ensemble. Il en fait à nouveau une lecture personnelle et attentive. Peu à peu, les grandes lignes de son propre récit se mettent en place. Les trois grandes étapes du ministère de Jésus s'imposent avec force: la prédication en Galilée, le séjour en terre païenne, la montée à Jérusalem. Il pense aux membres de l'assemblée de Rome. Ils ont besoin d'explications pour mieux mesurer la portée de certains gestes et les raisons de la polémique provoquée par l'enseignement du Rabbi ou ses rencontres. Vues de Rome, les lois qui régissent le pur et l'impur ou le rejet de certains groupes sociaux paraissent étranges. Et, en même temps, il sait qu'il doit présenter Jésus comme celui qui ouvre le cœur de l'homme à un avenir et à une joie sans bornes. En lui a pris naissance l'immense espérance de salut qui habite le cœur de tous les hommes, d'où qu'ils viennent...

Marc laisse différentes idées se structurer en lui. Il est convaincu d'être sur la bonne voie. Un large sourire de satisfaction se dessine sur ses lèvres et une prière s'en échappe : *Merci, Seigneur, de guider mes pas dans ce travail que tu m'as confié.* Il sait de quelle façon il entend écrire le livre de la Bonne Nouvelle de Jésus Christ, mais, avant de commencer, il attendra le retour de Shimon. Le soleil amorce sa descente à l'horizon. Il est temps de retrouver Myriam et Sarah pour le début du sabbat.

Naissance d'un livre

Après quatre jours d'absence, Shimon est de retour à Magdala. Il a pu voir sa femme Judith et ses enfants. Tout va bien à la maison. Son fils aîné s'occupe de l'essentiel. Il a pu parler avec André, lui a raconté leur périple, sans oublier de mentionner les avertissements de Claudius. Il lui a promis de veiller sur sa famille, durant le temps de son absence, et de soutenir son aîné Barthélemy. Shimon rapporte avec lui le matériel nécessaire qu'il a pris le temps de préparer, des plumes d'oie et une bonne réserve d'encre. Jérémie a prêté son écritoire et viendra participer à la discussion chez Myriam, celle-ci désirant être présente à tout ce qui se dira avant le travail d'écriture. Jacques n'est pas encore venu de Scythopolis, mais, dans un message, Claudius a fait savoir qu'ils disposeront d'une dizaine de peaux bien préparées, dans trois ou quatre jours. Par ailleurs, Jérémie en a certainement quelques-unes en réserve. Il ne fera aucune difficulté pour les mettre à disposition, si Jacques a du retard.

De son côté, Marc informe brièvement son compagnon de route de sa vie auprès de Myriam, durant ces jours. Il lui présente son plan de travail, mais garde pour la rencontre avec Jérémie de plus amples précisions. Il pense avoir trouvé les grandes lignes du livre qui rassemblera et proclamera la Parole de Jésus. Si le temps le permet, ils pourront l'écrire en araméen, mais lui, par la suite, c'est en grec qu'il devra le réécrire. Ce travail de traduction le concerne directement, lui et les scribes de Rome; mais le premier les concerne tous. C'est en araméen que Jésus a parlé. La soirée ne se prolonge pas et Myriam est fatiguée. Ils ont tous une bonne nuit de sommeil réparateur devant eux.

Comme à l'accoutumée, Shimon se lève le premier. Plus jeune que Marc, une nuit de repos lui suffit pour retrouver son énergie. Sans attendre, il part chez Jérémie, prend le temps de manger avec lui et revient en sa compagnie, portant sur son épaule l'écritoire de son aîné et des peaux que lui-même avait préparées pour ce dernier. Entre-temps Marc s'est levé; il a retrouvé Myriam avec laquelle il partage un moment de prière et le repas du matin. Marc cherche auprès d'elle quelques conseils, mais elle reste silencieuse. Elle attend, elle aussi, de connaître la tournure que prendra la discussion entre les trois scribes. Brusquement retentit la voix du vieux Jérémie qui vient de franchir la porte du jardin:

– La paix soit avec toi, Myriam, et avec toi également, Marc! Après l'échange du baiser de paix, il ajoute: *Le Seigneur nous confie une grande mission, en nous demandant de mettre par écrit son enseignement, ses faits et gestes et sa propre parole. Myriam, nous comptons sur toi et ta prière pour nous soutenir dans cette tâche et te souvenir de tout ce que tu as entendu dans la bouche du Rabbi. Ce n'est pas un livre d'anecdotes que nous devons écrire, ni de belles histoires à raconter aux enfants, mais le livre de la Parole donnée par Dieu aux hommes. Il fera partie des Écritures que nous proclamerons durant nos réunions et le partage du pain. Je sais que beaucoup ont déjà écrit tout et n'importe quoi sur Jésus, en mettant l'accent sur le côté merveilleux de son action. Le livre que tu vas écrire, Marc, devra permettre aux hommes non de satisfaire leur curiosité, mais d'entrer dans une démarche de foi.*

De son côté, Shimon a rangé son fardeau dans la chambre où il dort; il est revenu s'installer auprès de Jérémie après avoir salué les personnes présentes. Myriam répond à la salutation des deux hommes, mais ne fait aucun commentaire. Elle attend que commence la discussion. Chacun s'est assis confortablement et Sarah a mis des coupes d'eau fraîche à la disposition de tous. Jérémie prend alors l'initiative de lancer la discussion.

– Marc, nous ne nous sommes pas vus beaucoup depuis ton retour de Jéricho, mais j'ai appris par Shimon que le temps de solitude pris dans les environs de cette maison a été profitable. Peux-tu nous exposer en détail les grandes lignes du projet d'écriture auquel tu as pensé? Après quoi, chacun de nous pourra réagir et te faire

quelques suggestions. J'espère que vous êtes d'accord avec ma proposition.

Le privilège de l'âge et de l'expérience donne, de fait, à Jérémie l'autorité nécessaire pour guider la discussion. Scribe depuis de longues années, il connaît les arcanes du métier et le style d'écriture qui convient pour un livre appelé à devenir le livre de la Parole de Dieu. Marc le remercie de sa disponibilité et se réjouit d'entendre les commentaires des uns et des autres. Il est bien conscient que ce livre ne sera pas son œuvre, mais celle d'une communauté d'hommes et de femmes qui ont reconnu, en Jésus, le Christ Seigneur. Il a besoin de l'aide et des suggestions de chacun. Lui ne sera que le rédacteur final, d'autant plus qu'il devra retraduire l'ensemble en grec, en pensant principalement à des hommes et à femmes d'origine païenne, totalement ignorants, pour la plupart, des traditions et coutumes juives. Les chrétiens répandus dans l'ensemble de l'Empire romain doivent pouvoir découvrir en Jésus celui qui ne fait aucune différence entre les hommes et qui s'est intéressé, lui aussi, au monde païen.

Comme chacun approuve, d'un mouvement de tête, ces préliminaires, Marc continue à parler. Il évoque le résultat de ses longues méditations solitaires et la vision, en trois temps, du livre qu'il veut écrire. Il commencerait par la prédication de Jésus en Galilée: son ministère de guérison des esprits et des corps, son accueil des plus petits, des pauvres, des exclus ou des pécheurs, son enseignement et ses prises de position par rapport aux lois de pureté et du sabbat. Le résultat final fut une opposition grandissante et l'abandon de nombreux disciples qui ne voulaient ni ne pouvaient le suivre sur ce chemin. Puis, il évoquerait, à l'intention toute particulière des communautés d'origine païenne, son passage sur l'autre rive, avec le point culminant de la profession de foi de Pierre, dans les environs de Césarée de Philippe. Le troisième temps de son livre porterait sur la longue montée de Jésus vers Jérusalem, sur son enseignement et sur les nouvelles polémiques qui finiront par son arrestation, sa mort et sa Résurrection. Estimant avoir assez parlé, il ajoute:

– *Je crois avoir trouvé une bonne structure pour ce livre. Je pense qu'il est important de souligner que Dieu, en Jésus, ne s'est pas révélé avec bruit et puissance, mais dans l'agir plein d'amour et d'humanité de Jésus le Nazaréen. D'emblée, insistait Pierre, il a refusé tous les titres que certains voulaient lui donner. Il a fait taire ceux qui le proclamaient comme le Messie de Dieu, comme s'il avait peur de n'être pas compris, tellement cette attente d'un sauveur et d'un messie est chargée d'ambiguïtés. Ce n'est pas pour rien qu'il a si souvent cherché à faire comprendre à ses proches disciples que la vraie grandeur, aux yeux de Dieu, est celle du serviteur qui donne sa vie pour que les autres vivent. Je pense que lui-même a compris sa vocation comme celle du serviteur dont parle le prophète Isaïe. Mais j'en ai assez dit! Que pensez-vous de ce projet?*

Myriam, Jérémie et Shimon ont suivi attentivement les explications de Marc. Ils ne répondent pas tout de suite, reprenant mentalement ce qu'ils viennent d'entendre. Un choix est toujours personnel, mais il faut bien en faire un, si l'on désire aboutir à quelque chose de concret. Cela semble être l'avis de Jérémie qui intervient le premier.

– *Je pense que ton idée de base est bonne, Marc. Comme je l'ai déjà souligné, le but d'un tel livre est d'aider les hommes et les femmes à entrer dans une démarche de foi. La première exigence est de leur permettre de connaître Jésus, l'homme qui présente un visage renouvelé de Dieu son Père, l'homme qui fait découvrir l'agir qui plaît à Dieu et le chemin qui y conduit, l'homme venu nous libérer d'une religion axée sur des rituels, pour nous rappeler que le Dieu d'Israël est le Dieu qui propose son Alliance ou son amour à l'humanité tout entière, pas seulement au peuple d'Israël. Cela, je sais que tu l'as compris. Cependant, si tu désires aider le lecteur à découvrir que Dieu se manifeste en Jésus, n'oublie pas d'utiliser le langage des Écritures. Certaines images, venues des livres saints, sont entrées dans le langage courant et sont accessibles à tous. Pour dire que Dieu est là, actif en Jésus, tu peux t'inspirer des Prophètes et des grandes manifestations de Dieu à son peuple. Le combat dont Jésus sort vainqueur est un immense combat contre les puissances du mal qui se sont déchaînées contre lui. Son amour pour le Père, sa confiance totale en lui, son refus d'entrer dans le jeu de la violence, sa vie entièrement donnée… tous ces éléments tracent un chemin de salut ouvert à tous, le Royaume de Dieu ou ce lieu dans lequel l'être humain est invité à entrer pour y trouver sa plénitude d'être. Je vois que Myriam réagit fortement à ce que je dis. Écoutons-la !*

– *Oui,* dit cette dernière, *je réagis à tes paroles. Je pense à ce que j'ai moi-même vécu avec lui et je me dis que c'est en raison de son comportement très humain face à moi, que Jésus est devenu mon Rabbouni à jamais. Sa manière de me regarder et de me parler, son sourire plein de tendresse, sa main posée sur ma tête et m'invitant à la relever... Vous ne vous rendez pas assez compte de ce que cela a signifié pour moi ou pour d'autres qui ont été guéris par lui. Sur son visage plein d'humanité, j'ai découvert le visage de Dieu tourné vers moi, me manifestant l'infinité de sa tendresse. Je sais que tout cela doit pouvoir être lu et compris. Je te fais pleinement confiance, Jérémie, pour trouver les images parlantes des Écritures, pour les lui appliquer, mais je voudrais tellement que le livre écrit par Marc soit vraiment le livre de la Bonne Nouvelle pour ceux et celles qui l'entendront et qu'ils puissent découvrir à leur tour, en Jésus, le visage du Père plein de tendresse, tourné vers eux. Cette découverte est tellement extraordinaire, enrichissante! Mon plus grand souhait est que chacun puisse la faire. Je t'en supplie, Marc, n'oublie surtout pas cela! En Jésus, Dieu est venu à notre rencontre et nous a montré son visage de lumière et de tendresse! Après tout, n'est-ce pas la seule chose qui compte vraiment? Que signifie ton sourire, Shimon? Tu ne partages pas mon opinion?*

— Rassure-toi, Myriam, je ne me moque pas de toi. Bien au contraire, j'admire ta qualité de foi. Quand tu laisses ton cœur parler, je ne peux qu'écouter, admiratif devant ce que tu nous rappelles et nous dis. C'est vrai que Jésus, dans l'ensemble de sa personne, est réellement Bonne Nouvelle pour tous les humains. Je crois que Jérémie en est bien conscient. Mais tu connais le travail du scribe et les lois du métier. Il y a un certain langage que l'on ne peut pas oublier et qui va puiser, dans les Écritures, les images et les mots qui servent à faire comprendre le message que l'on veut transmettre ou faire entendre. Si

je veux proclamer que Jésus est le visage de Dieu penché sur l'humanité souffrante, il me faut sûrement reprendre des figures utilisées par les Prophètes, qui s'appliquent à lui de manière surprenante. Si Israël est bien, dans le livre d'Isaïe, le serviteur de Dieu qui donne sa vie, Jésus réalise, comme par excellence, cette figure du serviteur mystérieux qui prend sur lui les péchés des hommes et leur apporte le salut. En l'utilisant, on comprend mieux ce qui s'est passé avec lui. Il devient plus facile d'affirmer avec force qu'il est le Messie annoncé par les Prophètes. Cela ne nous empêche pas de donner corps à toutes les rencontres et guérisons qu'il a faites. Elles sont, comme tu l'as si bien ressenti, le lieu de la révélation du visage de tendresse de Dieu, son Père et notre Père.

Le silence est revenu. Chacun pense à ce qui vient d'être dit. Marc est hésitant. Il voit la nécessité de profiter de l'expérience de Jérémie et de Shimon et de puiser en même temps son énergie dans la foi vive de Myriam. Il comprend aussi qu'une partie de ce travail, il devra l'achever à Rome, en liens étroits avec les scribes de la communauté. Ils ont leur point de vue à faire valoir. Ne seront-ils pas les premiers interprètes de la Parole qui sera proclamée? Voyant désormais un peu plus clairement ce qu'il peut faire, il reprend la parole.

– Voilà ce que je vous propose: en attendant la venue de Jacques et les précisions qu'il pourra me donner sur mon retour à Rome, je peux travailler avec Shimon, aller si nécessaire chez toi, Jérémie, pour les compléments et les figures scripturaires à développer. Plus tard nous nous retrouverons pour une première lecture. Mon désir le plus cher est bien de donner corps à une Parole qui soit source de

vie pour nous-mêmes et toutes les personnes qui l'accueil-
leront. Je verrai plus tard, de retour à Rome, comment
réaliser sa traduction en grec et ajouter les compléments
explicatifs que l'on peut donner aux chrétiens venus du
monde gréco-romain.

La proposition de Marc convient à tout le monde. Sans enlever à Marc la responsabilité qu'il a prise, chacun pourra participer au lent travail d'élaboration et de mise par écrit de la Parole de Dieu. La conversation se poursuit longuement, mais de manière plus détendue. Myriam est heureuse de pouvoir être présente à ce qui se fera et, de son côté, Jérémie n'est pas mécontent de rester en retrait. Il connaît bien Shimon et lui a déjà fait quelques suggestions. N'écrivant pas pour des frères et sœurs d'origine juive, il se sent mieux dans le rôle de conseiller qui lui est dévolu. Il aura tout le loisir de faire ses commentaires.

Le soleil est au zénith. Sur un signe de la maîtresse de maison, Sarah apporte de quoi se désaltérer et se restaurer. En bonne maîtresse de maison, elle a prévu le nécessaire. La conversation entre les convives est pleine de vie et Jérémie, par les anecdotes qu'il raconte, détend l'atmosphère. La joie est au rendez-vous; le projet de Marc peut prendre une forme concrète. Le repas achevé, Jérémie prend la route du retour chez lui et Myriam, aidée par Sarah, va se coucher. Quant à Shimon et Marc, ils se donnent rendez-vous pour le milieu de l'après-midi, bien décidés à mettre par écrit les premières lignes de la Bonne Nouvelle de Jésus, le Christ, ou l'Envoyé de Dieu.

Lorsque Marc revient du petit pressoir où il s'est retiré pour prier et prendre un peu de repos, il trouve Shimon déjà installé à son écritoire, une première peau de mouton fermement fixée devant lui et une plume d'oie, soigneusement taillée, dans la main droite. À peine arrivé, Marc lui dicte les premiers mots qui ouvrent le livre de la Parole:

Commencement de la Bonne Nouvelle
de Jésus Christ, fils de Dieu...

(Mc 1, 1)

Table des matières

Dépôt légal : mars 2012
IMPRIMÉ EN FRANCE

Achevé d'imprimer le 23 février 2012
sur les presses de l'imprimerie « La Source d'Or »
63039 Clermont-Ferrand
Imprimeur n° 15708

*Dans le cadre de sa politique de développement durable, La Source d'Or a été référencée
IMPRIM'VERT® par son organisme consulaire de tutelle.
Cet ouvrage est imprimé - pour l'intérieur - sur papier offset "Amber Graphic" 80 g
provenant de la gestion durable des forêts,
des papeteries Arctic Paper dont les usines ont obtenu
les certifications environnementales ISO 14001 et E.M.A.S.*